百人一首 新事典

受験研究社

はじめに

私《わたし》が住《す》んでいる京都《きょうと》嵐山《あらしやま》の近《ちか》くに、「小倉山《おぐらやま》」という山《やま》があります。

この山《やま》には、昔《むかし》、藤原定家《ふじわらのていか》という有名《ゆうめい》な歌人《かじん》が住《す》んでいました。ある時《とき》、藤原定家《ふじわらのていか》は、飛鳥《あすか》時代《じだい》から鎌倉時代《かまくらじだい》までに日本《にほん》で作《つく》られてきた和歌《わか》の「ベスト100」を選《えら》ぼうと考《かんが》え、選《え》りすぐりの歌集《かしゅう》を作《つく》りました。これが小倉百人一首《おぐらひゃくにんいっしゅ》です。この小倉百人一首《おぐらひゃくにんいっしゅ》に収《おさ》められた百首《ひゃくしゅ》の歌《うた》は、「かるた」になっています。このかるたで遊《あそ》んだことがある人《ひと》もいるのではないでしょうか。

百人一首《ひゃくにんいっしゅ》に収《おさ》められている和歌《わか》は、五・七・五・七・七の合計三十一音《おん》でできた「詩《し》」です。これを声《こえ》に出《だ》して読《よ》んでみると、リズムがよくて楽《たの》しい気分《きぶん》になる詩《し》だということがわかります。

和歌《わか》では、最初《さいしょ》の五・七・五を「上《かみ》の句《く》」、七・七を「下《しも》の句《く》」と呼《よ》びます。読《よ》み手《て》が百人一《ひゃくにんいっ》首《しゅ》の和歌《わか》の「上《かみ》の句《く》」を読《よ》みはじめたら、「下《しも》の句《く》」が書《か》いてある取《と》り札《ふだ》を素早《すばや》くとって遊《あそ》びます。たくさん取《と》るためには、百人一首《ひゃくにんいっしゅ》をよく覚《おぼ》えておくことが必要《ひつよう》です。

本書《ほんしょ》は、オールカラーで、すべての和歌《わか》に楽《たの》しいマンガがついていて、楽《たの》しく百人一首《ひゃくにんいっしゅ》について勉強《べんきょう》することができます。その和歌《わか》に関《かん》するエピソードや、歌《うた》の舞台《ぶたい》となった場所《ばしょ》の地図《ちず》、作者《さくしゃ》のプロフィールなども載《の》せています。百人一首《ひゃくにんいっしゅ》に込《こ》められている意味《いみ》や人々《ひとびと》の気《き》持《も》ちを理解《りかい》すれば、百人一首《ひゃくにんいっしゅ》がどんどん楽《たの》しくなります。

また、百人一首《ひゃくにんいっしゅ》を覚《おぼ》えやすいように、歌《うた》の種類《しゅるい》（部立《ぶだ》て＝恋《こい》、旅《たび》、季節《きせつ》など）ごとに色分《いろわ》けしたり、上《かみ》の句《く》と下《しも》の句《く》を線《せん》で結《むす》んで覚《おぼ》えたかどうかを確認《かくにん》できる「覚《おぼ》えられた？」を二十首《しゅ》ごとに設《もう》けたりして、覚《おぼ》えやすい工夫《くふう》がされています。

さらに、「決《き》まり字《じ》」をわかりやすく示《しめ》し、「百人一首《ひゃくにんいっしゅ》で勝《か》つ方法《ほうほう》」を伝授《でんじゅ》しています。「決《き》まり字《じ》」とは、「この音《おん》から始《はじ》まる歌《うた》はこれ一《ひと》つしかない」と確定《かくてい》できる字《じ》のことで、これを持《も》つ歌《うた》を七つ覚《おぼ》えれば、百人一首《ひゃくにんいっしゅ》のかるた大会《たいかい》で大活躍《だいかつやく》することができます。

最後《さいご》に、家族《かぞく》で楽《たの》しむ「遊《あそ》び方《かた》」も書《か》いてあり、まさに「至《いた》れり尽《つ》くせり」の百人一首《ひゃくにんいっしゅ》事《じ》典《てん》となっています。

百人一首《ひゃくにんいっしゅ》は、日本《にほん》の歴史《れきし》や文化《ぶんか》はもちろん、美《うつく》しい日本《にほん》の風景《ふうけい》や日本人《にほんじん》の豊《ゆた》かな感性《かんせい》や心《こころ》を表現《ひょうげん》した、日本人《にほんじん》の宝《たから》といってよい文化財《ぶんかざい》です。百人一首《ひゃくにんいっしゅ》を覚《おぼ》え、理解《りかい》し、味《あじ》わうことは、日《に》本人《ほんじん》として大切《たいせつ》なことを学《まな》ぶ機会《きかい》になっているのではないでしょうか。百人一首《ひゃくにんいっしゅ》を学《まな》ぶことは、単《たん》に賢《かしこ》くなるだけでなく、昔《むかし》からの日本人《にほんじん》の感性《かんせい》や文化《ぶんか》、歴史《れきし》を学《まな》ぶことになるのです。

ぜひ、あなたのそばに置《お》き、愛用《あいよう》してください。

百人一首《ひゃくにんいっしゅ》ゆかりの地《ち》、小倉山《おぐらやま》を望《のぞ》む書斎《しょさい》にて

深谷圭助《ふかやけいすけ》

この本《ほん》のしくみ

これ一冊《いっさつ》で「百人一首《ひゃくにんいっしゅ》」は万全《ばんぜん》！

歌《うた》の配列《はいれつ》は、藤原定家《ふじわらのていか》が選《えら》んだ「小倉百人一首《おぐらひゃくにんいっしゅ》」の歌番号《うたばんごう》の順《じゅん》にしてあります。また、小学校低学年《しょうがっこうていがくねん》から使《つか》えるように、すべての漢字《かんじ》にふりがなをつけてあります。

「百人一首《ひゃくにんいっしゅ》」とは何《なに》かをはじめ、それぞれの歌《うた》の意味《いみ》、作者《さくしゃ》、歌《うた》の背景《はいけい》、語句《ごく》などをくわしく説明《せつめい》してあります。一首《しゅ》で二ページ使《つか》っている歌《うた》には、修辞法《しゅうじほう》や関連事項《かんれんじこう》を説明《せつめい》するとともに、カラーの写真《しゃしん》を載《の》せました。

歌《うた》が作《つく》られた時代《じだい》や歌《うた》の種類《しゅるい》（部立《ぶだ》て）もわかりやすく示《しめ》してあります。

歌《うた》についてのエピソードや歌枕《うたまくら》（地図《ちず》）、歌《うた》に出《で》てくる動物《どうぶつ》や植物《しょくぶつ》などを「豆知識《まめちしき》」にまとめました。

すべての歌《うた》にゴロ合《あ》わせの「覚《おぼ》え方《かた》」をつけ、覚《おぼ》えやすくするとともに、二十首《しゅ》ごとに上《かみ》の句《く》と下《しも》の句《く》を線《せん》で結《むす》ぶ「覚《おぼ》えられた？」を設《もう》けて、覚《おぼ》えられたかチェックできるようにしました。

歌《うた》を声《こえ》に出《だ》して読《よ》むようにすると、早《はや》く覚《おぼ》えられるようになります。

カラーのマンガで歌《うた》をイメージ化《か》！

すべての歌《うた》にカラーのマンガをつけてあるので、歌《うた》のイメージをふくらませながら、楽《たの》しく学習を進《すす》めることができます。

「決《き》まり字《じ》」を覚《おぼ》えて「かるた大会《たいかい》」に挑戦《ちょうせん》！

巻末《かんまつ》の「決《き》まり字《じ》さくいん」を活用《かつよう》して、一字《じ》決《き》まりの七首《しゅ》（む・す・め・ふ・さ・ほ・せ）をはじめ、決《き》まり字《じ》を覚《おぼ》えれば、「かるた大会《たいかい》」で活躍《かつやく》できることまちがいなしです。

また、「百人一首《ひゃくにんいっしゅ》」の遊《あそ》び方《かた》（ちらし取《ど》り・源平合戦《げんぺいがっせん》・坊主《ぼうず》めくりなど）も紹介《しょうかい》してあるので、家族《かぞく》みんなで楽《たの》しんでください。

この本《ほん》の使《つか》い方《かた》

歌番号《うたばんごう》

歌《うた》の覚《おぼ》え方《かた》

歌《うた》の意味《いみ》（訳《やく》）

部立《ぶだ》て（季節《きせつ》（春《はる》・夏《なつ》・秋《あき》・冬《ふゆ》）、恋《こい》、旅《たび》、その他《た》）

歌《うた》の内容《ないよう》や背景《はいけい》を表《あらわ》したマンガ

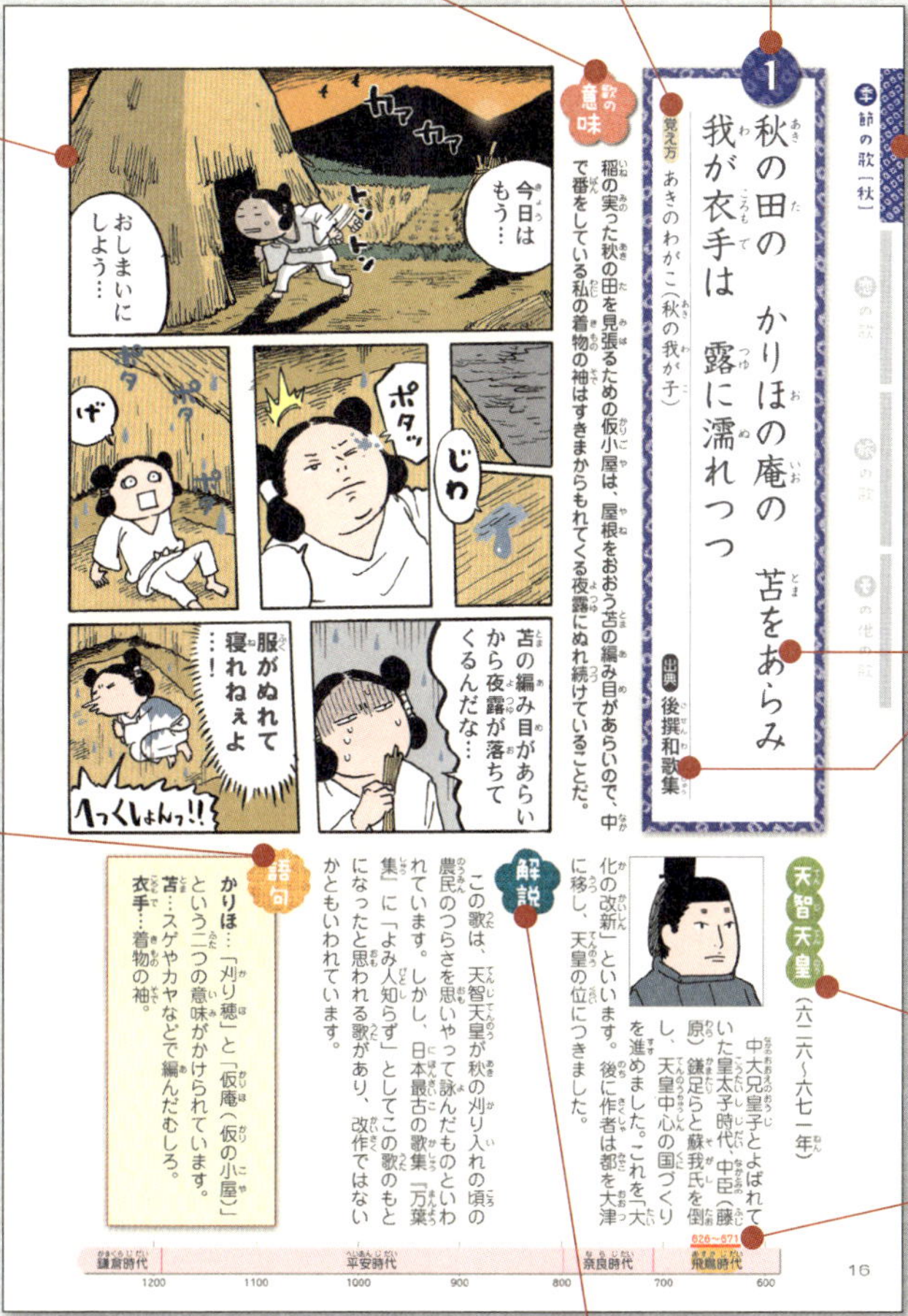
季節の歌（秋）

1

秋《あき》の田《た》の　かりほの庵《いお》の　苫《とま》をあらみ
我《わ》が衣手《ころもて》は　露《つゆ》に濡《ぬ》れつつ

覚え方　あきのわがこ（秋《あき》の我《わ》が子《こ》）

出典　後撰和歌集《ごせんわかしゅう》

歌の意味　稲《いね》の実《みの》った秋《あき》の田《た》を見張《みは》るための仮小屋《かりごや》は、屋根《やね》をおおう苫《とま》の編《あ》み目《め》があらいので、中《なか》で番《ばん》をしている私《わたし》の着物《きもの》の袖《そで》はすきまからもれてくる夜露《よつゆ》にぬれ続《つづ》けていることだ。

天智天皇《てんじてんのう》（六二六～六七一年《ねん》）

中大兄皇子《なかのおおえのおうじ》とよばれていた皇太子時代《こうたいしじだい》、中臣《なかとみの》（藤原《ふじわら》）鎌足《かまたり》らと蘇我氏《そがし》を倒《たお》し、天皇中心《てんのうちゅうしん》の国《くに》づくりを進《すす》めました。これを「大化《たいか》の改新《かいしん》」といいます。後《のち》に作者《さくしゃ》は都《みやこ》を大津《おおつ》に移《うつ》し、天皇《てんのう》の位《くらい》につきました。

解説　この歌《うた》は、天智天皇《てんじてんのう》が秋《あき》の刈《か》り入《い》れの頃《ころ》の農民《のうみん》のつらさを思《おも》いやって詠《よ》んだものといわれています。しかし、日本最古《にほんさいこ》の歌集《かしゅう》『万葉集《まんようしゅう》』に「よみ人知《びとし》らず」としてこの歌《うた》のもとになったと思《おも》われる歌《うた》があり、改作《かいさく》ではないかともいわれています。

語句　**かりほ**…「刈《か》り穂《ほ》」と「仮庵《かりほ》（仮《かり》の小屋《こや》）」という二《ふた》つの意味《いみ》がかけられています。
苫《とま》…スゲやカヤなどで編《あ》んだむしろ。
衣手《ころもて》…着物《きもの》の袖《そで》。

626～671

鎌倉時代《かまくらじだい》　平安時代《へいあんじだい》　奈良時代《ならじだい》　飛鳥時代《あすかじだい》

1200　1100　1000　900　800　700　600

16

歌《うた》と収録《しゅうろく》されている歌集《かしゅう》

語句《ごく》の説明《せつめい》や修辞法《しゅうじほう》

作者《さくしゃ》と作者《さくしゃ》の生《い》きた時代《じだい》

歌《うた》についての説明《せつめい》やエピソード

修辞法

百人一首《ひゃくにんいっしゅ》の歌《うた》の中《なか》で用《もち》いられている表現技法《ひょうげんぎほう》を解説《かいせつ》。

知っ得

知《し》るとますますの興味《きょうみ》がわく、歌《うた》や歌人《かじん》にまつわるお話《はなし》を紹介《しょうかい》。

関連事項

歌《うた》に関連《かんれん》した語句《ごく》・用語《ようご》を詳《くわ》しく解説《かいせつ》。

もくじ

はじめに …… 2
この本《ほん》のしくみと使《つか》い方《かた》 …… 4
もくじ …… 6
百人一首《ひゃくにんいっしゅ》とは …… 10
1 秋《あき》の田《た》のかりほの庵《いお》の苫《とま》をあらみ我《わ》が衣手《ころもで》は露《つゆ》に濡《ぬ》れつつ 天智天皇《てんじてんのう》 …… 16
2 春《はる》過《す》ぎて夏《なつ》来《き》にけらし白妙《しろたえ》の衣《ころも》ほすてふ天《あま》の香具山《かぐやま》 持統天皇《じとうてんのう》 …… 17
3 あしびきの山鳥《やまどり》の尾《お》のしだり尾《お》のながながし夜《よ》をひとりかも寝《ね》む 柿本人麻呂《かきのもとのひとまろ》 …… 18
4 田子《たご》の浦《うら》にうち出《い》でてみれば白妙《しろたえ》の富士《ふじ》の高嶺《たかね》に雪《ゆき》は降《ふ》りつつ 山部赤人《やまべのあかひと》 …… 19
5 奥山《おくやま》に紅葉《もみじ》踏《ふ》みわけ鳴《な》く鹿《しか》の声《こえ》聞《き》く時《とき》ぞ秋《あき》はかなしき 猿丸大夫《さるまるだゆう》 …… 20
6 かささぎの渡《わた》せる橋《はし》に置《お》く霜《しも》の白《しろ》きを見《み》れば夜《よ》ぞ更《ふ》けにける 中納言家持《ちゅうなごんやかもち》 …… 21
7 天《あま》の原《はら》ふりさけ見《み》れば春日《かすが》なる三笠《みかさ》の山《やま》に出《い》でし月《つき》かも 安倍仲麿《あべのなかまろ》 …… 22
8 わが庵《いお》は都《みやこ》のたつみしかぞ住《す》む世《よ》をうぢ山《やま》と人《ひと》はいふなり 喜撰法師《きせんほうし》 …… 24
9 花《はな》の色《いろ》は移《うつ》りにけりないたづらにわが身《み》世《よ》にふるながめせし間《ま》に 小野小町《おののこまち》 …… 25
10 これやこの行《ゆ》くも帰《かえ》るも別《わか》れては知《し》るも知《し》らぬも逢坂《おうさか》の関《せき》 蝉丸《せみまる》 …… 26
豆知識《まめちしき》① …… 27

11 わたの原《はら》八十島《やそしま》かけてこぎ出《い》でぬと人《ひと》には告《つ》げよあまのつり舟《ぶね》 参議篁《さんぎたかむら》 …… 28
12 天《あま》つ風《かぜ》雲《くも》の通《かよ》ひ路《じ》吹《ふ》きとぢよをとめの姿《すがた》しばしとどめむ 僧正遍昭《そうじょうへんじょう》 …… 29
13 筑波嶺《つくばね》の峰《みね》より落《お》つるみなの川《がわ》恋《こい》ぞつもりて淵《ふち》となりぬる 陽成院《ようぜいいん》 …… 30
14 陸奥《みちのく》のしのぶもぢずり誰《たれ》ゆゑに乱《みだ》れそめにし我《われ》ならなくに 河原左大臣《かわらのさだいじん》 …… 31
15 君《きみ》がため春《はる》の野《の》に出《い》でて若菜《わかな》つむわが衣手《ころもで》に雪《ゆき》は降《ふ》りつつ 光孝天皇《こうこうてんのう》 …… 32
16 立《た》ち別《わか》れいなばの山《やま》の峰《みね》に生《お》ふるまつとし聞《き》かば今帰《いまかえ》り来《こ》む 中納言行平《ちゅうなごんゆきひら》 …… 34
17 ちはやぶる神代《かみよ》も聞《き》かず竜田川《たつたがわ》からくれなゐに水《みず》くくるとは 在原業平朝臣《ありわらのなりひらあそん》 …… 36
18 住《すみ》の江《え》の岸《きし》に寄《よ》る波《なみ》よるさへや夢《ゆめ》の通《かよ》ひ路《じ》人目《ひとめ》よくらむ 藤原敏行朝臣《ふじわらのとしゆきあそん》 …… 38
19 難波潟《なにわがた》短《みじか》き葦《あし》のふしの間《ま》も逢《あ》はでこの世《よ》を過《す》ぐしてよとや 伊勢《いせ》 …… 40
20 わびぬれば今《いま》はた同《おな》じ難波《なにわ》なるみをつくしても逢《あ》はむとぞ思《おも》ふ 元良親王《もとよししんのう》 …… 41
覚《おぼ》えられた？ …… 42
21 今来《いまこ》むと言《い》ひしばかりに長月《ながつき》の有明《ありあ》けの月《つき》を待《ま》ち出《い》でつるかな 素性法師《そせいほうし》 …… 44
22 吹《ふ》くからに秋《あき》の草木《くさき》のしをるればむべ山風《やまかぜ》を嵐《あらし》といふらむ 文屋康秀《ふんやのやすひで》 …… 46
23 月《つき》見《み》ればちぢに物《もの》こそかなしけれわが身《み》ひとつの秋《あき》にはあらねど 大江千里《おおえのちさと》 …… 48

24 このたびはぬさもとりあへず手向山《たむけやま》紅葉《もみじ》のにしき神《かみ》のまにまに　菅家《かんけ》…49
25 名《な》にし負《お》はば逢坂山《おうさかやま》のさねかづら人《ひと》に知《し》られでくるよしもがな　三条右大臣《さんじょうのうだいじん》…50
26 小倉山峰《おぐらやまみね》の紅葉《もみじ》葉《ば》心《こころ》あらば今《いま》ひとたびのみゆき待《ま》たなむ　貞信公《ていしんこう》…51
27 みかの原《はら》わきて流《なが》るるいづみ川《がわ》いつ見《み》きとてか恋《こい》しかるらむ　中納言兼輔《ちゅうなごんかねすけ》…52
28 山里《やまざと》は冬《ふゆ》ぞさびしさまさりける人《ひと》めも草《くさ》もかれぬと思《おも》へば　源宗于朝臣《みなもとのむねゆきあそん》…54
29 心《こころ》あてに折《お》らばや折《お》らむ初霜《はつしも》の置《お》きまどはせる白菊《しらぎく》の花《はな》　凡河内躬恒《おおしこうちのみつね》…56
30 有明《ありあ》けのつれなく見《み》えし別《わか》れより暁《あかつき》ばかり憂《う》きものはなし　壬生忠岑《みぶのただみね》…58
31 朝《あさ》ぼらけ有明《ありあ》けの月《つき》と見《み》るまでに吉野《よしの》の里《さと》に降《ふ》れる白雪《しらゆき》　坂上是則《さかのうえのこれのり》…60
32 山川《やまがわ》に風《かぜ》のかけたるしがらみは流《なが》れもあへぬ紅葉《もみじ》なりけり　春道列樹《はるみちのつらき》…61
33 ひさかたの光《ひかり》のどけき春《はる》の日《ひ》にしづ心《こころ》なく花《はな》の散《ち》るらむ　紀友則《きのとものり》…62
34 誰《たれ》をかも知《し》る人《ひと》にせむ高砂《たかさご》の松《まつ》も昔《むかし》の友《とも》ならなくに　藤原興風《ふじわらのおきかぜ》…64
35 人《ひと》はいさ心《こころ》も知《し》らずふるさとは花《はな》ぞ昔《むかし》の香《か》ににほひける　紀貫之《きのつらゆき》…65
36 夏《なつ》の夜《よ》はまだ宵《よい》ながら明《あ》けぬるを雲《くも》のいづこに月宿《つきやど》るらむ　清原深養父《きよはらのふかやぶ》…66
37 白露《しらつゆ》に風《かぜ》の吹《ふ》きしく秋《あき》の野《の》はつらぬきとめぬ玉《たま》ぞ散《ち》りける　文屋朝康《ふんやのあさやす》…68
38 忘《わす》らるる身《み》をば思《おも》はず誓《ちか》ひてし人《ひと》の命《いのち》の惜《お》しくもあるかな　右近《うこん》…69
39 浅茅生《あさじう》の小野《おの》の篠原《しのはら》忍《しの》ぶれどあまりてなどか人《ひと》の恋《こい》しき　参議等《さんぎひとし》…70
40 忍《しの》ぶれど色《いろ》に出《い》でにけりわが恋《こい》は物《もの》や思《おも》ふと人《ひと》の問《と》ふまで　平兼盛《たいらのかねもり》…72
豆知識《まめちしき》②…73
覚《おぼ》えられた？…74
41 恋《こい》すてふわが名《な》はまだき立《た》ちにけり人知《ひとし》れずこそ思《おも》ひそめしか　壬生忠見《みぶのただみ》…76
42 契《ちぎ》りきなかたみに袖《そで》をしぼりつつ末《すえ》の松山浪越《まつやまなみこ》さじとは　清原元輔《きよはらのもとすけ》…77
43 逢《あ》ひ見《み》ての後《のち》の心《こころ》にくらぶれば昔《むかし》はものを思《おも》はざりけり　権中納言敦忠《ごんちゅうなごんあつただ》…78
44 逢《お》ふことの絶《た》えてしなくはなかなかに人《ひと》をも身《み》をも恨《うら》みざらまし　中納言朝忠《ちゅうなごんあさただ》…80
45 あはれとも言《い》ふべき人《ひと》は思《おも》ほえで身《み》のいたづらになりぬべきかな　謙徳公《けんとくこう》…81
46 由良《ゆら》の門《と》を渡《わた》る舟人《ふなびと》かぢを絶《た》え行方《ゆくえ》も知《し》らぬ恋《こい》の道《みち》かな　曾禰好忠《そねのよしただ》…82
47 八重《やえ》むぐら茂《しげ》れる宿《やど》のさびしきに人《ひと》こそ見《み》えね秋《あき》は来《き》にけり　恵慶法師《えぎょうほうし》…84
48 風《かぜ》をいたみ岩《いわ》うつ波《なみ》のおのれのみくだけてものを思《おも》ふころかな　源重之《みなもとのしげゆき》…85
49 みかきもり衛士《えじ》のたく火《ひ》の夜《よる》は燃《も》え昼《ひる》は消《き》えつつものをこそ思《おも》へ　大中臣能宣朝臣《おおなかとみのよしのぶあそん》…86
50 君《きみ》がため惜《お》しからざりし命《いのち》さへ長《なが》くもがなと思《おも》ひけるかな　藤原義孝《ふじわらのよしたか》…88
51 かくとだにえやはいぶきのさしも草《ぐさ》さしも知《し》らじなもゆる思《おも》ひを　藤原実方朝臣《ふじわらのさねかたあそん》…89

52 明《あ》けぬれば暮《く》るるものとは知《し》りながらなほ恨《うら》めしき朝《あさ》ぼらけかな　藤原道信《ふじわらのみちのぶ》朝臣《あそん》……90
53 嘆《なげ》きつつひとり寝《ね》る夜《よ》の明《あ》くる間《ま》はいかに久《ひさ》しきものとかは知《し》る　右大将道綱母《うだいしょうみちつなのはは》……92
54 忘《わす》れじの行《ゆ》く末《すえ》まではかたければ今日《きょう》を限《かぎ》りの命《いのち》ともがな　儀同三司母《ぎどうさんしのはは》……93
55 滝《たき》の音《おと》は絶《た》えてひさしくなりぬれど名《な》こそ流《なが》れてなほ聞《き》こえけれ　大納言公任《だいなごんきんとう》……94
56 あらざらむこの世《よ》のほかの思《おも》ひ出《で》にいまひとたびの逢《お》ふこともがな　和泉式部《いずみしきぶ》……96
57 めぐり逢《あ》ひて見《み》しやそれともわかぬ間《ま》に雲《くも》がくれにし夜半《よわ》の月《つき》かな　紫式部《むらさきしきぶ》……98
58 有馬山《ありまやま》猪名《いな》の笹原風《ささはらかぜ》吹《ふ》けばいでそよ人《ひと》を忘《わす》れやはする　大弐三位《だいにのさんみ》……100
59 やすらはで寝《ね》なましものを小夜《さよ》ふけてかたぶくまでの月《つき》を見《み》しかな　赤染衛門《あかぞめえもん》……101
60 大江山《おおえやま》いく野《の》の道《みち》の遠《とお》ければまだふみもみず天《あま》の橋立《はしだて》　小式部内侍《こしきぶのないし》……102
豆知識《まめちしき》③……103
覚《おぼ》えられた？……104
61 いにしへの奈良《なら》の都《みやこ》の八重桜《やえざくら》けふ九重《ここのえ》ににほひぬるかな　伊勢大輔《いせのたいふ》……106
豆知識《まめちしき》④……107
62 夜《よ》をこめて鳥《とり》の空音《そらね》ははかるともよに逢坂《おうさか》の関《せき》はゆるさじ　清少納言《せいしょうなごん》……108
豆知識《まめちしき》⑤……109
63 今《いま》はただ思《おも》ひたえなむとばかりを人《ひと》づてならで言《い》ふよしもがな　左京大夫道雅《さきょうのだいぶみちまさ》……110
64 朝《あさ》ぼらけ宇治《うじ》の川霧《かわぎり》たえだえにあらはれわたる瀬々《せぜ》の網代木《あじろぎ》　権中納言定頼《ごんちゅうなごんさだより》……111
65 恨《うら》みわびほさぬ袖《そで》だにあるものを恋《こい》に朽《く》ちなむ名《な》こそ惜《お》しけれ　相模《さがみ》……112
66 もろともにあはれと思《おも》へ山桜花《やまざくらはな》よりほかに知《し》る人《ひと》もなし　大僧正行尊《だいそうじょうぎょうそん》……113
67 春《はる》の夜《よ》の夢《ゆめ》ばかりなる手枕《たまくら》にかひなく立《た》たむ名《な》こそ惜《お》しけれ　周防内侍《すおうのないし》……114
68 心《こころ》にもあらでうき世《よ》にながらへば恋《こい》しかるべき夜半《よわ》の月《つき》かな　三条院《さんじょういん》……115
69 嵐《あらし》吹《ふ》く三室《みむろ》の山《やま》のもみぢ葉《ば》は竜田《たつた》の川《かわ》の錦《にしき》なりけり　能因法師《のういんほうし》……116
70 さびしさに宿《やど》を立《た》ちいでてながむればいづこも同《おな》じ秋《あき》の夕暮《ゆうぐ》れ　良暹法師《りょうぜんほうし》……118
71 夕《ゆう》されば門田《かどた》の稲葉《いなば》おとづれて葦《あし》のまろ屋《や》に秋風《あきかぜ》ぞ吹《ふ》く　大納言経信《だいなごんつねのぶ》……120
72 音《おと》に聞《き》く高師《たかし》の浜《はま》のあだ波《なみ》はかけじや袖《そで》のぬれもこそすれ　裕子内親王家紀伊《ゆうしないしんのうけのきい》……121
73 高砂《たかさご》の尾《お》の上《え》の桜《さくら》咲《さ》きにけり外山《とやま》の霞《かすみ》立《た》たずもあらなむ　前権中納言匡房《さきのごんちゅうなごんまさふさ》……122
74 憂《う》かりける人《ひと》を初瀬《はつせ》の山《やま》おろしよはげしかれとは祈《いの》らぬものを　源俊頼朝臣《みなもとのとしよりあそん》……124
75 契《ちぎ》りおきしさせもが露《つゆ》を命《いのち》にてあはれ今年《ことし》の秋《あき》もいぬめり　藤原基俊《ふじわらのもととし》……125
76 わたの原《はら》こぎ出《い》でてみればひさかたの雲居《くもい》にまがふ沖《おき》つ白波《しらなみ》　法性寺入道前関白太政大臣《ほっしょうじにゅうどうさきのかんぱくだいじょうだいじん》……126

77 瀬《せ》をはやみ岩《いわ》にせかるる滝川《たきがわ》のわれても末《すえ》に逢《あ》はむとぞ思《おも》ふ　崇徳院《すとくいん》 … 127
78 淡路島《あわじしま》かよふ千鳥《ちどり》の鳴《な》く声《こえ》に幾夜寝《いくよね》ざめぬ須磨《すま》の関守《せきもり》　源兼昌《みなもとのかねまさ》 … 128
79 秋風《あきかぜ》にたなびく雲《くも》の絶《た》え間《ま》よりもれ出《い》づる月《つき》の影《かげ》のさやけさ　左京大夫顕輔《さきょうのだいぶあきすけ》 … 130
80 長《なが》からむ心《こころ》も知《し》らず黒髪《くろかみ》の乱《みだ》れて今朝《けさ》はものをこそ思《おも》へ　待賢門院堀川《たいけんもんいんのほりかわ》 … 132
豆知識《まめちしき》⑥ … 133
覚《おぼ》えられた？ … 134
81 ほととぎす鳴《な》きつる方《かた》をながむればただ有明《ありあ》けの月《つき》ぞ残《のこ》れる　後徳大寺左大臣《ごとくだいじのさだいじん》 … 136
82 思《おも》ひわびさても命《いのち》はあるものを憂《う》きにたへぬは涙《なみだ》なりけり　道因法師《どういんほうし》 … 137
83 世《よ》の中《なか》よ道《みち》こそなけれ思《おも》ひ入《い》る山《やま》の奥《おく》にも鹿《しか》ぞ鳴《な》くなる　皇太后宮大夫俊成《こうたいごうぐうのだいぶしゅんぜい》 … 138
84 長《なが》らへばまたこのごろやしのばれむ憂《う》しと見《み》し世《よ》ぞ今《いま》は恋《こい》しき　藤原清輔朝臣《ふじわらのきよすけあそん》 … 139
85 夜《よ》もすがら物思《ものおも》ふころは明《あ》けやらで閨《ねや》のひまさへつれなかりけり　俊恵法師《しゅんえほうし》 … 140
86 嘆《なげ》けとて月《つき》やは物《もの》を思《おも》はするかこち顔《がお》なるわが涙《なみだ》かな　西行法師《さいぎょうほうし》 … 141
87 村雨《むらさめ》の露《つゆ》もまだ干《ひ》ぬ槇《まき》の葉《は》に霧立《きりた》ちのぼる秋《あき》の夕暮《ゆうぐ》れ　寂蓮法師《じゃくれんほうし》 … 142
88 難波江《なにわえ》の葦《あし》のかりねのひとよゆゑみをつくしてや恋《こ》ひわたるべき　皇嘉門院別当《こうかもんいんのべっとう》 … 144
89 玉《たま》の緒《お》よ絶《た》えなば絶《た》えねながらへば忍《しの》ぶることの弱《よわ》りもぞする　式子内親王《しょくしないしんのう》 … 145
90 見《み》せばやな雄島《おじま》のあまの袖《そで》だにもぬれにぞぬれし色《いろ》は変《か》はらず　殷富門院大輔《いんぷもんいんのたいふ》 … 146
91 きりぎりす鳴《な》くや霜夜《しもよ》のさむしろに衣《ころも》かたしきひとりかも寝《ね》む　後京極摂政前太政大臣《ごきょうごくせっしょうさきのだいじょうだいじん》 … 147
92 わが袖《そで》は潮干《しおひ》に見《み》えぬ沖《おき》の石《いし》の人《ひと》こそ知《し》らね乾《かわ》く間《ま》もなし　二条院讃岐《にじょういんのさぬき》 … 148
93 世《よ》の中《なか》は常《つね》にもがもな渚《なぎさ》こぐあまの小舟《おぶね》の綱手《つなで》かなしも　鎌倉右大臣《かまくらのうだいじん》 … 150
94 み吉野《よしの》の山《やま》の秋風《あきかぜ》さ夜《よ》更《ふ》けてふるさと寒《さむ》く衣打《ころもう》つなり　参議雅経《さんぎまさつね》 … 151
95 おほけなくうき世《よ》の民《たみ》におほふかなわが立《た》つ杣《そま》にすみぞめの袖《そで》　前大僧正慈円《さきのだいそうじょうじえん》 … 152
96 花《はな》さそふ嵐《あらし》の庭《にわ》の雪《ゆき》ならでふりゆくものはわが身《み》なりけり　入道前太政大臣《にゅうどうさきのだいじょうだいじん》 … 154
97 来《こ》ぬ人《ひと》をまつほの浦《うら》の夕《ゆう》なぎに焼《や》くや藻塩《もしお》の身《み》も焦《こ》がれつつ　権中納言定家《ごんちゅうなごんていか》 … 156
98 風《かぜ》そよぐならの小川《おがわ》の夕暮《ゆうぐ》れは禊《みそぎ》ぞ夏《なつ》のしるしなりける　従二位家隆《じゅうにいいえたか》 … 157
99 人《ひと》もをし人《ひと》も恨《うら》めしあぢきなく世《よ》を思《おも》ふゆゑに物思《ものおも》ふ身《み》は　後鳥羽院《ごとばいん》 … 158
100 ももしきや古《ふる》き軒端《のきば》のしのぶにもなほあまりある昔《むかし》なりけり　順徳院《じゅんとくいん》 … 159
覚《おぼ》えられた？ … 160
かるた遊《あそ》び … 162
さくいん … 164

百人一首《ひゃくにんいっしゅ》とは

「小倉《おぐら》百人一首《ひゃくにんいっしゅ》」の成立《せいりつ》

「小倉《おぐら》百人一首《ひゃくにんいっしゅ》」とは

百人一首《ひゃくにんいっしゅ》とは、その名《な》の通《とお》り百人《ひゃくにん》の歌人《かじん》からすぐれた和歌《わか》を一首《いっしゅ》ずつ選《えら》び集《あつ》めたもののことです。その中《なか》でも有名《ゆうめい》な「小倉百人一首《おぐらひゃくにんいっしゅ》」は、日本《にほん》で初《はじ》めて百人一首《ひゃくにんいっしゅ》の形式《けいしき》で和歌《わか》を集《あつ》めたものです。

「小倉百人一首《おぐらひゃくにんいっしゅ》」に入《はい》っている和歌《わか》は、鎌倉《かまくら》時代《じだい》に、藤原定家《ふじわらのていか》（一一六二〜一二四一）という人物《じんぶつ》によって選《えら》ばれました。定家《ていか》がそれまでによまれた多《おお》くの和歌《わか》からお気《き》に入《い》りの百首《ひゃくしゅ》を選《えら》び、それを後《のち》の世《よ》の人々《ひとびと》が現在《げんざい》のようによまれた時代《じだい》の順《じゅん》に整理《せいり》して並《なら》べたのです。

「小倉百人一首《おぐらひゃくにんいっしゅ》」ができたわけ

藤原定家《ふじわらのていか》は、朝廷《ちょうてい》（天皇《てんのう》を中心《ちゅうしん》とした政治《せいじ》の場《ば》）につかえる貴族《きぞく》でした。和歌《わか》や古典《こてん》を研究《けんきゅう》する学者《がくしゃ》であり、和歌《わか》を詠《よ》むのにすぐれていた定家《ていか》は、天皇《てんのう》の命令《めいれい》で作《つく》られる和歌集《わかしゅう》のために和歌《わか》を選《えら》ぶほどの有力《ゆうりょく》な歌人《かじん》でした。

藤原定家《ふじわらのていか》が、なぜ百首《ひゃくしゅ》の和歌《わか》を選《えら》ぶことになったのかについては、定家《ていか》が遺《のこ》した日記《にっき》、『明月記《めいげつき》』に記《しる》されています。

『明月記《めいげつき》』は、定家《ていか》が十代《だい》の頃《ころ》から八十歳《さい》で亡《な》くなるまで、ほとんど欠《か》かさずつけていた日記《にっき》です。その中《なか》の文暦《ぶんりゃく》二（一二三五）年五月《ねんごがつ》二十七日《にち》の日記《にっき》に、宇都宮頼綱《うつのみやよりつな》から、嵯峨《さが》の別荘《べっそう》（小倉山荘《おぐらさんそう》）のふすまに貼《は》る色紙《しきし》を書《か》いてほしいとたのまれました。天智天皇《てんじてんのう》をはじめ、昔《むかし》からの歌人《かじん》の和歌《わか》を一首《いっしゅ》ずつ書《か》いて送《おく》った、という内容《ないよう》が書《か》かれています。

宇都宮頼綱《うつのみやよりつな》というのは、定家《ていか》の息子《むすこ》・藤原《ふじわらの》為家《ためいえ》の妻《つま》の父親《ちちおや》にあたる人《ひと》です。この頼綱《よりつな》にたのまれて、彼《かれ》の別荘《べっそう》のふすまにかざるための色紙《しきし》の題材《だいざい》として選《えら》んだ百首《ひゃくしゅ》の和歌《わか》が、現代《げんだい》の「小倉百人一首《おぐらひゃくにんいっしゅ》」のもとになったのです。

なお、「小倉百人一首《おぐらひゃくにんいっしゅ》」が成立《せいりつ》した当時《とうじ》は、このような呼《よ》び名《な》はなく、定家《ていか》が小倉山《おぐらやま》で編《へん》纂《さん》したことから、後《のち》に「小倉百人一首《おぐらひゃくにんいっしゅ》」と呼《よ》ばれるようになりました。

和歌《わか》を選定《せんてい》しているところ

十の勅撰和歌集《ちょくせんわかしゅう》から選《えら》ばれた百首《ひゃくしゅ》

勅《ちょく》撰《せん》和《わ》歌《か》集《しゅう》とは

「小倉百人一首《おぐらひゃくにんいっしゅ》」に収《おさ》められている和歌《わか》は、すべて、勅撰和歌集《ちょくせんわかしゅう》の中《なか》から選《えら》ばれています。勅撰和歌集《ちょくせんわかしゅう》とは、天皇《てんのう》や、位《くらい》をゆずってしりぞいた元《もと》の天皇《てんのう》の命令《めいれい》によって和歌《わか》を集《あつ》めて作《つく》られた歌集《かしゅう》のことです。「小倉百人一首《おぐらひゃくにんいっしゅ》」の和歌《わか》は、このように国《くに》を挙《あ》げて作《つく》られた、全《ぜん》部《ぶ》で十《じゅう》の勅撰和歌集《ちょくせんわかしゅう》から選《えら》ばれています。すぐれた歌《うた》を集《あつ》めた勅撰和歌集《ちょくせんわかしゅう》の中《なか》から、さらに百首《ひゃくしゅ》に厳選《げんせん》されているのです。

十の勅《ちょく》撰《せん》和《わ》歌《か》集《しゅう》

一 古今和歌集《こきんわかしゅう》

日本《にほん》で最初《さいしょ》に作《つく》られた勅撰和歌集《ちょくせんわかしゅう》。醍醐天皇《だいごてんのう》（八八五～九三〇）の命令《めいれい》によって、九〇五年《ねん》に成立《せいりつ》した。「小倉百人一首《おぐらひゃくにんいっしゅ》」の三十五番目《ばんめ》に歌《うた》のある紀貫之《きのつらゆき》が中心《ちゅうしん》となって歌《うた》を選《えら》んだといわれ、後《のち》に作《つく》られる勅撰和歌《ちょくせんわか》集《しゅう》のお手本《てほん》となった。

二 後撰和歌集《ごせんわかしゅう》

村上天皇《むらかみてんのう》（九二六～九六七）の命令《めいれい》で、九五五～九五八年《ねん》にかけて作《つく》られた和歌集《わかしゅう》。

三 拾遺和歌集《しゅういわかしゅう》

三番目《ばんめ》の勅撰和歌集《ちょくせんわかしゅう》。花山天皇《かざんてんのう》（九六八～一〇〇八）の命令《めいれい》によって作《つく》られたとされているが、まだわかっていないことが多《おお》い。

四 後拾遺和歌集《ごしゅういわかしゅう》

白河天皇《しらかわてんのう》（一〇五三～一一二九）の命令《めいれい》で一〇八六年《ねん》に作《つく》られた和歌集《わかしゅう》。

五 金葉和歌集《きんようわかしゅう》

白河法皇《しらかわほうおう》の命令《めいれい》で作られた和歌集《わかしゅう》。七十四番目《ばんめ》に歌《うた》のある源俊頼《みなもとのとしより》が和歌《わか》を選《えら》んだ。

六 詞花和歌集《しかわかしゅう》

崇徳上皇《すとくじょうこう》（一一一九～一一六四）の命令《めいれい》によって作《つく》られた和歌集《わかしゅう》。七十九番目《ばんめ》に歌《うた》のある、藤原顕輔《ふじわらのあきすけ》が和歌《わか》を選《えら》んだ。

七 千載和歌集《せんざいわかしゅう》

後白河法皇《ごしらかわほうおう》（一一二七～一一九二）の命《めい》令《れい》によって作《つく》られた和歌集《わかしゅう》。藤原定家《ふじわらのていか》の父《ちち》、藤原俊成《ふじわらのしゅんぜい》が和歌《わか》を選《えら》んだ。

八 新古今和歌集《しんこきんわかしゅう》

後鳥羽上皇《ごとばじょうこう》（一一八〇～一二三九）の命令《めいれい》で、一二〇一～一二〇五年《ねん》にかけて作《つく》られた八番目《ばんめ》の勅撰和歌集《ちょくせんわかしゅう》。藤原定家《ふじわらのていか》が中心《ちゅうしん》となって歌《うた》を選《えら》んだ。和歌《わか》の世界《せかい》に大《おお》きな影響《えいきょう》を与《あた》えていた定家《ていか》が関《かか》わったことで、新古今和歌集《しんこきんわかしゅう》は勅撰《ちょくせん》和歌集《わかしゅう》の中《なか》でも後《のち》の時代《じだい》まで特《とく》に尊重《そんちょう》された。

九 新勅撰和歌集《しんちょくせんわかしゅう》

後堀河天皇《ごほりかわてんのう》（一二一二～一二三四）の命令《めいれい》により、一二三五年《ねん》に成立《せいりつ》した和歌集《わかしゅう》。藤原定家《ふじわらのていか》が歌《うた》を選《えら》んだ。

十 続後撰和歌集《しょくごせんわかしゅう》

後嵯峨上皇《ごさがじょうこう》の命令《めいれい》で、定家《ていか》の子《こ》・為家《ためいえ》が和《わ》歌《か》を選《えら》んだ和歌集《わかしゅう》。一二五一年《ねん》に成立《せいりつ》した。

部《ぶ》立《だ》て――春《はる》・夏《なつ》・秋《あき》・冬《ふゆ》・別《わか》れ・旅《たび》・恋《こい》・その他《ほか》

部《ぶ》立《だ》てとは

「部《ぶ》立《だ》て」とは、和歌集《わかしゅう》を作《つく》るときに、詠《よ》まれている題材《だいざい》によって収《おさ》める和歌《わか》を分類《ぶんるい》することです。

日本《にほん》で最初《さいしょ》に作《つく》られ、後《のち》の和歌集《わかしゅう》のお手本《てほん》にもなった『古今和歌集《こきんわかしゅう》』をはじめ、勅撰和《ちょくせんわ》歌集《かしゅう》に収録《しゅうろく》された和歌《わか》は「春《はる》の歌《うた》」「夏《なつ》の歌《うた》」「秋《あき》の歌《うた》」「冬《ふゆ》の歌《うた》」「祝《いわ》いの歌《うた》」「別《わか》れの歌《うた》」「旅《たび》の歌《うた》」「物《もの》の名前《なまえ》を詠《よ》みこんだ歌《うた》」「恋《こい》の歌《うた》」「人《ひと》の死《し》を悲《かな》しむ歌《うた》」「その他《た》の歌《うた》」などに分類《ぶんるい》されて収《おさ》められました。「小倉百人一《おぐらひゃくにんいっ》首《しゅ》」では、この勅撰和歌集《ちょくせんわかしゅう》の中《なか》での分類《ぶんるい》とほぼ同《おな》じように歌《うた》を分類《ぶんるい》し、部立《ぶだ》てをしています。

「小倉百人一首《おぐらひゃくにんいっしゅ》」に選《えら》ばれた百首《ひゃくしゅ》は、部立《ぶだ》てごとに見《み》ると、春《はる》の歌《うた》六首《しゅ》、夏《なつ》の歌《うた》四首《しゅ》、秋《あき》の歌《うた》十七首《しゅ》、冬《ふゆ》の歌《うた》六首《しゅ》、別《わか》れの歌《うた》一首《しゅ》、旅《たび》の歌《うた》五首《しゅ》、恋《こい》の歌《うた》四十三首《しゅ》となっていて、恋《こい》の歌《うた》が圧倒的《あっとうてき》に多《おお》いことがわかります。これには、美《うつく》しい恋《こい》の歌《うた》を好《この》んだ定家《ていか》の和歌《わか》の好《この》みが表《あらわ》れているといえるでしょう。

藤原定家《ふじわらのていか》と恋《こい》の歌《うた》

二《ふた》つの勅撰和歌集《ちょくせんわかしゅう》の編纂《へんさん》に関《かか》わった藤原定《ふじわらのてい》家《か》ですが、実《じつ》は、すべての勅撰和歌集《ちょくせんわかしゅう》に収《おさ》められた和歌《わか》の数《かず》を合計《ごうけい》すると、定家《ていか》の作品《さくひん》は四六五首《しゅ》にもなります。定家《ていか》は、最《もっと》も多《おお》くの和歌《わか》が勅撰和歌集《ちょくせんわかしゅう》に収録《しゅうろく》されている歌人《かじん》でもあるのです。

「小倉百人一首《おぐらひゃくにんいっしゅ》」の百首《ひゃくしゅ》を選《えら》んだ藤原定家《ふじわらのていか》は、優雅《ゆうが》で気品《きひん》のある美《うつく》しさ、表現《ひょうげん》の外《そと》に感《かん》じられる味《あじ》わいを大切《たいせつ》にしていました。そのため「小倉百人一首《おぐらひゃくにんいっしゅ》」に選《えら》ばれた歌《うた》にも、そのような定家《ていか》の好《この》みが感《かん》じられます。定家自《ていかじ》身《しん》、和歌《わか》を詠《よ》むさまざまなテクニックを使《つか》った、繊細《せんさい》で優雅《ゆうが》な美《うつく》しさのある恋《こい》の歌《うた》を詠《よ》むのを得意《とくい》としていたようです。「小倉百人《おぐらひゃくにん》一首《いっしゅ》」には、九十七番目《ばんめ》に定家自身《ていかじしん》の和歌《わか》も入《はい》っていますが、やはり恋《こい》の歌《うた》で、約束《やくそく》をしたのに来《こ》ない人《ひと》を待《ま》っている、切《せつ》ない恋心《こいごころ》が、和歌《わか》のテクニックを駆使《くし》して詠《よ》まれています。

なお、定家《ていか》は若《わか》い頃《ころ》から歌人《かじん》として高《たか》く評《ひょう》価《か》されていました。二十五歳《さい》のときに詠《よ》んだとされる「見渡《みわた》せば　花《はな》も紅葉《もみじ》も　なかりけり　浦《うら》の苫屋《とまや》の　秋《あき》の夕暮《ゆうぐ》れ」という歌《うた》は、名歌《めいか》として知《し》られています。一生《いっしょう》の間《あいだ》に歌風《かふう》は何度《なんど》も変化《へんか》しましたが、数多《かずおお》くの名歌《めいか》を残《のこ》しています。

藤原定家《ふじわらのていか》

「小倉百人一首《おぐらひゃくにんいっしゅ》」収録歌数《しゅうろくかすう》

「小倉百人一首《おぐらひゃくにんいっしゅ》」に収《おさ》められている和歌《わか》が、それぞれどの勅撰和歌集《ちょくせんわかしゅう》からいくつ選《えら》ばれているのかを部立《ぶだ》てごとに調《しら》べて、下《した》の表《ひょう》にまとめました。

部立《ぶだ》て	勅撰和歌集《ちょくせんわかしゅう》　歌集名《かしゅうめい》										計《けい》
	①古今和歌集《こきんわかしゅう》	②後撰和歌集《ごせんわかしゅう》	③拾遺和歌集《しゅういわかしゅう》	④後拾遺和歌集《ごしゅういわかしゅう》	⑤金葉和歌集《きんようわかしゅう》	⑥詞花和歌集《しかわかしゅう》	⑦千載和歌集《せんざいわかしゅう》	⑧新古今和歌集《しんこきんわかしゅう》	⑨新勅撰和歌集《しんちょくせんわかしゅう》	⑩続後撰和歌集《しょくごせんわかしゅう》	
春《はる》	4			1		1					6
夏《なつ》	1						1	1	1		4
秋《あき》	6	2	2	2	1			4			17
冬《ふゆ》	2				1		1	2			6
別《わか》れ	1										1
旅《たび》	3	1							1		5
恋《こい》	4	4	8	9	1	3	8	5	1		43
その他《た》	3			2	2	1	5	2	1	2	18
計《けい》	24	7	10	14	5	5	15	14	4	2	100

恋《こい》の歌《うた》が圧倒的《あっとうてき》に多《おお》く収録《しゅうろく》されていること、また、日本《にほん》で最初《さいしょ》の勅撰和歌集《ちょくせんわかしゅう》、『古今和歌集《こきんわかしゅう》』からの収録《しゅうろく》が多《おお》いことがわかります。

ところで、ロマンチックな恋《こい》の歌《うた》をはじめ、定家《ていか》によって「小倉百人一首《おぐらひゃくにんいっしゅ》」に選《えら》ばれるような、すぐれた和歌《わか》を詠《よ》んだのは、どのような人《ひと》たちだったのでしょうか。

作者《さくしゃ》の内訳《うちわけ》を見《み》ると、百首《ひゃくしゅ》の和歌《わか》のうち、男性《だんせい》の作者《さくしゃ》は七十九人《にん》、女性《じょせい》の作者《さくしゃ》は二十一人《にん》となっています。また、詠《よ》んだ人《ひと》の位《くらい》は、七人《にん》の天皇《てんのう》、一人《ひとり》の親王《しんのう》をはじめ、貴族《きぞく》、僧侶《そうりょ》、将軍《しょうぐん》、宮廷《きゅうてい》の女官《にょかん》などさまざまです。多《おお》くの人《ひと》に和歌《わか》が詠《よ》まれ、また、すぐれた和歌《わか》は、位《くらい》にこだわらず、秀歌《しゅうか》として残《のこ》されていったことがわかります。

～上《かみ》の句《く》と下《しも》の句《く》～

「上《かみ》の句《く》・下《しも》の句《く》」とは

「和歌《わか》」とは、中国《ちゅうごく》からきた漢字《かんじ》だけで作《つく》られた詩《うた》に対《たい》して、日本《にほん》の言葉《ことば》で古《ふる》くから作《つく》られてきた歌《うた》のことです。「和歌《わか》」にはもともと、さまざまな種類《しゅるい》の歌《うた》がありますが、現在《げんざい》では、「和歌《わか》」といわれるときにはふつう、「五・七・五・七・七」というリズムで作《つく》られた三十一音《おん》の短《みじか》い歌《うた》のことを指《さ》しています。「小倉百人一首《おぐらひゃくにんいっしゅ》」に収《おさ》められているのも、この三十一音《おん》の歌《うた》です。

和歌《わか》の三十一音《おん》のうち、初《はじ》めの「五・七・五」は「上《かみ》の句《く》」、続《つづ》く「七・七」は「下《しも》の句《く》」と呼《よ》ばれます。

和歌《わか》の心《こころ》

『古今和歌集《こきんわかしゅう》』の歌《うた》を選《えら》んだ紀貫之《きのつらゆき》は、その「仮名序《かなじょ》」で「和歌《わか》は人《ひと》の心《こころ》からくるものであり、心《こころ》の動《うご》きを、言葉《ことば》にして表《あらわ》したものである」と書《か》いています。和歌《わか》は、たった三十一音《おん》の短《みじか》い歌《うた》の中《なか》に、豊《ゆた》かな心《こころ》の動《うご》きが詠《よ》まれているのです。

紀貫之
人はいさ
心もしらず
ふるさとは
花ぞ昔の
香ににほひける
紀貫之《きのつらゆき》

百人一首《ひゃくにんいっしゅ》のかるた

百人《ひゃくにん》の歌人《かじん》の和歌《わか》を集《あつ》めた「小倉百人一首《おぐらひゃくにんいっしゅ》」が現在《げんざい》のように世《よ》の中《なか》の人々《ひとびと》に広《ひろ》く親《した》しまれるようになったのは、江戸時代《えどじだい》になって、印刷《いんさつ》の技術《ぎじゅつ》が発達《はったつ》し、絵入《えい》りのかるたが安《やす》く売《う》られるようになってからのことでした。現在《げんざい》では広《ひろ》く親《した》しまれている百人一首《ひゃくにんいっしゅ》のかるたですが、初《はじ》めはお金持《かねも》ちの貴族《きぞく》のお姫様《ひめさま》などが、お嫁《よめ》にゆくときに嫁入《よめい》り道具《どうぐ》として持《も》っていくような、高価《こうか》なものだったのです。

さて、この百人一首《ひゃくにんいっしゅ》のかるたは、読《よ》み札《ふだ》と取《と》り札《ふだ》に分《わ》かれています。現在《げんざい》の一般的《いっぱんてき》なかるたでは、読《よ》み札《ふだ》には和歌《わか》の上《かみ》の句《く》、下《しも》の句《く》の両方《りょうほう》が書《か》かれています。一方《いっぽう》、取《と》り札《ふだ》には、下《しも》の句《く》だけが書《か》かれ、取《と》り手《て》は上《かみ》の句《く》が読《よ》み上《あ》げられるのを聞《き》いて、続《つづ》く下《しも》の句《く》の書《か》かれた取《と》り札《ふだ》をさがします。

～和歌《わか》の修辞《しゅうじ》・技巧《ぎこう》～

～修辞《しゅうじ》とは～

「修辞《しゅうじ》」とは、言葉《ことば》をたくみに使《つか》ったり組《く》み合《あ》わせたりすることによって、詩歌《しいか》や文章《ぶんしょう》をより魅力的《みりょくてき》にする工夫《くふう》のことです。和歌《わか》は三十一音《おん》というとても短《みじか》い歌《うた》の中《なか》に、自分《じぶん》の気持《きも》ちを詠《よ》みこまなくてはなりません。そのため、歌人《かじん》たちは、和歌《わか》がより魅力的《みりょくてき》に、また、より印象深《いんしょうぶか》いものになるように、歌《うた》にさまざまな工夫《くふう》をこらしました。

～和歌《わか》の修辞《しゅうじ》～

一 掛詞《かけことば》

一つの言葉《ことば》に、二つ以上《いじょう》の意味《いみ》を持《も》たせる表現技法《ひょうげんぎほう》。表向《おもてむ》きに詠《よ》まれている言葉《ことば》の音《おと》を使《つか》って、別《べつ》の内容《ないよう》を表現《ひょうげん》することができる。

〔例《れい》〕立《た》ち別《わか》れ　いなばの山《やま》の　峰《みね》に生《お》ふる
まつとし聞《き》かば　今帰《いまかえ》り来《こ》む

いなば—「往《い》なば」「因幡《いなば》」
まつ—「待《ま》つ」「松《まつ》」

二 枕詞《まくらことば》

きまった言葉《ことば》の前《まえ》について、その言葉《ことば》を導《みちび》き出《だ》す言葉《ことば》。意味《いみ》や音《おと》のつながりがあり、和《わ》歌全体《かぜんたい》の調子《ちょうし》をととのえることができる。五音《おん》でできている。

〔例《れい》〕ひさかたの　光《ひかり》のどけき　春《はる》の日《ひ》に
しづ心《こころ》なく　花《はな》の散《ち》るらむ

三 縁語《えんご》

関連《かんれん》のある語句《ごく》どうしを二つ以上《いじょう》、連想《れんそう》させるように詠《よ》みこむ。伝《つた》えたい言葉《ことば》を強《つよ》めることができる。

〔例《れい》〕「渡《わた》る」・「行方《ゆくえ》」・「道《みち》」

四 序詞《じょことば》

枕詞《まくらことば》と同《おな》じで、意味《いみ》や音《おと》のつながりから、ある言葉《ことば》を導《みちび》き出《だ》す言葉《ことば》。枕詞《まくらことば》とはちがって、必《かなら》ずきまった言葉《ことば》どうしがつながるわけではない。七音以上《おんいじょう》でできている。

〔例《れい》〕「難波潟《なにわがた》　短《みじか》き葦《あし》の」・「ふしの間《ま》」

五 本歌取《ほんかど》り

過去《かこ》に詠《よ》まれた和歌《わか》の言葉《ことば》や表現《ひょうげん》を取《と》り入《い》れること。もとの和歌《わか》の持《も》つ意味《いみ》や雰囲気《ふんいき》を連想《れんそう》させ、歌《うた》の味《あじ》わいを深《ふか》めることができる。

〔例《れい》〕嵐吹《あらしふ》く　三室《みむろ》の山《やま》の　もみぢ葉《ば》は
竜田《たつた》の川《かわ》の　錦《にしき》なりけり

【本歌《ほんか》】竜田川《たつたがわ》　もみぢ葉流《ばなが》る　神奈備《かんなび》の
三室《みむろ》の山《やま》に　時雨《しぐれ》ふるらし

六 擬人法《ぎじんほう》

人《ひと》でないものを人《ひと》になぞらえて表現《ひょうげん》する。よりいっそう生《い》き生《い》きとした印象《いんしょう》を与《あた》える。

〔例《れい》〕心《こころ》あてに　折《お》らばや折《お》らむ　初霜《はつしも》の
置《お》きまどはせる　白菊《しらぎく》の花《はな》

七 体言止《たいげんど》め

和歌《わか》の終《お》わりを体言《たいげん》（名詞《めいし》）で終《お》わること。歌《うた》がまだ続《つづ》くような味《あじ》わい深《ぶか》さを残《のこ》すことができる。

〔例《れい》〕さびしさに　宿《やど》を立《た》ち出《い》でて　ながむれば
いづこも同《おな》じ　秋《あき》の夕暮《ゆうぐ》れ

1

秋《あき》の田《た》の　かりほの庵《いお》の　苫《とま》をあらみ
我《わ》が衣手《ころもで》は　露《つゆ》に濡《ぬ》れつつ

覚え方　あきのわがこ（秋《あき》の我《わ》が子《こ》）

出典　後撰和歌集《ごせんわかしゅう》

歌の意味

稲《いね》の実《みの》った秋《あき》の田《た》を見張《みは》るための仮小屋《かりごや》は、屋根《やね》をおおう苫《とま》の編《あ》み目《め》があらいので、中《なか》で番《ばん》をしている私《わたし》の着物《きもの》の袖《そで》はすきまからもれてくる夜露《よつゆ》にぬれ続《つづ》けていることだ。

天智天皇《てんじてんのう》（六二六～六七一年《ねん》）

中大兄皇子《なかのおおえのおうじ》とよばれていた皇太子時代《こうたいしじだい》、中臣《なかとみの》（藤原《ふじわら》）鎌足《かまたり》らと蘇我氏《そがし》を倒《たお》し、天皇中心《てんのうちゅうしん》の国《くに》づくりを進《すす》めました。これを「大化《たいか》の改新《かいしん》」といいます。後《のち》に作者《さくしゃ》は都《みやこ》を大津《おおつ》に移《うつ》し、天皇《てんのう》の位《くらい》につきました。

解説

この歌《うた》は、天智天皇《てんじてんのう》が秋《あき》の刈《か》り入《い》れの頃《ころ》の農民《のうみん》のつらさを思《おも》いやって詠《よ》んだものといわれています。しかし、日本最古《にほんさいこ》の歌集《かしゅう》『万葉集《まんようしゅう》』に「よみ人知《びとし》らず」としてこの歌《うた》のもとになったと思《おも》われる歌《うた》があり、改作《かいさく》ではないかともいわれています。

語句

かりほ…「刈《か》り穂《ほ》」と「仮庵《かりほ》（仮《かり》の小屋《こや》）」という二《ふた》つの意味《いみ》がかけられています。
苫《とま》…スゲやカヤなどで編《あ》んだむしろ。
衣手《ころもで》…着物《きもの》の袖《そで》。

鎌倉時代《かまくらじだい》	平安時代《へいあんじだい》	奈良時代《ならじだい》	飛鳥時代《あすかじだい》 (626～671)

1200　1100　1000　900　800　700　600

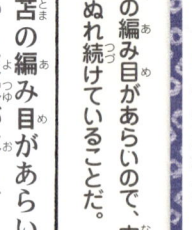

2

春過《はるす》ぎて　夏来《なつき》にけらし　白妙《しろたえ》の　衣《ころも》ほすてふ《ちょう》　天《あま》の香具山《かぐやま》

覚え方　はるころもほす（春衣《はるころも》ほす）

出典　新古今和歌集《しんこきんわかしゅう》

歌の意味

春《はる》が過《す》ぎて、いつのまにか夏《なつ》が来《き》てしまったようです。夏《なつ》になると衣《ころも》がえの白《しろ》い着物《きもの》を干《ほ》すという天《あま》の香具山《かぐやま》に。

持統天皇《じとうてんのう》

（六四五〜七〇二年《ねん》）

天智天皇《てんじてんのう》の娘《むすめ》で叔父《おじ》の天武天皇《てんむてんのう》の皇后《こうごう》。夫《おっと》の死《し》後《ご》十二年間《ねんかん》皇位《こうい》にありました。都《みやこ》を飛鳥《あすか》から藤原《ふじわら》京《きょう》に移《うつ》しています。

解説

香具山《かぐやま》は奈良県橿原市《ならけんかしはらし》にあり、耳成山《みみなしやま》、畝傍《うねび》山《やま》とともに大和三山《やまとさんざん》と呼《よ》ばれています。この歌《うた》はもともと『万葉集《まんようしゅう》』に「春過《はるす》ぎて夏来《なつき》たるらし白妙《しろたえ》の衣《ころも》ほしたり天《あめ》の香具山《かぐやま》」とあったもので、この場合《ばあい》、作者《さくしゃ》は直接衣《ちょくせつころも》を見《み》て詠《よ》んだことになります。

語句

白妙《しろたえ》の衣《ころも》…真《ま》っ白《しろ》な衣《ころも》。「白妙《しろたえ》」は「衣《ころも》」にかかる枕詞《まくらことば》としても使用《しよう》されますが、ここではそのまま真《ま》っ白《しろ》な衣《ころも》の意味《いみ》で用《もち》いられています。

てふ…「と言《い》ふ」のつづまった形《かたち》。音読《おんどく》するときは「ちょう」と読《よ》みます。

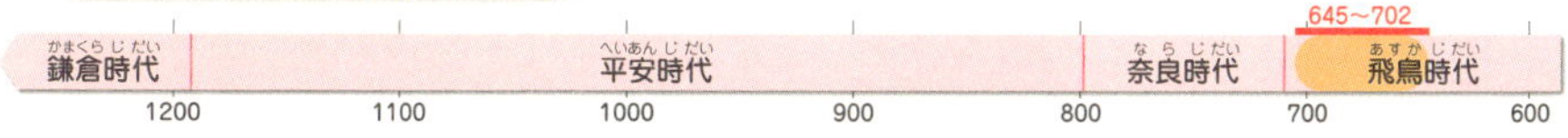

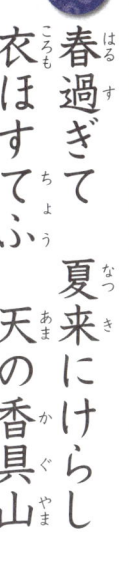

3 あしびきの　山鳥《やまどり》の尾《お》の　しだり尾《お》の　ながながし夜《よ》を　ひとりかも寝《ね》む

覚え方　あしながながし（足長々し《あしながなが》し）

出典　拾遺和歌集《しゅういわかしゅう》

歌の意味　山鳥《やまどり》の長《なが》くたれさがった尾《お》のように、長《なが》い長《なが》い夜《よる》を、あなたとはなれて一人《ひとり》さびしく寝《ね》るのだろうか。

柿本人麻呂《かきのもとのひとまろ》（生没年未詳《せいぼつねんみしょう》）

持統《じとう》・文武《もんむ》の両天皇《りょうてんのう》に仕《つか》えた宮廷歌人《きゅうていかじん》（プロの歌詠《うたよ》み）。『万葉集《まんようしゅう》』にも数多《かずおお》くの歌《うた》が残《のこ》っている、飛鳥《あすか》・奈良時代《ならじだい》の有名《ゆうめい》な歌人《かじん》です。

解説

「の」の音《おん》のくり返《かえ》しを声《こえ》に出《だ》して楽《たの》しみましょう。山鳥《やまどり》は、夜《よる》になるとオスとメスが谷《たに》をへだてて眠《ねむ》るといわれています。山鳥《やまどり》と同《おな》じように妻《つま》とはなれて一人《ひとり》ぼっちですごす夜《よる》の寂《さび》しさを詠《よ》んだ歌《うた》です。

語句

あしびきの…「山《やま》」にかかる枕詞《まくらことば》。
山鳥《やまどり》…キジ科《か》の鳥《とり》。オスは尾《お》が長《なが》く、その長《なが》さは一メートルをこえることも。

飛鳥時代《あすかじだい》　奈良時代《ならじだい》　平安時代《へいあんじだい》　鎌倉時代《かまくらじだい》
600　700　800　900　1000　1100　1200

4

田子《たご》の浦《うら》に　うち出《い》でてみれば　白妙《しろたえ》の
富士《ふじ》の高嶺《たかね》に　雪《ゆき》は降《ふ》りつつ

覚え方　た（ま）ご（は）たかね（玉子《たまご》は高値《たかね》）

出典　新古今和歌集《しんこきんわかしゅう》

歌の意味

田子《たご》の浦《うら》に出《で》てあおぎ見《み》ると、真《ま》っ白《しろ》な富士山《ふじさん》の頂上《ちょうじょう》には、今《いま》も雪《ゆき》が降《ふ》りしきっていることだ。

山部赤人《やまべのあかひと》

（生没年未詳《せいぼつねんみしょう》）

『万葉集《まんようしゅう》』を代表《だいひょう》する宮廷歌人《きゅうていかじん》。柿本人麻呂《かきのもとのひとまろ》とならび高《たか》く評価《ひょうか》され、ともに「歌聖《かせい》」と呼《よ》ばれています。

解説

「うち出《い》でて」の「うち」は意味《いみ》を強《つよ》める言葉《ことば》。山道《やまみち》から田子《たご》の浦《うら》に出《で》て急《きゅう》に視界《しかい》が開《ひら》けました。遠《とお》くはなれたふもとからは頂上《ちょうじょう》に雪《ゆき》が降《ふ》る様子《ようす》は実際《じっさい》には見《み》えないけれど、想像《そう》をふくらませて詠《よ》んでいるようです。

語句

田子《たご》の浦《うら》…今《いま》の静岡県駿河湾《しずおかけんするがわん》のあたり。
白妙《しろたえ》の…「真《ま》っ白《しろ》な」という意味《いみ》。「富士《ふじ》」にかかる枕詞《まくらことば》でもあります。
高嶺《たかね》…山《やま》のてっぺん。

鎌倉時代《かまくらじだい》　平安時代《へいあんじだい》　奈良時代《ならじだい》　飛鳥時代《あすかじだい》
1200　1100　1000　900　800　700　600

5

奥《おく》山《やま》に　紅葉《もみじ》踏《ふ》みわけ　鳴《な》く鹿《しか》の
声《こえ》聞《き》くときぞ　秋《あき》はかなしき

覚え方　おくやまにこえきく（奥山《おくやま》に声《こえ》きく）

出典　古今和歌集《こきんわかしゅう》

歌の意味

人里《ひとざと》はなれた奥深《おくぶか》い山《やま》の中《なか》で、ちりつもった紅葉《もみじ》を踏《ふ》みわけながら鳴《な》いている鹿《しか》の声《こえ》を聞《き》くと、秋《あき》のもの悲《がな》しさがいよいよ感《かん》じられることだよ。

ざ・・
すっかり色《いろ》づいたな…
キュウウーン
キュウウーン
雄鹿《おじか》も牝鹿《めじか》を探《さが》し山奥《やまおく》をさびしく歩《ある》いているんだな…
人恋《ひとこい》しくももの悲《がな》しい季節《きせつ》だなぁ……
勝手に
いっしょにすんなよ

猿《さる》丸《まる》大《だ》夫《ゆう》

（生没年未詳《せいぼつねんみしょう》）

三十六歌仙《かせん》の一人《ひとり》ですが、生《い》きていた時代《じだい》も、そもそも実在《じつざい》する人物《じんぶつ》なのかもはっきりとはわかっていません。

解説

秋《あき》のもの悲《がな》しさと作者《さくしゃ》の人恋《ひとこい》しさが感《かん》じられる歌《うた》です。紅葉《もみじ》を踏《ふ》みわけているのは作者《さくしゃ》なのか鹿《しか》なのか二通《ふたとお》り考《かんが》えられますが、鹿《しか》であるとするのが自然《しぜん》でしょう。

語句

奥山《おくやま》…人里《ひとざと》はなれた山《やま》の奥深《おくぶか》いところ。
紅葉《もみじ》…赤《あか》や黄色《きいろ》に色《いろ》づいた葉《は》。
鹿《しか》…ここでは牝鹿《めじか》を呼《よ》ぶ雄鹿《おじか》をさします。
ぞ…「声《こえ》きく時《とき》」を強調《きょうちょう》する働《はたら》き。

鎌倉時代《かまくらじだい》	平安時代《へいあんじだい》	奈良時代《ならじだい》	飛鳥時代《あすかじだい》

1200　1100　1000　900　800　700　600

6

かささぎの 渡《わた》せる橋《はし》に 置《お》く霜《しも》の 白《しろ》きを見《み》れば 夜《よ》ぞ更《ふ》けにける

覚え方 かさしろ（い）（傘白《かさしろ》い）

出典 新古今和歌集《しんこきんわかしゅう》

歌の意味

天《あま》の川《がわ》にかささぎが渡《わた》した橋《はし》が、まるで霜《しも》が降《お》りたかのように真《ま》っ白《しろ》になっているのを見《み》ると、もう夜《よる》もすっかりふけてしまったのだなあ。

七夕《たなばた》の夜《よる》には
かささぎが天《あま》の川《がわ》に
橋《はし》をかけるそうだが
…
今宵《こよい》はその橋《はし》に
霜《しも》がかかったように
白《しろ》く見《み》える…
ずいぶん
夜《よる》が更《ふ》けて
きたなぁ…
おー
さむ…
ブルル

中納言家持《ちゅうなごんやかもち》（七一八？～七八五年《ねん》）

大伴家持《おおとものやかもち》。奈良時代《ならじだい》の終《お》わり頃《ごろ》に活躍《かつやく》した歌人《かじん》で大伴旅人《おおとものたびと》の子《こ》。『万葉集《まんようしゅう》』に一番《いちばん》たくさんの歌《うた》が載《の》っている人《ひと》で、『万葉集《しゅう》』をまとめた中心人物《ちゅうしんじんぶつ》であるといわれています。

解説

中国《ちゅうごく》には、七夕《たなばた》の夜《よる》、織姫《おりひめ》と彦星《ひこぼし》を会《あ》わせるためにかささぎが集《あつ》まって橋《はし》を作《つく》るという伝説《でんせつ》がありました。冬《ふゆ》の夜空《よぞら》の天《あま》の川《がわ》の白《しろ》さを地上《ちじょう》の霜《しも》にみたてて詠《よ》んでいます。宮中《きゅうちゅう》の御殿《ごてん》の階段《かいだん》に霜《しも》が降《お》りた様子《ようす》を詠《よ》んだとする見方《みかた》もあります。

語句

かささぎ…カラス科《か》の鳥《とり》。鳴《な》き声《ごえ》から「かちがらす」とも呼《よ》ばれています。

鎌倉時代《かまくらじだい》　平安時代《へいあんじだい》　奈良時代《ならじだい》　飛鳥時代《あすかじだい》
718？～785
1200　1100　1000　900　800　700　600

7

天《あま》の原《はら》 ふりさけ見《み》れば 春日《かすが》なる 三笠《みかさ》の山《やま》に 出《い》でし月《つき》かも

覚え方 あまのみか（ちゃん）（天野美香《あまのみか》ちゃん）

出典 古今和歌集《こきんわかしゅう》

歌の意味

大空《おおぞら》をはるか遠《とお》く見渡《みわた》すと月《つき》が出《で》ている。あの月《つき》は、ふるさとの春日《かすが》にある三笠山《みかさやま》に出《で》ていたのと同《おな》じ月《つき》なのだなあ。

安倍仲麿《あべのなかまろ》

（六九八～七七〇年《ねん》）

作者《さくしゃ》は十七歳《さい》のとき唐《とう》（今《いま》の中国《ちゅうごく》）に留学《りゅうがく》し、三十数年《すうねん》を唐《とう》で過《す》ごしました。のちに日本《にほん》に帰《かえ》ろうとしますが、仲麿《なかまろ》の乗《の》った船《ふね》は暴風雨《ぼうふうう》のため難破《なんぱ》し唐《とう》にひきかえすことになり、そのままそこで一生《いっしょう》を終《お》えました。

解説

この歌《うた》は、安倍仲麿《あべのなかまろ》が唐《とう》から日本《にほん》へと戻《もど》るときに開《ひら》かれた帰国前《きこくまえ》の送別会《そうべつかい》で詠《よ》んだものとされています。日本《にほん》においては、送別会《そうべつかい》のような席《せき》では歌《うた》を詠《よ》むものだと言《い》って詠《よ》んだということが、『今昔物語集《こんじゃくものがたりしゅう》』にも描《えが》かれています。

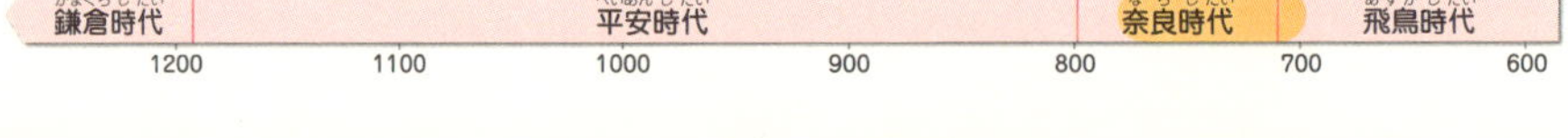

語句

天の原《あまのはら》…大空《おおぞら》。

ふりさけ見《み》れば…はるか遠《とお》く見渡《みわた》すと。

三笠の山《みかさのやま》…奈良市《ならし》の山《やま》。ふもとに春日大社《かすがたいしゃ》があります。

知っ得

唐《とう》に入《はい》った安倍仲麿《あべのなかまろ》は、唐《とう》に仕官《しかん》(役人《やくにん》になること)して、唐《とう》に仕《つか》えました。当時《とうじ》の皇帝《こうてい》であった玄宗《げんそう》に取《と》り立《た》てられた仲麿《なかまろ》は、李白《りはく》や王維《おうい》といった、高名《こうめい》な文人《ぶんじん》とも交流《こうりゅう》をもちました。仲麿《なかまろ》が、日本《にほん》からやって来《き》た遣唐使《けんとうし》に連《つ》れ立《だ》って帰国《きこく》しようとした際《さい》、唐《とう》の国《くに》の人《ひと》は、明州《めいしゅう》というところの海岸《かいがん》で、別《わか》れの宴《うたげ》を催《もよお》してくれたそうです。

関連事項

唐《とう》
六一八年《ねん》から九〇七年《ねん》に存在《そんざい》した、現在《げんざい》の中国《ちゅうごく》にあった王朝《おうちょう》。

遣唐使《けんとうし》
日本《にほん》から唐《とう》へ派遣《はけん》された使節《しせつ》。唐《とう》の文化《ぶんか》を取《と》り入《い》れることを目的《もくてき》に、六三〇年《ねん》から八九四年《ねん》までの間《あいだ》に何度《なんど》も派遣《はけん》されました。安倍仲麿《あべのなかまろ》は七一六年《ねん》に遣唐使《けんとうし》に選《えら》ばれ、唐《とう》に入《はい》りました。

春日《かすが》
現在《げんざい》の奈良県奈良市《ならけんならし》にある、春日大社一帯《かすがたいしゃいったい》のこと。春日野《かすがの》ともいいます。

今昔物語集《こんじゃくものがたりしゅう》
平安時代末期《へいあんじだいまっき》に書《か》かれた説話集《せつわしゅう》。安倍仲麿《あべのなかまろ》について書《か》かれているのは、『今昔物語集《こんじゃくものがたりしゅう》』巻《かん》第《だい》二十四。「今《いま》は昔《むかし》、安倍仲麿《あべのなかまろ》といふ人《ひと》ありけり。～といひてなむ泣《な》きける。」とある。

8

わが庵《いお》は　都《みやこ》のたつみ　しかぞ住《す》む
世《よ》をうぢ《じ》山《やま》と　人《ひと》はいふ《う》なり

覚え方　わがいうちや（若《わか》いうちや）

出典　古今和歌集《こきんわかしゅう》

歌の意味

私《わたし》の仮小屋《かりごや》は都《みやこ》の東南《とうなん》の宇治山《うじやま》にあって、心《こころ》おだやかに住《す》んでいます。世《よ》の中《なか》をつらいと思《おも》い、宇治山《うじやま》にのがれ住《す》んでいるのだと世間《せけん》の人《ひと》は言《い》っているようです。

喜撰法師《きせんほうし》（生没年未詳《せいぼつねんみしょう》）

六歌仙《ろっかせん》の一人《ひとり》ですが、分《わ》からないことが多《おお》く、歌《うた》もこの一首《いっしゅ》が伝《つた》わるのみです。出家《しゅっけ》して宇治山《うじやま》に住《す》んだといわれています。

解説

この歌《うた》は、「しかぞ住《す》む」の「しか」をどうとらえるかで、「このように心静《こころしず》かに住《す》んでいる、世間《せけん》の人《ひと》には言わしとけばいいさ」というような解釈《かいしゃく》と、「世《よ》をつらいと思《おも》って隠《かく》れ住《す》んでいる、世間《せけん》の人《ひと》の言《い》うとおりです」という解釈《かいしゃく》との、両方《りょうほう》が考《かんが》えられます。

語句

たつみ…十二支《じゅうにし》を使《つか》った昔《むかし》の方位《ほうい》の呼《よ》び方《かた》で、辰《たつ》と巳《み》の中間《ちゅうかん》、東南《とうなん》のこと。

うぢ山《やま》…「うぢ」に、つらい意《い》の「憂《う》し」と、地名《ちめい》の「宇治《うじ》」の二《ふた》つの意味《いみ》が掛《か》けられています。

鎌倉時代《かまくらじだい》　平安時代《へいあんじだい》　奈良時代《ならじだい》　飛鳥時代《あすかじだい》
1200　1100　1000　900　800　700　600

9

花《はな》の色《いろ》は 移《うつ》りにけりな いたづらに
わが身世《みよ》にふる ながめせし間《ま》に

覚え方 はなのながめ（花《はな》の眺《なが》め）

出典 古今和歌集《こきんわかしゅう》

歌の意味

降《ふ》り続《つづ》く春《はる》の長雨《ながあめ》に、桜《さくら》の花《はな》の色《いろ》はすっかり色《いろ》あせてしまいました。降《ふ》り続《つづ》く春《はる》の長雨《ながあめ》をぼんやり眺《なが》めながら、物思《ものおも》いにふけっている間《あいだ》に。

小野《おの》小《こ》町《まち》

（生没年未詳《せいぼつねんみしょう》）

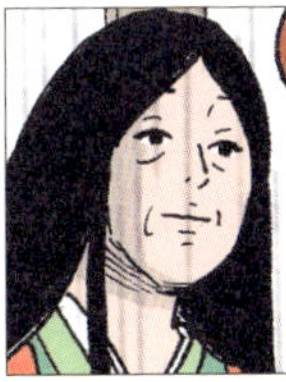

六歌仙《ろっかせん》の一人《ひとり》に数《かぞ》えられる有名《ゆうめい》な女性歌人《じょせいかじん》。平安時代《へいあんじだい》のはじめ、女官《にょかん》として宮廷《きゅうてい》に仕《つか》えていたといわれています。たいへんな美人《びじん》であったようです。

解説

この歌《うた》の中《なか》で「色《いろ》あせていくもの」は「桜《さくら》の花《はな》」とも、「作者自身《さくしゃじしん》の容姿《ようし》」とも、「作者《さくしゃ》が恋《こい》する相手《あいて》（男性《だんせい》）の気持《きも》ち」ともいわれています。

語句

ふる…「ふる」は「（雨《あめ》が）降《ふ》る」と「（時《とき》を）経《ふ》る」との掛詞《かけことば》。

ながめ…「長雨《ながあめ》」と物思《ものおも》いにふけってぼんやり見《み》るという「眺《なが》め」との掛詞《かけことば》。

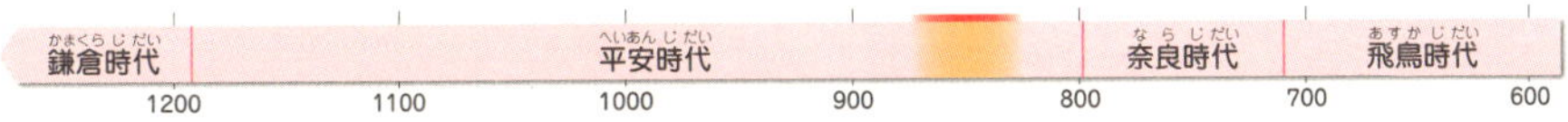

10 これやこの 行《ゆ》くも帰《かえ》るも 別《わか》れては 知《し》るも知《し》らぬも 逢坂《おうさか》の関《せき》

覚え方 これしる(?)(これ知《し》る?)

出典 後撰和歌集《ごせんわかしゅう》

歌の意味

これがあの有名《ゆうめい》な、都《みやこ》から東国《とうごく》へ下《くだ》っていく人《ひと》も都《みやこ》へ帰《かえ》って行《い》く人《ひと》も、知《し》っている人《ひと》も知《し》らない人《ひと》も、別《わか》れてはまた出会《であ》うという逢坂《おうさか》の関所《せきしょ》なのだなあ。

蟬丸《せみまる》
(生没年未詳《せいぼつねんみしょう》)

盲目《もうもく》の琵琶《びわ》の名手《めいしゅ》で、逢坂《おうさか》の関《せき》のそばに住《す》んでいたと伝《つた》えられています。

解説

琵琶《びわ》の名手《めいしゅ》であった作者《さくしゃ》が、逢坂《おうさか》の関《せき》を通《とお》っていく旅人《たびびと》の様子《ようす》に対《たい》して詠《よ》んだ歌《うた》であるとされています。

「関《せき》」とは「関所《せきしょ》」のことで、国境《こっきょう》ぞいにもうけられ、人《ひと》や物《もの》の出入《ではい》りを見《み》はるところです。この逢坂《おうさか》の関《せき》は、京都府《きょうとふ》と滋賀県《しがけん》の間《あいだ》にあった関所《せきしょ》です。

語句

これやこの…これがあのうわさの。
別《わか》れては…別《わか》れて、またその一方《いっぽう》では。
逢坂《おうさか》の関《せき》…地名《ちめい》の「逢坂《おうさか》」と、人《ひと》と人《ひと》が「会《あ》う」意味《いみ》が掛《か》けられています。

鎌倉時代《かまくらじだい》 平安時代《へいあんじだい》 奈良時代《ならじだい》 飛鳥時代《あすかじだい》
1200 1100 1000 900 800 700 600

豆知識

歌枕《うたまくら》 ①

歌枕《うたまくら》とは

「歌枕《うたまくら》」とは、和歌《わか》に題材《だいざい》として詠《よ》まれた場所《ばしょ》のことをいいます。すぐれた和歌《わか》に詠《よ》まれ、人々《ひとびと》の心《こころ》に強《つよ》く残《のこ》った地名《ちめい》などは、その地名《ちめい》を出《だ》すだけで、心《こころ》の中《なか》に歌《うた》に詠《よ》まれた情景《じょうけい》を思《おも》い起《お》こさせるようになります。そうして、その情《じょう》景《けい》への思《おも》いやあこがれが新《あたら》しい歌《うた》に詠《よ》まれるなどして、多《おお》くの和歌《わか》に登場《とうじょう》する歌枕《うたまくら》は、そこをおとずれたことのない人々《ひとびと》の心《こころ》の中《なか》にも、しっかりと刻《きざ》まれていったのです。「小倉百人一首《おぐらひゃくにんいっしゅ》」でお気《き》に入《い》りの一首《いっしゅ》を見《み》つけたら、その歌枕《うたまくら》をおとずれてみてはどうでしょう。

歌枕《うたまくら》になった地名《ちめい》

歌枕《うたまくら》になった地名《ちめい》は、奈良《なら》を中心《ちゅうしん》として関西《かんさい》圏《けん》に多《おお》く見《み》られますが、もちろん、日本各地《にほんかくち》にもあります。下《した》の地図《ちず》は、関西圏《かんさいけん》の一部《いちぶ》と、日《に》本各地《ほんかくち》の歌枕《うたまくら》になった地名《ちめい》をまとめています。

末《すえ》の松山《まつやま》42
筑波山《つくばさん》13
天《あま》の橋立《はしだて》60
由良《ゆら》の門《と》46
(2説あり)
因幡山《いなばやま》16
伊吹山《いぶきやま》51
田子《たご》の浦《うら》4
P.73を見よう！

11

わたの原《はら》　八十島《やそしま》かけて　こぎ出《い》でぬと
人《ひと》には告《つ》げよ　あまのつり舟《ぶね》

覚え方　わたのはらやつりぶね（わたの原《はら》や釣《つ》り船《ぶね》）

出典　古今和歌集《こきんわかしゅう》

歌の意味

大海原《おおうなばら》の多《おお》くの島々《しまじま》を目指《めざ》して漕《こ》ぎ出《だ》して行《い》ったと、大切《たいせつ》なあの人《ひと》に伝《つた》えておくれよ、漁師《りょうし》のつり舟《ぶね》よ。

篁《たかむら》よ！唐行《とうゆ》きを断《ことわ》るお前《まえ》のような奴《やつ》は流罪《るざい》じゃ！
ギッ
ギッ
……
……
……
おい そこの漁師《りょうし》
都《みやこ》にいる私《わたし》の親《した》しい人《ひと》に伝《つた》えておくれ
私《わたし》はたくさんの島々《しまじま》をめぐって広《ひろ》い海《うみ》へとこぎ出《だ》して行《い》ったと…
ハラ
ハラ
ハラ
……
オラっちに言《い》われても…

参議篁《さんぎたかむら》（八〇二～八五二年《ねん》）

小野篁《おののたかむら》。漢詩《かんし》や和歌《わか》、学問《がくもん》に優《すぐ》れていた篁《たかむら》は、その才能《さいのう》を認《みと》められ遣唐《けんとう》副使《ふくし》に選《えら》ばれました。しかし遣唐大使《けんとうたいし》と争《あらそ》って舟《ふね》に乗《の》らなかったため、罰《ばつ》として隠岐《おき》に島流《しまなが》しにされてしまいます。

解説

この歌《うた》は、作者《さくしゃ》が隠岐《おき》に流《なが》される途中《とちゅう》の舟《ふね》の中《なか》で、都《みやこ》にいる家族《かぞく》を思《おも》い、詠《よ》んだものだといわれています。漁師《りょうし》という都《みやこ》に伝《つた》える術《すべ》もないような人《ひと》たちに呼《よ》びかけていることからも、作者《さくしゃ》がどんなに不安《ふあん》で孤独《こどく》な気持《きも》ちであったかが感《かん》じられます。

語句

わたの原《はら》…大海原《おおうなばら》。
八十島《やそしま》…多《おお》くの島々《しまじま》。ここでは島根県《しまねけん》にある隠岐《おき》の島々《しまじま》のことだといわれています。
あま…漁師《りょうし》。

802～852
鎌倉時代《かまくらじだい》
平安時代《へいあんじだい》
奈良時代《ならじだい》
飛鳥時代《あすかじだい》
1200
1100
1000
900
800
700
600

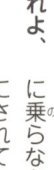

12

天《あま》つ風《かぜ》 雲《くも》の通《かよ》ひ《い》路《じ》 吹《ふ》きとぢ《じ》よ
を《お》とめの姿《すがた》 しばしとどめむ《ん》

覚え方 あまつ(の)をとめ(あ、待《ま》つの乙女《おとめ》)

出典 古今和歌集《こきんわかしゅう》

歌の意味

大空《おおぞら》を吹《ふ》く風《かぜ》よ、どうか天女《てんにょ》たちの帰《かえ》り道《みち》である雲《くも》の間《あいだ》を吹《ふ》き閉《と》ざしておくれ。この舞姫《まいひめ》たちの姿《すがた》を、もう少しここに引《ひ》き止《と》めておきたいから。

僧正遍昭《そうじょうへんじょう》

(八一六〜八九〇年《ねん》)

出家前《しゅっけまえ》の名前《なまえ》は良岑宗貞《よしみねのむねさだ》。六歌仙《ろっかせん》、三十六歌仙《さんじゅうろっかせん》の一人《ひとり》。第《だい》五十代桓武天皇《かんむてんのう》の孫《まご》で素性法師《そせいほうし》の父《ちち》。第《だい》五十四代仁明天皇《にんみょうてんのう》に仕《つか》えていましたが、天皇《てんのう》の崩御《ほうぎょ》(亡《な》くなること)後《ご》に出家《しゅっけ》し、僧侶《そうりょ》になりました。

解説

この歌《うた》は、作者《さくしゃ》が華麗《かれい》な宮中《きゅうちゅう》の豊明節会《とよのあかりのせちえ》で踊《おど》っている舞姫《まいひめ》の美《うつく》しさにみとれ、この歌《うた》を詠《よ》んだといわれています。あまりの美《うつく》しさに、彼女《かのじょ》たちを、まるで天《てん》に舞《ま》い上《あ》がる天女《てんにょ》のようだと感《かん》じています。優美《ゆうび》で幻想的《げんそうてき》なイメージが伝《つた》わってくる歌《うた》です。

語句

天《あま》つ風《かぜ》…大空《おおぞら》を吹《ふ》く風《かぜ》よ。
雲《くも》の通《かよ》ひ路《じ》…雲《くも》の切《き》れ目《め》の通路《つうろ》。
をとめ…天上《てんじょう》と地上《ちじょう》をゆきかう天女《てんにょ》のこと。ここでは舞姫《まいひめ》を天女《てんにょ》にたとえています。

816〜890
飛鳥時代《あすかじだい》 奈良時代《ならじだい》 平安時代《へいあんじだい》 鎌倉時代《かまくらじだい》
600 700 800 900 1000 1100 1200

13

筑波嶺《つくばね》の 峰《みね》より落《お》つる みなの川《がわ》 恋《こい》ぞつもりて 淵《ふち》となりぬる

覚え方 ばねのこひ(バネの恋《こい》)

出典 後撰和歌集《ごせんわかしゅう》

歌の意味

筑波山《つくばさん》の峰《みね》から流《なが》れ落《お》ちるみなの川《がわ》が、やがて深《ふか》いよどみとなるように、私《わたし》のあなたへの恋心《こいごころ》も、積《つ》もり積《つ》もって今《いま》では深《ふか》い思《おも》いのよどみとなってしまったよ。

筑波《つくば》の峰《みね》から流《なが》れ落《お》ちてくるみなの川《がわ》が
はあああ
わずかな流《なが》れからやがて深《ふか》いふちになっていくように
ブク
あなたへの私《わたし》の気持《きも》ちも今《いま》ではこんなに深《ふか》くなってしまった……!
ブク
ブク

陽成院《ようぜいいん》

(八六八〜九四九年《ねん》)

はあ

第《だい》五十六代清和天皇《せいわてんのう》の皇子《おうじ》で、元良親王《もとよししんのう》の父《ちち》。第《だい》五十七代天皇《だいてんのう》として九歳《さい》で即位《そくい》しましたが、病《やまい》のため十七歳《さい》で譲位《じょうい》しました。陽成院《ようぜいいん》は天皇《てんのう》を譲位《じょうい》した後《あと》の名前《なまえ》です。

解説

この歌《うた》は、作者《さくしゃ》が後《のち》に妻《つま》となる綏子内親王《すいしないしんのう》に宛《あ》てて詠《よ》まれたとされています。このときはまだ、作者《さくしゃ》の片思《かたおも》いでした。だんだんと募《つの》らせていく綏子内親王《すいしないしんのう》への深《ふか》い恋心《こいごころ》が伝《つた》わってきます。恋《こい》がかなうまでの切《せつ》ない歌《うた》として、昔《むかし》から親《した》しまれてきました。

語句

みなの川《がわ》…筑波山《つくばさん》を源《みなもと》として流《なが》れる川《かわ》。

淵《ふち》…水《みず》がよどんで深《ふか》くなっている所《ところ》。ここでは、恋《こい》の思《おも》いの深《ふか》さをたとえています。

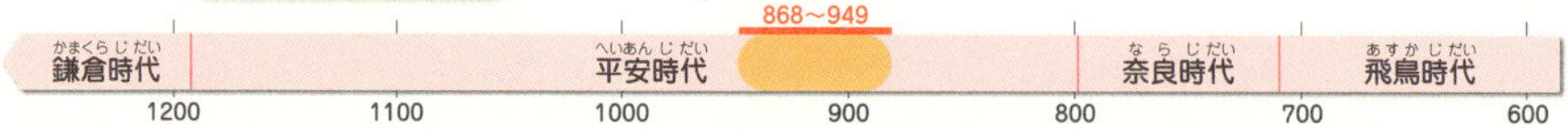
868〜949
鎌倉時代《かまくらじだい》
平安時代《へいあんじだい》
奈良時代《ならじだい》
飛鳥時代《あすかじだい》
1200
1100
1000
900
800
700
600

14

陸奥《みちのく》の しのぶもぢ《じ》ずり 誰《たれ》ゆゑ《え》に 乱《みだ》れそめにし 我《われ》ならなくに

覚え方 みちのみだれ（道《みち》の乱《みだ》れ）

出典 古今和歌集《こきんわかしゅう》

歌の意味

陸奥《みちのく》の地で作《つく》られている「しのぶもぢずり」の乱《みだ》れ模様《もよう》のように、私《わたし》の心《こころ》は思《おも》い乱《みだ》れていますが、誰《だれ》のせいで乱《みだ》れはじめたのか。私《わたし》のせいではありませんのに。

河《かわ》原《ら》左《さ》大《だい》臣《じん》（八二二〜八九五年《ねん》）

源融《みなもとのとおる》。第五十二代《だい》嵯峨《さが》天皇《てんのう》の皇子《おうじ》でしたが、苗字《みょうじ》をもらい臣籍降下《しんせきこうか》しました。左大臣《さだいじん》で平安京《へいあんきょう》の河原院《かわらのいん》に住《す》んでいたので、この名《な》で呼《よ》ばれていました。

解説

恋人《こいびと》に心変《こころが》わりを疑《うたが》われた作者《さくしゃ》が、変《か》わらぬ恋心《こいごころ》を伝《つた》えるために詠《よ》んだ歌《うた》です。当時《とうじ》の京都《きょうと》では珍《めずら》しく新鮮《しんせん》なイメージだった「しのぶもぢずり模様《もよう》」を取《と》り入《い》れ、作者《さくしゃ》の焦《あせ》りや高《たか》ぶりなど、感情《かんじょう》の乱《みだ》れが巧《たく》みに表現《ひょうげん》されています。

語句

もぢずり…草木《くさき》の汁《しる》で乱《みだ》れ模様《もよう》に染《そ》めた布《ぬの》。

乱《みだ》れそめにし…ここでの「そめ」とは、「〜しはじめる」の「初《そ》め」と、「染《そ》め物《もの》」の「染《そ》め」の二《ふた》つの意味《いみ》が込《こ》められている掛詞《かけことば》です。

822〜895
鎌倉時代《かまくらじだい》　平安時代《へいあんじだい》　奈良時代《ならじだい》　飛鳥時代《あすかじだい》
1200　1100　1000　900　800　700　600

15

君《きみ》がため 春《はる》の野《の》に出《い》でて 若菜《わかな》つむ わが衣手《ころもで》に 雪《ゆき》は降《ふ》りつつ

覚え方 きみはころもにゆき（君《きみ》は衣《ころも》に雪《ゆき》）

出典 古今和歌集《こきんわかしゅう》

歌の意味

あなたに差《さ》し上《あ》げるために、春《はる》の野《の》に出《で》て若菜《わかな》をつんでいる私《わたし》の着物《きもの》の袖《そで》には、雪《ゆき》がしきりに降《ふ》り続《つづ》いているよ。

あの方《かた》に
若菜《わかな》を
つんでいこう
……
お！
はこべら！
！
もう春《はる》だと
いうのに
わたしの衣《ころも》の
袖《そで》に
次々《つぎつぎ》と雪《ゆき》が
降《ふ》ってくる

光孝天皇《こうこうてんのう》（八三〇〜八八七年《ねん》）

第《だい》五十四代仁明天皇《だいにんみょうてんのう》の皇子《おうじ》。第《だい》五十八代《だい》の天皇《てんのう》。藤原基経《ふじわらのもとつね》の力《ちから》ぞえもあり、五十五歳《さい》で即位《そくい》しました。賢明《けんめい》で優《やさ》しい性格《せいかく》と伝《つた》えられており、天皇即位後《てんのうそくいご》も自分《じぶん》で炊事《すいじ》をしたという逸話《いつわ》が残《のこ》されています。

解説

天皇《てんのう》が即位《そくい》する前《まえ》の、時康親王《ときやすしんのう》と呼《よ》ばれていた頃《ころ》に、ある人《ひと》に贈《おく》った若菜《わかな》に添《そ》えられた挨拶《あいさつ》の歌《うた》だといわれています。若菜《わかな》の緑《みどり》と雪《ゆき》の白《しろ》という色彩《しきさい》の鮮《あざ》やかさと、相手《あいて》を思《おも》いやる優《やさ》しい気持《きも》ちが伝《つた》わってくる、初春《はつはる》らしい一首《しゅ》です。

鎌倉時代《かまくらじだい》
平安時代《へいあんじだい》
830〜887
奈良時代《ならじだい》
飛鳥時代《あすかじだい》
1200
1100
1000
900
800
700
600

語句

春《はる》…ここでの春《はる》は、「正月《しょうがつ》」を表《あらわ》します。

若菜《わかな》…春《はる》の初《はじ》めに生《は》える、葉《は》がやわらかくて食用《しょくよう》、薬草《やくそう》にされる草《くさ》。

衣手《ころもで》…着物《きもの》の袖《そで》。

知っ得

下《した》の「関連事項《かんれんじこう》」にもあるとおり、現代《げんだい》でも春《はる》の七草《ななくさ》をおかゆにして食《た》べる習慣《しゅうかん》がありますが、この習慣《しゅうかん》は、古《ふる》くからあるものでした。昔《むかし》は、今《いま》の二月頃《がつごろ》に、春《はる》の七草《ななくさ》のおかゆを食《た》べていました。まだまだ寒《さむ》さは厳《きび》しいながらも、少《すこ》しずつ春《はる》を感《かん》じられるこの頃《ころ》、さまざまな若菜《わかな》が芽吹《めぶ》きはじめます。この若菜《わかな》を食《た》べると、邪気《じゃき》を払《はら》ったり、病気《びょうき》を除《のぞ》くことができたりすると信《しん》じられていたのです。

関連事項

春《はる》の七草《ななくさ》

「せり・なずな・ごぎょう・はこべら・ほとけのざ・すずな・すずしろ」の七つの若菜《わかな》を指《さ》します。現代《げんだい》でも一月七日《がつなのか》にこの春《はる》の七草《くさ》をおかゆにして食《た》べる習慣《しゅうかん》が残《のこ》っています。

大鏡《おおかがみ》

作者《さくしゃ》は不明《ふめい》。第《だい》五十五代文徳天皇《だいもんとくてんのう》から第《だい》六十八代後一条天皇《だいごいちじょうてんのう》までの歴史《れきし》がつづられた歴史書《れきししょ》です。ここに、光孝天皇《こうこうてんのう》のことがつづられた文章《ぶんしょう》が載《の》っています。有名《ゆうめい》なエピソードとしては、ある宴《うたげ》の席《せき》で、世話《せわ》をする係《かかり》の人《ひと》が、いちばん主《しゅ》とすべき客《きゃく》の料理《りょうり》に、雉《きじ》の足《あし》を入《い》れるのを忘《わす》れたときのものがあります。このとき、世話《せわ》をする係《かかり》の人《ひと》は、光孝天皇《こうこうてんのう》の料理《りょうり》の中《なか》から、雉《きじ》の足《あし》をとり、客《きゃく》の料理《りょうり》へ入《い》れたそうです。ところが光孝天皇《こうこうてんのう》は世話《せわ》をする係《かかり》を叱《しか》るどころか、その人《ひと》を気遣《きづか》い、その場《ば》の明《あ》かりを消《け》し、料理《りょうり》が見《み》えないようにしてあげたということです。

16

立《た》ち別《わか》れ いなばの山《やま》の 峰《みね》に生《お》ふ《う》る まつとし聞《き》かば 今《いま》帰《かえ》り来《こ》む《ん》

覚え方 いなばのやまのまつ（いなばの山《やま》の松《まつ》）

出典 古今和歌集《こきんわかしゅう》

歌の意味

あなたと別《わか》れて因幡《いなば》の国《くに》へ行《い》きますが、因幡山《いなばさん》の峰《みね》に生《は》えている松《まつ》の名《な》のように、あなたが「待《ま》つ（待《ま》っている）」と聞《き》いたなら、すぐにでも帰《かえ》ってきましょう。

中納言行平《ちゅうなごんゆきひら》

（八一八～八九三年《ねん》）

在原行平《ありわらのゆきひら》。中納言《ちゅうなごん》は、役職《やくしょく》の名前《なまえ》。平城天皇《へいぜいてんのう》の第《だい》一皇子《おうじ》である阿保親王《あぼしんのう》の次男《じなん》です。在原《ありわら》の姓《せい》を賜《たまわ》り、臣籍降下《しんせきこうか》しました。在《あり》原業平《わらのなりひら》の兄《あに》で、学才《がくさい》があったといわれています。三十八歳《さい》で因幡守《いなばのかみ》（現在《げんざい》の鳥取県《とっとりけん》の長《おさ》）に任《にん》ぜられました。その後《ご》、第《だい》五十五代《だい》文徳《もんとく》天皇《てんのう》の時代《じだい》に一時《いちじ》須磨《すま》に配流《はいる》されました。

解説

行平《ゆきひら》は、八五五年《ねん》に因幡守《いなばのかみ》として赴任《ふにん》しています。この歌《うた》は、都《みやこ》を離《はな》れ、因幡《いなば》の国《くに》へ行《い》くことになった行平《ゆきひら》のために、送別会《そうべつかい》を催《もよお》してくれた人《ひと》たちに向《む》けて贈《おく》った歌《うた》です。任期《にんき》が終《お》わるまで都《みやこ》に帰《かえ》れない現実《げんじつ》の中《なか》、「いつでも帰《かえ》ってくる」と詠《よ》んだ裏《うら》にある、作者《さくしゃ》の孤独《こどく》やつらさが伝《つた》わってきます。

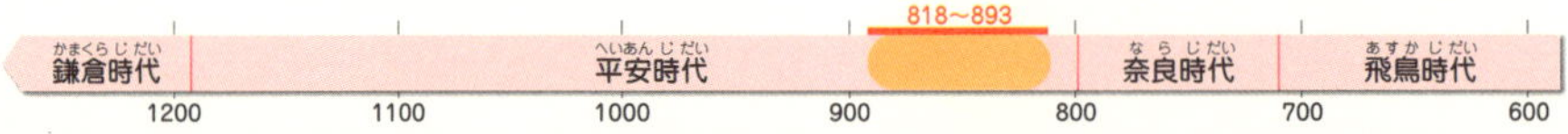

語句

いなばの山《やま》…掛詞《かけことば》が用《もち》いられています。そのうちの一つの意味《いみ》である「因幡山《いなばやま》」は、今《いま》の鳥取県《とっとりけん》にある稲羽山《いなばやま》のことを指《さ》しています。

今帰《いまかえ》り来《こ》む…すぐにでも帰《かえ》ってきましょう。

修辞法

「いなば」には「往《い》なば（行《い》ったとしたら）」と「因幡《いなば》」の意味《いみ》が、「まつ」には「待《ま》つ」と「松《まつ》」の意味《いみ》が含《ふく》まれており、いずれも「掛詞《かけことば》」になっています。また、「いなばの山《やま》の　峰《みね》に生《お》ふる」は、「まつ」に含《ふく》まれている意味《いみ》のうち「松《まつ》」を導《みちび》き出《だ》しており、序詞《じょことば》が用《もち》いられています。このように、この歌《うた》は一首《いっしゅ》の中《なか》に二つの掛詞《かけことば》と、序詞《じょことば》が用《もち》いられており、技巧《ぎこう》に富《と》んだ歌《うた》だということができます。

関連事項

奨学院《しょうがくいん》
奨学院《しょうがくいん》は、行平《ゆきひら》が創設《そうせつ》した当時《とうじ》の貴族《きぞく》のための教育機関《きょういくきかん》です。平安時代末期《へいあんじだいまっき》、貴族《きぞく》のおとろえとともに、奨学院《しょうがくいん》もおとろえていきました。

須磨琴《すまごと》
一枚《まい》の板《いた》に一本《ぽん》の弦《げん》だけが張《は》られた、単純《たんじゅん》な構造《こうぞう》の一弦琴《げんきん》。行平《ゆきひら》が須磨《すま》に配流《はいる》され、そのときに寂《さび》しさを紛《まぎ》らわすために浜辺《はまべ》に流《なが》れ着《つ》いた一片《ぺん》の木片《もくへん》から作《つく》られたという説《せつ》が有《ゆう》力視《りょくし》されています。

中納言《ちゅうなごん》
作者名《さくしゃめい》である中納言行平《ちゅうなごんゆきひら》の「中納言《ちゅうなごん》」とは、当時《とうじ》の役職《やくしょく》の名前《なまえ》です。政治上《せいじじょう》の事務事《じむごと》の審《しん》査《さ》や天皇《てんのう》と臣下《しんか》の伝達役《でんたつやく》を任《まか》された、高《たか》い位《くらい》の役職《やくしょく》です。

猫《ねこ》が帰《かえ》ってくるおまじない
この歌《うた》は、その歌《うた》の意味《いみ》から、いなくなった猫《ねこ》が帰《かえ》ってくるおまじないとして使《つか》われることもあります。内田百閒《うちだひゃっけん》の『ノラや』という作品《さくひん》の中《なか》には、いなくなった猫《ねこ》を探《さが》すチラシを作《つく》ったときに、チラシの外枠《そとわく》にこの歌《うた》を赤字《あかじ》で書《か》き込《こ》んだと書《か》かれています。

17

ちはやぶる　神代《かみよ》も聞《き》かず　竜田川《たつたがわ》
からくれなゐに　水《みず》くくるとは

覚え方　ちはくれなゐ（血《ち》は紅《くれない》）

出典　古今和歌集《こきんわかしゅう》

歌の意味

（不思議《ふしぎ》なことが多《おお》かった）遠《とお》い神代《かみよ》の時代《じだい》でも聞《き》いたことがありません。竜田川《たつたがわ》が散《ち》った紅葉《もみじ》で水《みず》を濃《こ》い紅色《べにいろ》に絞《しぼ》り染《ぞ》めにしているということは。

在原業平朝臣《ありわらのなりひらあそん》（八二五～八八〇年《ねん》）

在原業平《ありわらのなりひら》。六歌仙《ろっかせん》・三十六歌仙《かせん》の一人《ひとり》。在五中将《ざいごちゅうじょう》、在中将《ざいちゅうじょう》とも呼《よ》ばれます。在原行平《ありわらのゆきひら》の弟《おとうと》で、大変《たいへん》な美男子《びなんし》であったそうです。感情豊《かんじょうゆた》かな歌《うた》をたくさん作《つく》った歌人《かじん》といわれています。平安時代《へいあんじだい》に成立《せいりつ》した『伊勢物語《いせものがたり》』は、伊勢斎宮《いせのさいぐう》と恋人《こいびと》の関係《かんけい》にあったこと、公務《こうむ》ではないのに東国《とうごく》へ下《くだ》ったことなど、在原業平《ありわらのなりひら》の実際《じっさい》の経歴《けいれき》と一致《いっち》することも書《か》かれています。こういったこともあり、この作品《さくひん》は在原業平《ありわらのなりひら》のことを書《か》いた物語《ものがたり》であるとする説《せつ》もあります。

解説

この歌《うた》は、竜田川《たつたがわ》に紅葉《もみじ》が流《なが》れている景色《けしき》を描《えが》いた屏風《びょうぶ》を見《み》て詠《よ》んだ歌《うた》です。竜田川《たつたがわ》に流《なが》れる紅葉《もみじ》が、この世《よ》のものとは思《おも》えないほど美《うつく》しい色《いろ》を放《はな》っている様子《ようす》が思《おも》い浮《う》かびます。

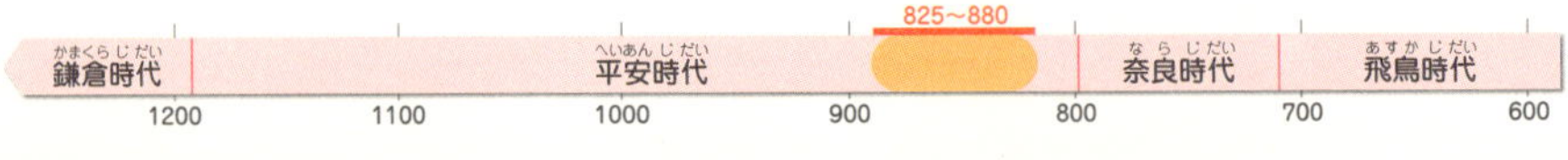

語句

竜田川《たつたがわ》…奈良県《ならけん》を流《なが》れる川《かわ》。紅葉《もみじ》の名所《めいしょ》として知《し》られています。歌枕《うたまくら》としても有名《ゆうめい》です。

水《みず》くくる…水《みず》を括《くく》り染《ぞ》め、つまり絞《しぼ》り染《ぞ》めにしている。

修辞法

「ちはやぶる」は、「神代《かみよ》」の「神《かみ》」にかかる枕詞《まくらことば》です。「ちはやぶる」は「千早振る」と書《か》きます。一説《いっせつ》には、「ち」は神《かみ》の威力《いりょく》・力《ちから》を、「はや」はそれが大変激《たいへんはげ》しいことを意味《いみ》しているとされています。ここから、「神《かみ》」や、神《かみ》にかかわることばを導《みちび》き出《だ》す枕詞《まくらことば》として用《もち》いられるようになったといわれています。また、「竜田川《たつたがわ》　からくれなゐに水《みず》くくる」には、擬人法《ぎじんほう》が用《もち》いられています。

関連事項

伊勢物語《いせものがたり》
百二十五段《だん》の長短《ちょうたん》さまざまな話《はなし》からなる、物語集《ものがたりしゅう》です。各段《かくだん》の始《はじ》まりは「昔《むかし》、男《おとこ》…」という形《かたち》が多《おお》く、この「男《おとこ》」のモデルが、在原《ありわらの》業平《なりひら》かといわれています。

藤原高子《ふじわらのたかいこ》
第《だい》五十六代清和天皇《だいせいわてんのう》の女御《にょうご》（妻《つま》の一人《ひとり》）で、二条后《にじょうのきさき》ともいわれています。業平《なりひら》がこの一首《しゅ》を詠《よ》んだきっかけとなった屏風《びょうぶ》は、藤原高子《ふじわらのたかいこ》の家《いえ》で見《み》たものだといわれています。また、二条后《にじょうのきさき》になる前《まえ》、業平《なりひら》と恋人《こいびと》の関係《かんけい》だったともいわれています。

六歌仙《ろっかせん》
紀貫之《きのつらゆき》が『古今和歌集《こきんわかしゅう》』仮名序《かなじょ》で批評《ひひょう》した六人《ろくにん》の歌人《かじん》。業平《なりひら》は「感情《かんじょう》が豊《ゆた》かだが、言葉《ことば》が足《た》りない」と評価《ひょうか》されています。

18

住《すみ》の江《え》の　岸《きし》に寄《よ》る波《なみ》　よるさへ《え》や　夢《ゆめ》の通《かよ》ひ《い》路《じ》　人目《ひとめ》よくらむ《ん》

覚え方　すみ（ちゃん）のゆめ（澄《す》美《み》ちゃんの夢《ゆめ》）

出典　古今和歌集《こきんわかしゅう》

歌の意味

住《すみ》の江《え》の岸《きし》に波《なみ》はうち寄《よ》るというのに、どうして夜《よる》の夢《ゆめ》の中《なか》の通《かよ》い路《じ》で人目《ひとめ》を避《さ》け、あなたは私《わたし》に逢《あ》ってくれないのだろうか。

ザザー
住《すみ》の江《え》の海岸《かいがん》
夢《ゆめ》だったのね…
それにしても…
昼《ひる》ばかりでなく夢《ゆめ》の世界《せかい》でさえ人目《ひとめ》を避《さ》けようとするなんて…！
プンプン
コソ
コソ

藤原敏行朝臣《ふじわらのとしゆきあそん》（？～九〇一年《ねん》）

三十六歌仙《かせん》の一人《ひとり》。優《すぐ》れた歌人《かじん》だっただけでなく、書道《しょどう》にも大変優《たいへんすぐ》れていたことで有名《ゆうめい》です。

解説

この歌《うた》は、男性《だんせい》の立場《たちば》から詠《よ》まれたものと、女性《じょせい》の立場《たちば》から詠《よ》まれたものの、二つの解釈《かいしゃく》ができます。人《ひと》には言《い》えない恋愛《れんあい》をする人《ひと》の、もどかしい気持《きも》ちをとらえた一首《しゅ》です。上《うえ》の「歌《うた》の意味《いみ》」では、女性《じょせい》の立場《たちば》で詠んだものとして解釈《かいしゃく》しています。男性《だんせい》の立場《たちば》で詠《よ》んだものとすると、次《つぎ》のような意味《いみ》になります。「住《すみ》の江《え》の岸《きし》に波《なみ》はうち寄《よ》るというのに、どうして夜《よる》の夢《ゆめ》の中《なか》までも私《わたし》はあなたに逢《あ》う通《かよ》い路《じ》で、人目《ひとめ》を避《さ》けるのだろうか。」

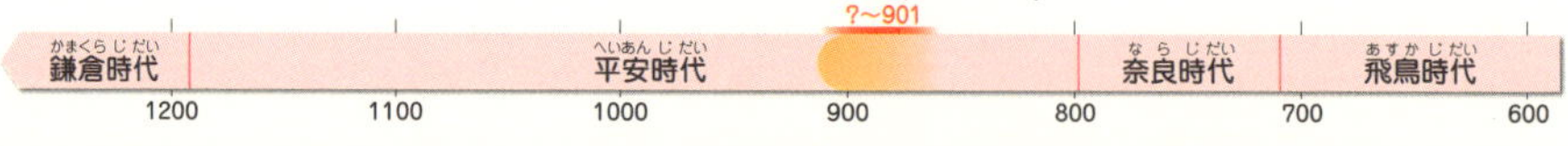
鎌倉時代《かまくらじだい》
平安時代《へいあんじだい》
奈良時代《ならじだい》
飛鳥時代《あすかじだい》
?～901
1200
1100
1000
900
800
700
600

語句

住《すみ》の江《え》…大阪市《おおさかし》住吉区《すみよしく》辺《あた》りの浜辺《はまべ》。歌枕《うたまくら》として有名《ゆうめい》です。

よく…避《さ》ける。

らむ…どうして〜だろうか。

修辞法

「住《すみ》の江《え》の　岸《きし》に寄《よ》る波《なみ》」は、「よる（夜《よる》）」を導《みちび》き出《だ》す序詞《じょことば》です。「寄《よ》る波《なみ》」の「寄《よ》る」と、「よる」という同《おな》じ音《おん》をくり返《かえ》すことによって、「住《すみ》の江《え》の　岸《きし》に寄《よ》る波《なみ》」という景色《けしき》の描写《びょうしゃ》を、「よるさえや　夢《ゆめ》の通《かよ》ひ路《じ》　人目《ひとめ》よくらむ」という心情描写《しんじょうびょうしゃ》をつないでいます。このように、同《おな》じ音《おん》をくり返《かえ》すことによって、序詞《じょことば》としている歌《うた》はほかにも多《おお》くあります。

関連事項

小野道風《おののとうふう》

平安時代《へいあんじだい》の貴族《きぞく》で、能書家《のうしょか》（優《すぐ》れた字《じ》が書《か》ける人《ひと》）。書道《しょどう》にも優《すぐ》れていた敏行《としゆき》は、小野道風《おののとうふう》に「古今最高《ここんさいこう》の能書家《のうしょか》」として空海《くうかい》と並《なら》べ名《な》を挙《あ》げられました。

神護寺鐘銘《じんごじしょうめい》

神護寺《じんごじ》にある鐘銘《しょうめい》は、書《しょ》にも優《すぐ》れていたといわれる敏行《としゆき》の唯一現存《ゆいいつげんそん》する書跡《しょせき》で、つり鐘《がね》に記《しる》してある銘文《めいぶん》です。大変貴重《たいへんきちょう》とされ、現在国宝《げんざいこくほう》に指定《してい》されています。

三十六歌仙《かせん》

藤原公任《ふじわらのきんとう》が編集《へんしゅう》した「三十六人撰《にんせん》」に出《で》てくる三十六人《にん》の名歌人《めいかじん》。その後《ご》三十六歌仙《かせん》を参考《さんこう》にした、「中古《ちゅうこ》三十六歌仙《かせん》」や「女房《にょうぼう》三十六歌仙《かせん》」なども作《つく》られました。

19

難波潟《なにわがた》　短《みじか》き葦《あし》の　ふしの間《ま》も
逢《あ》はでこの世《よ》を　過《す》ぐしてよとや

覚え方 なにわがあはて(た)(難波《なにわ》があわてた)

出典 新古今和歌集《しんこきんわかしゅう》

歌の意味

難波潟《なにわがた》に生《は》えている葦《あし》の短《みじか》い節《ふし》の間《あいだ》のように、短《みじか》い時間《じかん》さえも逢《あ》うことなくこの世《よ》の中《なか》を過《す》ごせとあなたは言《い》うのでしょうか。

ほんの少《すこ》しでもいいからあの方《かた》に会《あ》いたい…
ひっく
ギュッ
難波潟《なにわがた》に生《は》えている葦《あし》の節《ふし》と節《ふし》との間《あいだ》の短《みじか》さ…
ホラこのみじかさ
それほどの短《みじか》い間《あいだ》でもいいから会《あ》いたい…!
ブン ブン!!
会いたいのー!!

伊勢《いせ》

(八七七?～九三八?年《ねん》)

三十六歌仙《かせん》の一人《ひとり》。優《すぐ》れた歌人《かじん》で第五十九代《だい》宇多天皇《うだてんのう》の中宮温子《ちゅうぐうおんし》に仕《つか》える女房《にょうぼう》でしたが、その後《ご》、宇多天皇《うだてんのう》の寵愛《ちょうあい》を受《う》け、さらに天皇《てんのう》の皇子敦慶親王《おうじあつよししんのう》にも寵愛《ちょうあい》されるなど、魅力的《みりょくてき》な女性《じょせい》だったようです。

解説

この歌《うた》は、逢《あ》いに来《き》てくれない恋人《こいびと》に対《たい》して詠《よ》んだ歌《うた》です。恋人《こいびと》を待《ま》つしか方法《ほうほう》がない、当時《とうじ》の女性《じょせい》の精一杯《せいいっぱい》の訴《うった》えが伝《つた》わってきます。葦《あし》は当時《とうじ》、都《みやこ》では見《み》られないものとして、特《とく》別《べつ》な美《び》が感《かん》じられていたそうです。

語句

ふしの間《ま》…「節《ふし》の間《あいだ》」と「短《みじか》い時間《じかん》」の二《ふた》つの意味《いみ》を含《ふく》む掛詞《かけことば》。
この世《よ》…「世《よ》の中《なか》」と「男女《だんじょ》の仲《なか》」の二《ふた》つの意味《いみ》を含《ふく》む掛詞《かけことば》。

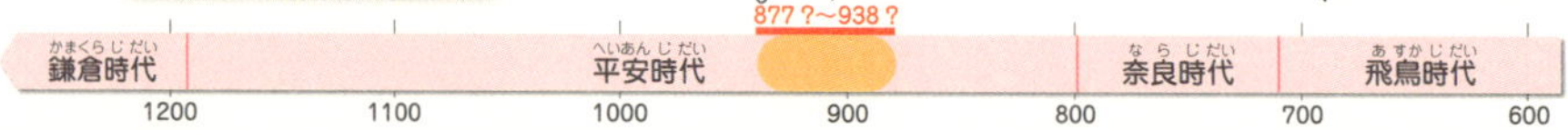
877?～938?
鎌倉時代《かまくらじだい》
平安時代《へいあんじだい》
奈良時代《ならじだい》
飛鳥時代《あすかじだい》
1200
1100
1000
900
800
700
600

20

わびぬれば　今《いま》はた同《おな》じ　難波《なにわ》なる　みをつくしても　逢《あ》はむ《わん》とぞ思《おも》ふ《う》

覚え方　わ(さ)び(と)つくし(が)あはむ(ワサビとつくしが逢《あ》わん)

出典　後撰和歌集《ごせんわかしゅう》

歌の意味

つらい思《おも》いに悩《なや》んでいるのだから、今《いま》はもう、身《み》を滅《ほろ》ぼしたも同《おな》じです。それならいっそ、命《いのち》を捨《す》ててでも、あなたにお逢《あ》いしたいと思《おも》います。

!!
コッ コッ
だって お相手《あいて》は 天皇《てんのう》の お后《きさき》さま だぞ…
えっ ほんとに？ それは…
はあああああ あああああ
うわさに なって しまった ので もう あの方《かた》とは 逢《あ》えないでは ないかあああ
こんなに 苦《くる》しいので あればいっそ…
あの難波潟《なにわがた》の「みおつくし」の ように
この身《み》を尽《つ》くして でもあの方《かた》に 逢《あ》いたい！
ガリ
ガリ

元良親王《もとよししんのう》

(八九〇～九四三年《ねん》)

陽成天皇《ようぜいてんのう》の皇子《おうじ》。色好《いろごの》みの皇子《おうじ》として知《し》られており、たくさんの女性《じょせい》と恋《こい》をして、歌《うた》を残《のこ》しました。

解説

この歌《うた》は、京極御息所《きょうごくみやすんどころ》という女性《じょせい》への思《おも》いを歌《うた》ったとされています。この女性《じょせい》は天皇《てんのう》にお仕《つか》えしていた女性《じょせい》で、恋人《こいびと》にすることなどできませんでした。この恋《こい》が人々《ひとびと》にうわさされるようになり、身《み》が破滅《はめつ》してもいいから逢《あ》いたいといっています。

語句

みをつくし…ここでは「身《み》をつくし(命《いのち》をかける)」と、「澪標《みおつくし》(舟《ふね》の行《い》き交《か》いの目印《めじるし》として、海《うみ》に立《た》てられた杭《くい》)」の二《ふた》つの意《い》味《み》を含《ふく》む掛詞《かけことば》。

890～943
鎌倉時代《かまくらじだい》
平安時代《へいあんじだい》
奈良時代《ならじだい》
飛鳥時代《あすかじだい》
1200
1100
1000
900
800
700
600

覚えられた？

1～20

次の上の句と合う下の句を下から探して、——で結びましょう。

4 たごのうらに うちいでてみれば しろたえの

1 あきのたの かりおのいおの とまをあらみ

8 わがいおは みやこのたつみ しかぞすむ

10 これやこの ゆくもかえるも わかれては

14 みちのくの しのぶもじずり たれゆえに

A みだれそめにし われならなくに

B しるもしらぬも おうさかのせき

C わがころもでは つゆにぬれつつ

D よをうじやまと ひとはいうなり

E ふじのたかねに ゆきはふりつつ

---

18 すみのえの きしによるなみ よるさえや

9 はなのいろは うつりにけりな いたずらに

12 あまつかぜ くものかよいじ ふきとじよ

11 わたのはら やそしまかけて こぎいでぬと

16 たちわかれ いなばのやまの みねにおうる

A まつとしきかば いまかえりこん

B ひとにはつげよ あまのつりぶね

C おとめのすがた しばしとどめん

D わがみよにふる ながめせしまに

E ゆめのかよいじ ひとめよくらん

43ページの答え ⑰-C ⑬-B ⑮-E ⑳-A ⑲-D／②-B ③-A ⑥-E ⑤-C ⑦-D

19
なにわがた
みじかきあしの
ふしのまも

20
わびぬれば
いまはたおなじ
なにわなる

15
きみがため
はるののにいでて
わかなつむ

13
つくばねの
みねよりおつる
みなのがわ

17
ちはやぶる
かみよもきかず
たつたがわ

E
わがころもでに
ゆきはふりつつ

D
あわでこのよを
すぐしてよとや

C
からくれないに
みずくくるとは

B
こいぞつもりて
ふちとなりぬる

A
みをつくしても
あわんとぞおもう

7
あまのはら
ふりさけみれば
かすがなる

5
おくやまに
もみじふみわけ
なくしかの

6
かささぎの
わたせるはしに
おくしもの

3
あしびきの
やまどりのおの
しだりおの

2
はるすぎて
なつきにけらし
しろたえの

E
しろきをみれば
よぞふけにける

D
みかさのやまに
いでしつきかも

C
こえきくときぞ
あきはかなしき

B
ころもほすちょう
あまのかぐやま

A
ながながしよを
ひとりかもねん

42ページの答え ❹-E ❶-C ❽-D ❿-B ⓮-A／⓲-E ❾-D ⓬-C ⓫-B ⓰-A

21 今来《いまこ》むと 言《い》ひしばかりに 長月《ながつき》の 有明《ありあ》けの月《つき》を 待《ま》ち出《い》でつるかな

覚え方 いまこ（ここに）あり（今子《いまこ》ここにアリ）

出典 古今和歌集《こきんわかしゅう》

歌の意味

「今《いま》すぐ行《い》く」とあなたが言《い》ったせいで、九月《がつ》の長《なが》い夜《よる》を待《ま》っているうちに、とうとう有《あり》明《あ》けの月《つき》が出《で》るのを待《ま》ち明《あ》かすことになってしまいました。

お手紙《てがみ》です
パシッ
今《いま》すぐに会《あ》いに行《い》きます
ですって
あー
待《ま》ち遠《どお》しいわー
まだかしら
何《なに》かあったのかしら…
Zzz
…遅《おそ》い
来ないのかよっ!!
シラ――――…
ちゅん
ちゅん
もう朝じゃん
Zzz

素性法師《そせいほうし》（生没年未詳《せいぼつねんみしょう》）

俗名《ぞくみょう》は良岑玄利《よしみねのはるとし》かといわれています。三十六歌仙《かせん》の一人《ひとり》で僧正遍昭《そうじょうへんじょう》の子《こ》。第《だい》六十代醍醐天皇《だいごてんのう》に仕《つか》えて屏風歌《びょうぶうた》を書《か》くなど、歌人《かじん》として認《みと》められていました。

解説

この歌《うた》は、作者《さくしゃ》が女性《じょせい》の立場《たちば》になって詠《よ》んだ歌《うた》です。朝《あさ》まで待《ま》たせて来《こ》なかった男《おとこ》への恨《うら》み言《ごと》を歌《うた》にしています。恋人《こいびと》に逢《あ》うのを楽《たの》しみに待《ま》つ気持《きも》ちが、夜《よる》が更《ふ》けるとともにいらだち、そして恨《うら》みへ変《か》わっていく様子《ようす》がよく表現《ひょうげん》されています。

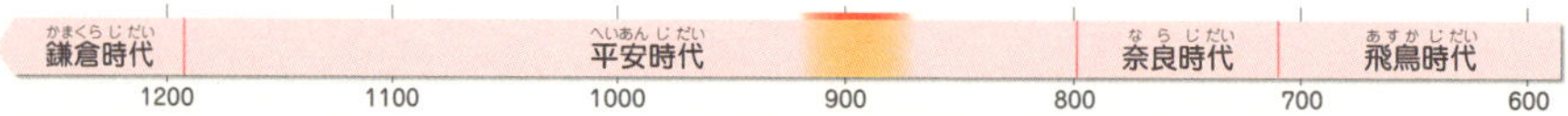
鎌倉時代《かまくらじだい》
平安時代《へいあんじだい》
奈良時代《ならじだい》
飛鳥時代《あすかじだい》
1200
1100
1000
900
800
700
600

語句

今来《いまこ》むと…「今《いま》すぐ行《い》く」と。
長月《ながつき》…陰暦《いんれき》の九月《がつ》。現在《げんざい》の十月初旬頃《がつしょじゅんごろ》から十一月初旬頃《がつしょじゅんごろ》で、夜《よる》の長《なが》い時期《じき》です。
有明《ありあ》けの月《つき》…夜明《よあ》けにまだ残《のこ》る月《つき》。

知っ得

上《うえ》の「語句《ごく》」にあるように、「有明《ありあ》けの月《つき》」は、夜明《よあ》けにまだ残《のこ》る月《つき》のことです。「夜《よる》が明《あ》けても空《そら》に有《あ》る月《つき》」であることから、このように呼《よ》ぶようになったという説《せつ》もあります。下《した》の「関連事項《かんれんじこう》」にあるように、昔《むかし》は、月《つき》の満《み》ち欠《か》けの周期《しゅうき》を一か月《げつ》とする暦《こよみ》の考《かんが》え方《かた》をしていました。この暦《こよみ》の考《かんが》え方《かた》では、一か月《げつ》の下旬《げじゅん》に見《み》られる月《つき》のことを、まとめて「有明月《ありあけづき》」と呼《よ》びます。

関連事項

雲林院《うりんいん》
所有者《しょゆうしゃ》であった常康親王《つねやすしんのう》の死後《しご》、父《ちち》である僧正遍昭《そうじょうへんじょう》と住《す》んだ寺院《じいん》。漢詩《かんし》・和歌《わか》の会《かい》の開催地《かいさいち》として有名《ゆうめい》です。鎌倉時代《かまくらじだい》まで天台宗《てんだいしゅう》の寺院《じいん》として栄《さか》え、菩提講《ぼだいこう》（極楽往生《ごくらくおうじょう》を求《もと》めて説法《せっぽう》を聞《き》く法会《ほうえ》）や桜《さくら》、紅葉《もみじ》の名所《めいしょ》として有名《ゆうめい》でしたが、応仁《おうにん》の乱《らん》により廃絶《はいぜつ》しました。

俗名《ぞくみょう》
僧侶《そうりょ》の出家《しゅっけ》する前《まえ》の名前《なまえ》を俗名《ぞくみょう》といいます。出家後《しゅっけご》の名前《なまえ》は法名《ほうみょう》などと呼《よ》ばれます。

陰暦《いんれき》
月《つき》の満《み》ち欠《か》けの周期《しゅうき》を一か月《げつ》とする暦《こよみ》の考《かんが》え方《かた》。日本《にほん》は明治時代《めいじじだい》の初《はじ》め頃《ごろ》まで陰暦《いんれき》が使《つか》われていました。現在《げんざい》は太陽《たいよう》を基《もと》にして作《つく》られた暦《こよみ》である太陽暦《たいようれき》が使《つか》われています。

22

吹《ふ》くからに 秋《あき》の草木《くさき》の しを《お》るれば むべ山風《やまかぜ》を 嵐《あらし》といふ《う》らむ《ん》

覚え方 ふむやまかぜ（踏《ふ》む山風《やまかぜ》）

出典 古今和歌集《こきんわかしゅう》

歌の意味

風《かぜ》が吹《ふ》くやいなや秋《あき》の草木《くさき》がしおれるので、なるほど、だから山《やま》からの風《かぜ》を荒々《あらあら》しい風《かぜ》、つまり嵐《あらし》というのだなあ。

ビュオオオッ
あぁっ
ひどい嵐《あらし》だ！
すごい風《かぜ》が山《やま》から！
ビュオオオオ
ハッ
そうか！だから嵐《あらし》なのか
山＋風＝嵐

文屋康秀《ふんやのやすひで》

（生没年未詳《せいぼつねんみしょう》）

六歌仙《かせん》の一人《ひとり》。文屋朝康《ふんやのあさやす》の父《ちち》。優《すぐ》れた技法《ぎほう》をもつ歌人《かじん》で、小野小町《おののこまち》とも交流《こうりゅう》があったといわれています。

解説

この歌《うた》は、「山風《やまかぜ》」を一文字《もじ》に組《く》み立《た》てると「嵐《あらし》」になるという、漢字遊《かんじあそ》びを取《と》り入《い》れた一首《しゅ》です。また、「嵐《あらし》」の中《なか》には「荒《あ》らし」という意味《いみ》も含《ふく》まれており、秋《あき》の風《かぜ》の荒々《あらあら》しさを表現《ひょうげん》しています。息子《むすこ》・朝康《あさやす》の作《さく》かともいわれています。

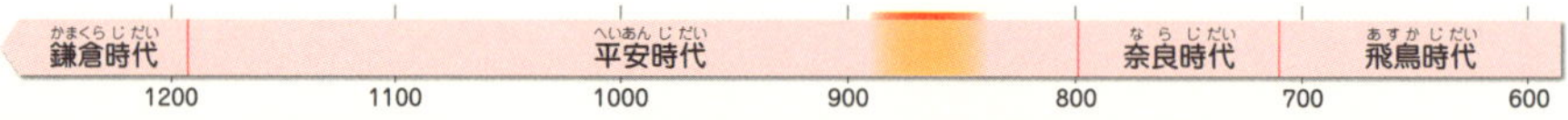
鎌倉時代《かまくらじだい》
平安時代《へいあんじだい》
奈良時代《ならじだい》
飛鳥時代《あすかじだい》
1200
1100
1000
900
800
700
600

語句

吹《ふ》くからに…吹《ふ》くやいなや。吹《ふ》くとすぐに。

むべ…なるほど。

嵐《あらし》…「嵐《あらし》」と、「荒《あ》らし」の二つの意味《いみ》を含《ふく》む掛詞《かけことば》。

知っ得

この歌《うた》のように、漢字遊《かんじあそ》びを取《と》り入《い》れた歌《うた》は、昔《むかし》から詠《よ》まれてきました。たとえば、「雪降《ゆきふ》れば　木毎《きごと》に花《はな》ぞ　咲《さ》きにける　いづれを梅《うめ》と　わきて折《お》らまし」は、「梅《うめ》」という漢字《かんじ》を、「木《き》」と「毎《ごと》」に分《わ》けて遊《あそ》んでいます。また、小学校《しょうがっこう》では習《なら》わない漢字《かんじ》ですが、「愁《しゅう》」という漢字《かんじ》を「秋《あき》」と「心《こころ》」に分《わ》けて、「事《こと》ごとに　悲《かな》しかりけり　むべしこそ　秋《あき》の心《こころ》を　愁《しゅう》といひけれ」と詠《よ》んだ歌《うた》もあります。

関連事項

六歌仙《ろっかせん》

紀貫之《きのつらゆき》が『古今和歌集《こきんわかしゅう》』仮名序《かなじょ》で批評《ひひょう》した六人《ろくにん》の歌人《かじん》。康秀《やすひで》は「言葉《ことば》の使《つか》い方《かた》は巧《たく》みだが、容姿《ようし》が歌《うた》の内容《ないよう》と合《あ》っていない」と評価《ひょうか》されています。

小野小町《おののこまち》との交流《こうりゅう》

康秀《やすひで》は、小野小町《おののこまち》と親密《しんみつ》な関係《かんけい》であったといわれており、康秀《やすひで》が三河国《みかわのくに》へ赴任《ふにん》することになった際《さい》、小野小町《おののこまち》を誘《さそ》ったという話《はなし》が残《のこ》っています。

歌合《うたあわせ》

歌人《かじん》を二組《くみ》に分《わ》け、題《だい》にそってそれぞれが詠《よ》んだ歌《うた》に優劣《ゆうれつ》をつけて争《あらそ》う、遊《あそ》びと文芸批《ぶんげいひ》評《ひょう》の会《かい》です。平安時代《へいあんじだい》から多《おお》くの歌合《うたあわせ》が開《ひら》かれ、だんだんと遊《あそ》びの場《ば》から歌人《かじん》の力量《りきりょう》を判《はん》断《だん》する重要《じゅうよう》な場《ば》と変化《へんか》していきました。康秀《やすひで》のこの歌《うた》は、是貞親王《これさだしんのう》が開《ひら》いた歌合《うたあわせ》の場《ば》で詠《よ》まれた歌《うた》です。

23

月見《つきみ》れば　ちぢに物《もの》こそ　かなしけれ　わが身《み》ひとつの　秋《あき》にはあらねど

覚え方　つきみれわがみ（月見《つきみ》れ我《わ》が身《み》）

出典　古今和歌集《こきんわかしゅう》

歌の意味

秋《あき》の月《つき》を見《み》ると、さまざまな物《もの》すべてが悲《かな》しく感《かん》じられることだ。私一人《わたしひとり》の身《み》の上《うえ》にだけ秋《あき》が来《き》たのではないのだけれど…。

秋《あき》の月《つき》を見《み》ていると……
いろんなことを思《おも》い出《だ》すなぁ……
……
す…好《す》きです！
つき合《あ》ってください！
ど―――ん
嫌《いや》です
えっいや…あの
お待《ま》ちください！
なんだか物悲《ものがな》しくなってきた……
ぐす
この秋《あき》は私一人《わたしひとり》だけに来《き》たわけではないのに……

大江千里《おおえのちさと》

（生没年未詳《せいぼつねんみしょう》）

大江音人《おおえのおとんど》の子《こ》。親子《おやこ》で優《すぐ》れた漢学者《かんがくしゃ》で、漢詩《かんし》の翻訳《ほんやく》の名手《めいしゅ》だったため、中国《ちゅうごく》の漢詩《かんし》を題《だい》にして詠《よ》んだ歌《うた》を多《おお》く残《のこ》しています。

解説

平安時代初《へいあんじだいはじ》め頃《ごろ》から、秋《あき》は物悲《ものがな》しい季節《きせつ》であると思《おも》われていました。この歌《うた》は漢詩《かんし》を訳《やく》したものですが、ただ訳《やく》したのではなく「月《つき》」と「わが身《み》」、「ちぢ」と「ひとつ」など、大《だい》小《しょう》の対照的《たいしょうてき》な言葉《ことば》の比較《ひかく》を巧《たく》みに用《もち》いた、奥《おく》深《ぶか》い一首《しゅ》となっています。

語句

ちぢに…さまざまな。

わが身《み》ひとつの…私一人《わたしひとり》の身《み》の上《うえ》にだけ。

鎌倉時代《かまくらじだい》　平安時代《へいあんじだい》　奈良時代《ならじだい》　飛鳥時代《あすかじだい》

1200　1100　1000　900　800　700　600

24 このたびは　ぬさもとりあへ《え》ず　手向山《たむけやま》　紅葉《もみじ》のにしき　神《かみ》のまにまに

覚え方　このもみじ（この紅葉《もみじ》）

出典　古今和歌集《こきんわかしゅう》

歌の意味

今回《こんかい》の旅《たび》は、お供《そな》えする幣《ぬさ》の用意《ようい》もできておりません。とりあえずはこの手向山《たむけやま》の錦《にしき》織《おり》のような美《うつく》しい紅葉《もみじ》を、幣《ぬさ》として神《かみ》の御心《みこころ》のままにお受《う》け取《と》りください。

おお
手向山《たむけやま》の紅葉《もみじ》は本当《ほんとう》に美《うつく》しい
さぁ道真《みちざね》 神《かみ》へぬさを捧《ささ》げなさい
むむむ
… 私《わたし》のぬさなど
恥《は》ずかしくて神様《かみさま》へ捧《ささ》げることなどできない…
神様《かみさま》へはこの美《うつく》しい紅葉《もみじ》を捧《ささ》げます！
サッ
よしよし
もともと山《やま》にあるものでは？

菅家《かんけ》

（八四五〜九〇三年《ねん》）

菅原道真《すがわらのみちざね》。学問《がくもん》・詩歌《しいか》に優《すぐ》れ、文章博士《もんじょうはかせ》から右《う》大臣《だいじん》にまでなります。その後《ご》、政争《せいそう》に巻《ま》き込《こ》まれて大宰府《だざいふ》に左遷《させん》され、その地《ち》で亡《な》くなりました。その後《ご》、天満天神《てんまてんじん》として祀《まつ》られました。

解説

この歌《うた》は、菅原道真《すがわらのみちざね》が宇多上皇《うだじょうこう》のお供《とも》をしたとき奈良《なら》で詠《よ》んだ一首《しゅ》です。紅葉《もみじ》の美《うつく》しさに感動《かんどう》した作者《さくしゃ》の心情《しんじょう》が伝《つた》わってきます。紅葉《もみじ》を錦織《にしきおり》にたとえ、それを神《かみ》に捧《ささ》げる幣《ぬさ》の代《か》わりとする発想《はっそう》は、当時《とうじ》の人々《ひとびと》に衝撃《しょうげき》を与《あた》えました。

語句

このたび…「この度《たび》」と「旅《たび》」の二《ふた》つの意味《いみ》を含《ふく》む掛詞《かけことば》。

ぬさ…「幣《ぬさ》」と書きます。道《みち》の神《かみ》に旅《たび》の安全《あんぜん》を祈《いの》るためにお供《そな》えしたもの。

845〜903
鎌倉時代《かまくらじだい》　平安時代《へいあんじだい》　奈良時代《ならじだい》　飛鳥時代《あすかじだい》
1200　1100　1000　900　800　700　600

25

名《な》にし負《お》は《わ》ば 逢坂山《おうさかやま》の さねかづ《ず》ら
人《ひと》に知《し》られで くるよしもがな

覚え方 なにしにくるよ(?)(何《なに》しに来《く》るよ?)

出典 後撰和歌集《ごせんわかしゅう》

歌の意味

逢坂山《おうさかやま》のさねかずらが「逢《あ》って寝《ね》る」という名前《なまえ》をもっているのなら、そのつるを手繰《たぐ》って、人《ひと》に知《し》られずあなたのもとに行《い》く方法《ほうほう》はないものかなあ。

逢坂山《おうさかやま》にあるさねかずらが「逢《あ》って寝《ね》る」という意味《いみ》ならば――
このさねかずらをたぐるように…
誰《だれ》にも見《み》られずにあなたに逢《あ》いに行《い》く方法《ほうほう》はないだろうか…
サササ
忍者《にんじゃ》になれば可能《かのう》だろうか…

三条右大臣《さんじょうのうだいじん》

(八七三〜九三二年《ねん》)

藤原定方《ふじわらのさだかた》。藤原朝忠《ふじわらのあさただ》の父《ちち》。右大臣《うだいじん》になったとき三条《さんじょう》に邸宅《ていたく》があったことから、三条右大臣《さんじょうのうだいじん》と呼《よ》ばれていました。和歌《わか》と管弦《かんげん》に優《すぐ》れていたといわれています。

解説

さまざまな表現技法《ひょうげんぎほう》を用《もち》いて、逢《あ》いたい気持《きも》ちを表現《ひょうげん》した一首《しゅ》です。人目《ひとめ》をしのばなければならない恋人《こいびと》に何《なん》とかして逢《あ》いたいという作者《さくしゃ》のひたむきな思《おも》いが感《かん》じられます。

語句

逢坂山《おうさかやま》…山《やま》の名《な》と、男女《だんじょ》が「逢《あ》う」の意味《いみ》の掛詞《かけことば》。

さねかづら…つる性《せい》の低木《ていぼく》と、「さ寝《ね》(共《とも》寝《ね》)」の意味《いみ》の掛詞《かけことば》。

くる…「来《く》る」と「(手《た》)繰《ぐ》る」の意味《いみ》の掛詞《かけことば》。

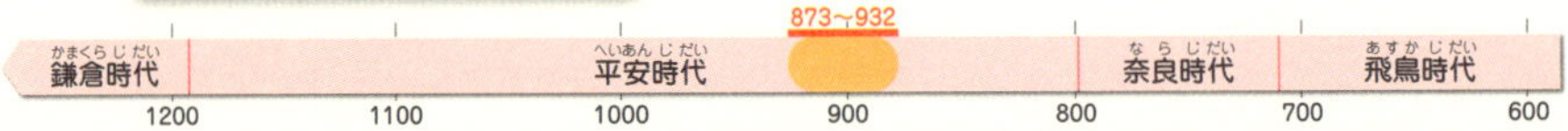
873〜932
鎌倉時代《かまくらじだい》
平安時代《へいあんじだい》
奈良時代《ならじだい》
飛鳥時代《あすかじだい》
1200
1100
1000
900
800
700
600

26

小倉山《おぐらやま》　峰《みね》の紅葉葉《もみじば》　心《こころ》あらば
今《いま》ひとたびの　みゆき待《ま》たなむ《ん》

覚え方　おぐらやまのみゆき(小倉山《おぐらやま》の美雪《みゆき》)

出典　拾遺和歌集《しゅういわかしゅう》

歌の意味

小倉山《おぐらやま》の峰《みね》の紅葉葉《もみじば》よ、お前《まえ》にもし心《こころ》があるのならば、もう一度《いちど》、行幸《ぎょうこう》があるまで、どうか散《ち》らずに待《ま》っていておくれ。

小倉山《おぐらやま》の紅葉《もみじ》は見事《みごと》じゃな!
我《わ》が子《こ》の醍醐天皇《だいごてんのう》に是非見《ぜひみ》せてあげたいものだ!
ええ本当《ほんとう》に
次《つぎ》の天皇《てんのう》のおでかけまで散《ち》らないでいてもらいたいものです
紅葉《もみじ》の葉《は》よ もし心《こころ》があるならば どうかもう少《すこ》しこのままでいておくれ!
顔《かお》を描《か》いてみました
心《こころ》が宿《やど》るやもしれません
あ、そう

貞信公《ていしんこう》（八八〇～九四九年《ねん》）

藤原忠平《ふじわらのただひら》。貞信公《ていしんこう》は、死《し》後《ご》につけられた名前《なまえ》。宇《う》多《だ》・醍醐《だいご》・朱雀《すざく》・村上《むらかみ》と、四代《だい》の天皇《てんのう》の治世《ちせい》で政権《せいけん》に携《たずさ》わった実力者《じつりょくしゃ》です。特《とく》に兄《あに》・時平《ときひら》の死後《しご》実力《じつりょく》を発揮《はっき》し、摂政《せっしょう》、関《かん》白《ぱく》、太政大臣《だいじょうだいじん》と最高位《さいこうい》にまでなりました。

解説

この歌《うた》は、紅葉《もみじ》の名所《めいしょ》である京都市嵯峨野《きょうとしさがの》の小倉山《おぐらやま》に宇多上皇《うだじょうこう》と訪《おとず》れた際《さい》、その紅葉《もみじ》の美《うつく》しさに感動《かんどう》した上皇《じょうこう》が「是非息子《ぜひむすこ》（醍醐天《だいごてん》皇《のう》）にも見《み》せてやりたい」とおっしゃったのを受《う》けて詠《よ》んだ歌《うた》です。天皇《てんのう》ではなく、擬人《ぎじん》化《か》した紅葉《もみじ》に向《む》かって詠《よ》む形《かたち》をとっています。

語句

小倉山《おぐらやま》…京都市嵯峨野《きょうとしさがの》にある紅葉《もみじ》の名所《めいしょ》。
みゆき…行幸《ぎょうこう》。天皇《てんのう》のお出《で》ましは「行幸《みゆき》」、上皇《じょうこう》（天皇《てんのう》が生前《せいぜん》に譲位《じょうい》した後《あと》の呼《よ》び名《な》）のお出《で》ましは「御幸《みゆき》」です。

880～949
飛鳥時代《あすかじだい》　奈良時代《ならじだい》　平安時代《へいあんじだい》　鎌倉時代《かまくらじだい》
600　700　800　900　1000　1100　1200

27

みかの原《はら》 わきて流《なが》るる いづみ川《がわ》 いつ見《み》きとてか 恋《こい》しかるらむ

覚え方 みか（ちゃん）のつみき（美香《みか》ちゃんの積《つ》み木《き》）

出典 新古今和歌集《しんこきんわかしゅう》

歌の意味

みかの原《はら》を分《わ》けて湧《わ》き出《で》て流《なが》れるいづみ川《がわ》の名前《なまえ》のように、私《わたし》はいつ見《み》てあなたを恋《こい》しく思《おも》うようになったのだろうか。（お逢《あ》いしたこともありませんのに。）

中納言兼輔（八七七～九三三年《ねん》）

藤原兼輔《ふじわらのかねすけ》。紫式部《むらさきしきぶ》の曽祖父《そうそふ》。三十六歌仙《かせん》の一人《ひとり》。紀貫之《きのつらゆき》や凡河内躬恒《おおしこうちのみつね》らと親交《しんこう》があり、当時《とうじ》の歌壇《かだん》の中心的人物《ちゅうしんてきじんぶつ》でした。

解説

この歌《うた》は、まだ見《み》たこともない相手《あいて》に片思《かたおも》いし詠《よ》んだ歌《うた》です。「いづみ川《がわ》」や「湧《わ》き出《で》る」は、純粋《じゅんすい》な愛《あい》の泉《いずみ》を暗示《あんじ》しています。実《じつ》は「詠《よ》み人知《びとし》らず」の歌《うた》ともいわれています。『新古今和歌集《しんこきんわかしゅう》』では「恋一《こいいち》」（はじめの頃《ころ》の恋《こい》）に分類《ぶんるい》されており、まだ会《あ》ったことのない人《ひと》に対《たい》する恋《こい》を詠《よ》んだとする説《せつ》もあります。昔《むかし》は、男女《だんじょ》が直接顔《ちょくせつかお》を合《あ》わせることがそれほど多《おお》くなかったので、噂話《うわさばなし》を聞《き》いたり、手紙《てがみ》をやりとりしたりするだけで恋心《こいごころ》を抱《いだ》くこともあったのです。

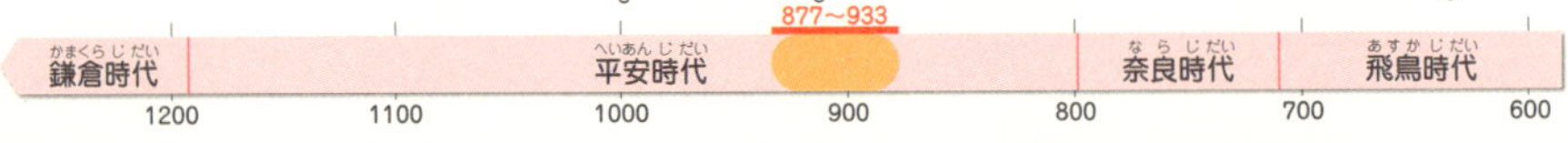

語句

みかの原《はら》…京都府《きょうとふ》を流《なが》れる木津川一帯《きづがわいったい》。歌枕《うたまくら》として有名です。

いづみ川《がわ》…京都府《きょうとふ》を流《なが》れる木津川《きづがわ》。歌枕《うたまくら》として有名です。

修辞法

「わき」には「分《わ》き」と「湧《わ》き」の意味《いみ》が含《ふく》まれており、掛詞《かけことば》となっています。「みかの原《はら》を分《わ》けて」「湧《わ》き出《で》て流《なが》れるいづみ川《がわ》」という意味《いみ》になります。また、「わき」の「湧《わ》き」と「流《なが》るる」、そして「いづみ川《がわ》」の「川《がわ》」は縁語《えんご》です。さらに、「みかの原《はら》　わきて流《なが》るる　いづみ川《がわ》」が「いつ見《み》」を導《みちび》き出《だ》す序詞《じょことば》となっています。大変技《たいへんぎ》巧《こう》を凝《こ》らした歌《うた》です。

関連事項

歌壇《かだん》
　和歌《わか》を詠《よ》む歌人《かじん》たちにおける社会《しゃかい》のこと。藤原兼輔《ふじわらのかねすけ》は、従兄弟《いとこ》で妻《つま》の父《ちち》でもある藤原定方《ふじわらのさだかた》とともに当時《とうじ》の歌壇《かだん》の中心的人物《ちゅうしんてきじんぶつ》で、多《おお》くの歌人《かじん》を邸宅《ていたく》に集《あつ》めました。

中納言《ちゅうなごん》
　大臣《だいじん》につぐ、重要《じゅうよう》な役職《やくしょく》。上《うえ》の位《くらい》の命令《めいれい》や下《した》の位《くらい》の意見《いけん》などをそれぞれに伝達《でんたつ》する仕事《しごと》で、政治上《せいじじょう》の橋渡《はしわた》し役《やく》を果《は》たしていました。

三十六歌仙《かせん》
　藤原公任《ふじわらのきんとう》が編集《へんしゅう》した「三十六人撰《にんせん》」に出《で》てくる三十六人《にん》の名歌人《めいかじん》。その後《ご》三十六歌仙《かせん》を参《さん》考《こう》にした、「中古《ちゅうこ》三十六歌仙《かせん》」や「女房《にょうぼう》三十六歌仙《かせん》」などもつくられました。

28

山里《やまざと》は　冬《ふゆ》ぞさびしさ　まさりける
人《ひと》めも草《くさ》も　かれぬと思《おも》へば

覚え方 やまざと(の)さびし(い)くさ(山里《やまざと》のさびしい草《くさ》)

出典 古今和歌集《こきんわかしゅう》

歌の意味

山里《やまざと》はいつもさびしいものだが、冬《ふゆ》になるといっそうさびしく感《かん》じられる。人《ひと》の行《ゆ》き来《き》も途絶《とだ》え、草《くさ》も枯《か》れてしまうと思《おも》うと。

ややや！
これはこれは！
よくぞお越《こ》しになられた！
タタタッ
冬《ふゆ》の山里《やまざと》というものは…
さぁさぁそんなところに立《た》っておらずに
中《なか》へさぁ！
……
訪《たず》ねて来《く》る人《ひと》もなく草《くさ》も枯《か》れてしまって寂《さび》しいものだなぁ
むなしい…

源宗于朝臣《みなもとのむねゆきあそん》 (?～九三九年《ねん》)

三十六歌仙《かせん》の一人《ひとり》。光孝天皇《こうこうてんのう》の孫《まご》。源《みなもと》の姓《せい》をもらって臣籍降下《しんせきこうか》しました。優《すぐ》れた歌人《かじん》でしたが、官職《かんしょく》には恵《めぐ》まれませんでした。左《ひだり》の『関連事項《かんれんじこう》』にもあるとおり、源宗于《みなもとのむねゆき》が、出世《しゅっせ》がうまくいかなくて、宇多天皇《うだてんのう》に嘆《なげ》いたという話《はなし》が『大和物語《やまとものがたり》』にのせられています。それによると、「沖《おき》つ風《かぜ》　ふけゐの浦《うら》に　立《た》つ浪《なみ》の　なごりにさへや　われはしづまぬ」という歌《うた》を詠《よ》んで、宇多天皇《うだてんのう》に嘆《なげ》いたとのことですが、宇多天皇《うだてんのう》は歌《うた》の意味《いみ》がよくわからないと言《い》っていたそうです。

解説

都《みやこ》や人里《ひとざと》に比《くら》べると普段《ふだん》からさびしい山里《やまざと》ですが、冬《ふゆ》になるとそれがいっそう増《ま》す様子《ようす》を歌《うた》にしています。なかなか出世《しゅっせ》できなかった、自分《じぶん》の境遇《きょうぐう》と重《かさ》ね合《あ》わせ、この歌《うた》を詠《よ》んだともいわれています。

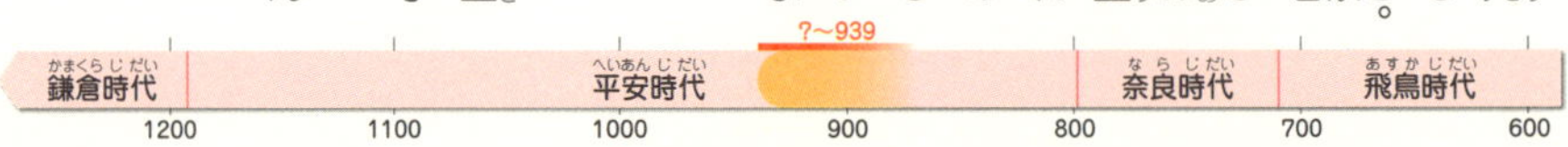
?～939
鎌倉時代《かまくらじだい》
平安時代《へいあんじだい》
奈良時代《ならじだい》
飛鳥時代《あすかじだい》
1200
1100
1000
900
800
700
600

語句

山里《やまざと》…山《やま》の中《なか》にある人里《ひとざと》。

人《ひと》**め**…ここでは人《ひと》の行《ゆ》き来《き》を表《あらわ》します。

修辞法

「かれ」には「離《か》れ」と「枯《か》れ」の意味《いみ》が含《ふく》まれており、掛詞《かけことば》となっています。「人《ひと》の行《ゆ》き来《き》が離《はな》れる（途絶《とだ》える）」「草《くさ》が枯《か》れる」という意味《いみ》です。右《みぎ》ページの「解説《かいせつ》」にもあるように、都《みやこ》や人里《ひとざと》と比《くら》べると、冬《ふゆ》の山里《やまざと》は「人《ひと》の行《ゆ》き来《き》」も「草《くさ》」も「かれ」て、なんとさびしいことかということを、掛詞《かけことば》を使《つか》って表現《ひょうげん》しているのです。

関連事項

大和物語《やまとものがたり》
平安時代《へいあんじだい》に成立《せいりつ》した、中古日本《ちゅうこにほん》の歌物語《うたものがたり》。貴《き》族社会《ぞくしゃかい》の和歌《わか》を中心《ちゅうしん》に扱《あつか》っています。この物《もの》語《がたり》は、第《だい》五十九代宇多天皇《だいうだてんのう》とその周《まわ》りの人物《じんぶつ》を中心《ちゅうしん》に書《か》いたもので、その中《なか》に宗于《むねゆき》が自分《じぶん》の官位《かんい》が上《あ》がらないことを嘆《なげ》きうったえる話《はなし》が載《の》っています。

臣籍降下《しんせきこうか》
皇族《こうぞく》がその身分《みぶん》を離《はな》れ、姓《せい》を与《あた》えられて臣《しん》下《か》の籍《せき》（天皇《てんのう》・皇族以外《こうぞくいがい》の国民《こくみん》）に降《お》りることをいいます。宗于《むねゆき》は源《みなもと》の姓《せい》をもらい、臣籍《しんせき》降下《こうか》しました。

三十六歌仙《かせん》
藤原公任《ふじわらのきんとう》が編集《へんしゅう》した「三十六人撰《にんせん》」に出《で》てくる三十六人《にん》の名歌人《めいかじん》です。宗于《むねゆき》は、三十六歌仙《かせん》の一人《ひとり》に選《えら》ばれています。

う～
寒《さむ》い～
ブル
ブル
おお！
初霜《はつしも》がおりて
一面《いちめん》
真《ま》っ白《しろ》だ！
霜《しも》と白菊《しらぎく》と
区別《くべつ》が
つかない
ほどだ！
あてずっぽうに
折《お》ってみようか
白菊《しらぎく》か
当《あ》たるかな
大《おお》げさ…

29

心《こころ》あてに　折《お》らばや折《お》らむ　初霜《はつしも》の
置《お》きまどはせる　白菊《しらぎく》の花《はな》

覚え方　こころあおきまど（心青き窓《こころあおきまど》）

出典　古今和歌集《こきんわかしゅう》

歌の意味

折《お》るならば、当《あ》て推量《ずいりょう》で折《お》ってみようか。初霜《はつしも》が一面《いちめん》に降《お》りて白《しろ》くなり、どれが花《はな》でどれが霜《しも》なのか見分《みわ》けもつかなくしている白菊《しらぎく》の花《はな》を。

凡河内躬恒《おおしこうちのみつね》（生没年未詳《せいぼつねんみしょう》）

『古今和歌集《こきんわかしゅう》』の撰者《せんじゃ》で、三十六歌仙《かせん》の一人《ひとり》。宇多法皇《うだほうおう》の大堰川行幸《おおいがわぎょうこう》や石山寺行幸《いしやまでらぎょうこう》で和歌《わか》を詠《よ》んだり、『古今和歌集《こきんわかしゅう》』などの勅撰和歌集《ちょくせんわかしゅう》に多《おお》くの歌《うた》が収《おさ》められていたりと、優《すぐ》れた歌人《かじん》として名高《なだか》く、紀貫之《きのつらゆき》と並《なら》ぶほどの実力《じつりょく》の持《も》ち主《ぬし》だったといわれています。他《ほか》の歌《うた》には、「てる月《つき》を　弓張《ゆみはり》としも　いふこと は　山《やま》の端《は》さして　いればなりけり」など。

解説

晩秋《ばんしゅう》の霜《しも》がおりた庭《にわ》に咲《さ》く、霜《しも》とまぎれんばかりの白菊《しらぎく》の美《うつく》しさを表現《ひょうげん》しています。実際《じっさい》に霜《しも》と白菊《しらぎく》の見分《みわ》けがつかなかったわけではないでしょうが、自然《しぜん》の世界《せかい》が作《つく》り出《だ》す美《うつく》しさを気品高《きひんたか》く表現《ひょうげん》しています。

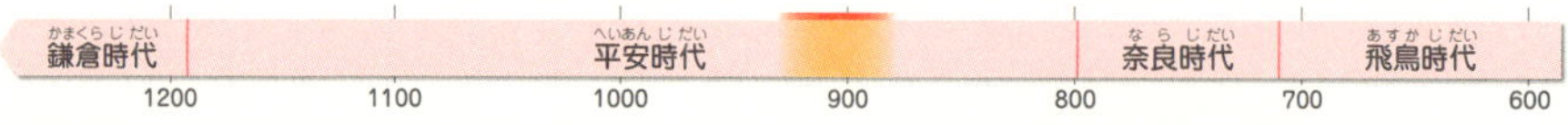
鎌倉時代《かまくらじだい》
平安時代《へいあんじだい》
奈良時代《ならじだい》
飛鳥時代《あすかじだい》
1200
1100
1000
900
800
700
600

語句

心《こころ》あてに…当《あ》て推量《ずいりょう》で。当《あ》てずっぽうで。

置《お》きまどはせる…白菊《しらぎく》の上《うえ》に霜《しも》が降《お》りて、白菊《しらぎく》なのか霜《しも》なのかの見分《みわ》けがつかなくしているという意味《いみ》です。

修辞法

「置《お》きまどはせる　白菊《しらぎく》の花《はな》」は、「見分《みわ》けもつかなくしている白菊《しらぎく》の花《はな》を」という意味《いみ》です。一面《いちめん》に霜《しも》が降《お》り、花《はな》と霜《しも》との見分《みわ》けがつかなくなったことを、まるで白菊《しらぎく》が自《みずか》らの意志《いし》でそのようにしているかのように表現《ひょうげん》しています。このような表《ひょう》現技法《げんぎほう》を擬人法《ぎじんほう》といいます。また、歌《うた》の最後《さいご》が「白菊《しらぎく》の花《はな》」と体言《たいげん》になっており、体言止《たいげんど》めが用《もち》いられていることもわかります。

関連事項

古今和歌集《こきんわかしゅう》

古今集《こきんしゅう》ともいいます。醍醐天皇《だいごてんのう》の命《めい》により作《つく》られた、日本《にほん》で最初《さいしょ》の勅撰和歌集《ちょくせんわかしゅう》です。躬《み》恒《つね》は、紀貫之《きのつらゆき》、紀友則《きのとものり》、壬生忠岑《みぶのただみね》らとともに、『古今和歌集《こきんわかしゅう》』の撰者《せんじゃ》に任《にん》ぜられました。

大和物語《やまとものがたり》

平安時代《へいあんじだい》に成立《せいりつ》した、中古日本《ちゅうこにほん》の物語《ものがたり》。貴《き》族社会《ぞくしゃかい》の和歌《わか》を中心《ちゅうしん》に扱《あつか》っています。この物《もの》語《がたり》は、第《だい》五十九代宇多天皇《うだてんのう》やその周《まわ》りの人物《じんぶつ》を主《おも》に描《えが》いており、躬恒《みつね》と宇多天皇《うだてんのう》の子《こ》である第《だい》六十代醍醐天皇《だいだいごてんのう》とのやりとりが載《の》っています。

三十六歌仙《かせん》

藤原公任《ふじわらのきんとう》が編集《へんしゅう》した「三十六人撰《にんせん》」に出《で》てくる三十六人《にん》の名歌人《めいかじん》です。躬恒《みつね》は、三十六歌仙《かせん》の一人《ひとり》に選《えら》ばれています。

30

有明《ありあ》けの　つれなく見《み》えし　別《わか》れより
暁《あかつき》ばかり　憂《う》きものはなし

覚え方　ありあ(は)あかつき(に)(アリアは暁《あかつき》に)

出典　古今和歌集《こきんわかしゅう》

歌の意味

明《あ》け方《がた》の空《そら》に月《つき》がそっけなく見《み》えていたように、あなたが冷《つめ》たく見《み》えたあの別《わか》れの日《ひ》以来《らい》、夜明《よあ》けほどつらいものはありません。

もう夜《よる》が明《あ》けるというのに月《つき》は知《し》らん顔《かお》をしている…
まるで…
夜《よる》が明《あ》けて来《き》ましたね
もうあなたとお逢《あ》いすることはできなくなりました
さようなら
あのときのあの人《ひと》のようだ…
あれ以来《いらい》明《あ》け方《がた》ほど辛《つら》いことはない…

壬生忠岑《みぶのただみね》

(生没年未詳《せいぼつねんみしょう》)

壬生忠見《みぶのただみ》の父《ちち》。三十六歌仙《かせん》の一人《ひとり》。身分《みぶん》は低《ひく》かったのですが、歌人《かじん》としては認《みと》められており、是貞親王家歌合《これさだのみこのいえのうたあわせ》をはじめとした数多《かずおお》くの歌合《うたあわせ》に出席《しゅっせき》していたり、宇多《うだ》法皇《ほうおう》の大堰川行幸《おおいがわぎょうこう》に従《したが》ったりするなど、歌壇《かだん》で大変活躍《たいへんかつやく》しました。また、『古今和歌集《こきんわかしゅう》』の撰者《せんじゃ》にも任《にん》ぜられています。他《ほか》の歌《うた》には、「風《かぜ》吹《ふ》けば　峰《みね》にわかるる　白雲《しらくも》の　絶《た》えてつれなき　君《きみ》が心《こころ》か」などもあります。

解説

この歌《うた》は、恋人《こいびと》と最後《さいご》の別《わか》れのとき、相手《あいて》が冷《つめ》たい態度《たいど》だったことへの悲《かな》しみを詠《よ》んだものです。女性《じょせい》の冷《つめ》たい態度《たいど》を有明《ありあ》けの月《つき》にたとえて表現《ひょうげん》したところに、忠岑《ただみね》のセンスが感《かん》じられます。

鎌倉時代《かまくらじだい》　平安時代《へいあんじだい》　奈良時代《ならじだい》　飛鳥時代《あすかじだい》
1200　1100　1000　900　800　700　600

語句

有明《ありあ》けの月《つき》…明《あ》け方《がた》の空《そら》に残《のこ》っている月《つき》。

暁《あかつき》…夜明《よあ》け。

憂《う》きものはなし…つらいものはありません。「憂《う》き（憂《う》し）」は「つらい」という意味《いみ》。

修辞法

「つれなく見《み》えし」は「冷《つめ》たく見《み》えた」という意味《いみ》です。「つれなく（つれなし）」は「冷《つめ》たい、そっけない、何《なん》の反《はん》応《のう》もない」という意味《いみ》のことばです。この歌《うた》は「つれなく見《み》えし」の対象《たいしょう》が「有明《ありあ》けの月《つき》」と「あなた」に向《む》かっており、「有明《ありあ》けの月《つき》がそっけなく見《み》えた」「あなたが冷《つめ》たく見《み》えた」という意味《いみ》の掛詞《かけことば》になっています。

関連事項

古今和歌集《こきんわかしゅう》
古今集《こきんしゅう》ともいいます。醍醐天皇《だいごてんのう》の命《めい》により作《つく》られた、日本《にほん》で最初《さいしょ》の勅撰和歌集《ちょくせんわかしゅう》です。壬《み》生忠岑《ぶのただみね》は、紀貫之《きのつらゆき》、紀友則《きのとものり》、凡河内躬恒《おおしこうちのみつね》らとともに、『古今和歌集《こきんわかしゅう》』の撰者《せんじゃ》に任《にん》ぜられました。

和歌体十種《わかたいじっしゅ》
和歌《わか》の形《かたち》を十種類《じっしゅるい》に分《わ》け、それぞれの本質《ほんしつ》などを研究《けんきゅう》した、歌論書《かろんしょ》。忠岑《ただみね》が著《あらわ》したといわれているので、「忠岑十体《ただみねじったい》」とも呼《よ》ばれます。

三十六歌仙《かせん》
藤原公任《ふじわらのきんとう》が編集《へんしゅう》した「三十六人撰《にんせん》」に出《で》てくる三十六人《にん》の名歌人《めいかじん》。その後《ご》三十六歌仙《かせん》を参考《さんこう》にした、「中古《ちゅうこ》三十六歌仙《かせん》」や「女房《にょうぼう》三十六歌仙《かせん》」などもつくられました。

31

朝《あさ》ぼらけ　有明《ありあ》けの月《つき》と　見《み》るまでに
吉野《よしの》の里《さと》に　降《ふ》れる白雪《しらゆき》

覚え方　あさぼらけあのさとに（朝《あさ》ぼらけあの里《さと》に）

出典　古今和歌集《こきんわかしゅう》

歌の意味

ほのぼのと夜《よる》が明《あ》ける頃《ころ》、空《そら》に残《のこ》っている月《つき》の光《ひかり》かと思《おも》うくらい、吉野《よしの》の里《さと》に白《しろ》く降《ふ》り積《つ》もっている雪《ゆき》であるよ。

ん？
もう夜明《よあ》けか…
ガラ…
おおっ
この明《あか》るさは雪《ゆき》だったのか
てっきり有明《ありあ》けの月《つき》かと思《おも》った

坂上是則《さかのうえのこれのり》（生没年未詳《せいぼつねんみしょう》）

三十六歌仙《かせん》の一人《ひとり》。紀貫之《きのつらゆき》と肩《かた》をならべられる程《ほど》の優《すぐ》れた歌人《かじん》で、さまざまな歌合《うたあわせ》の場《ば》で活躍《かつやく》した記録《きろく》があります。また、歌人《かじん》としてだけでなく、蹴鞠《けまり》の名人《めいじん》としても有名《ゆうめい》です。

解説

この歌《うた》は、作者《さくしゃ》が吉野《よしの》へ旅《たび》をしたとき、雪《ゆき》が降《ふ》っている景色《けしき》に感動《かんどう》して詠《よ》んだ歌《うた》です。白《しら》雪《ゆき》を明《あ》け方《がた》の月《つき》の光《ひかり》にたとえることで、吉野《よしの》の夜明《よあ》けの情景《じょうけい》を清《きよ》らかに表現《ひょうげん》しています。

語句

朝《あさ》ぼらけ…ほのぼのと夜《よる》が明《あ》けるころ。
有明《ありあ》けの月《つき》…夜明《よあ》けに残《のこ》る月。
見《み》る…思《おも》う。理解《りかい》する。
吉野《よしの》の里《さと》…現在《げんざい》の奈良県吉野郡《ならけんよしののぐん》。

飛鳥時代《あすかじだい》　奈良時代《ならじだい》　平安時代《へいあんじだい》　鎌倉時代《かまくらじだい》
600　700　800　900　1000　1100　1200

32

山川《やまがわ》に　風《かぜ》のかけたる　しがらみは　流《なが》れもあへぬ　紅葉《もみじ》なりけり

覚え方　やまがながれ（る）（山《やま》が流《なが》れる）

出典　古今和歌集《こきんわかしゅう》

歌の意味

山《やま》の間《あいだ》を流《なが》れる川《かわ》に風《かぜ》がかけた「しがらみ」（柵《さく》）は、流《なが》れきれないでたまっている紅葉《もみじ》であったよ。

春道列樹《はるみちのつらき》（?〜九二〇年《ねん》）

文章生《もんじょうしょう》として文章道《もんじょうどう》（漢詩《かんし》や詩文《しぶん》、歴史《れきし》など）を学《まな》び、その後《ご》、壱岐守《いきのかみ》に任《にん》ぜられましたが、赴《ふ》任《にん》せずに亡《な》くなったといわれています。あまり、名《な》のある歌人《かじん》ではありませんでした。

解説

この歌《うた》は、京都《きょうと》から滋賀《しが》へ行《い》く山越《やまご》えの途《と》中《ちゅう》で詠《よ》まれた歌《うた》です。紅葉《もみじ》が川《かわ》に落《お》ちて、川《かわ》の流《なが》れをせき止《と》めている様子《ようす》を「風《かぜ》がかけたしがらみ」と表現《ひょうげん》しています。風《かぜ》を擬人化《ぎじんか》しているところに、この歌《うた》の特徴《とくちょう》があります。

語句

山川《やまがわ》…山《やま》の中《なか》の川《かわ》。谷川《たにがわ》。「かわ」ではなく、「がわ」とにごります。

しがらみ…水《みず》の流《なが》れをせき止《と》めたり、護《ご》岸用《がんよう》に川《かわ》の中《なか》に杭《くい》を打《う》ったりして、竹《たけ》や木《き》の枝《えだ》をからませたもの。柵《さく》。

鎌倉時代《かまくらじだい》　平安時代《へいあんじだい》　?〜920　奈良時代《ならじだい》　飛鳥時代《あすかじだい》
1200　1100　1000　900　800　700　600

33

ひさかたの　光《ひかり》のどけき　春《はる》の日《ひ》に
しづ《ず》心《こころ》なく　花《はな》の散《ち》るらむ《ん》

覚え方　ひさかたのしづこ（ちゃん）（久方《ひさかた》の静子《しずこ》ちゃん）

出典　古今和歌集《こきんわかしゅう》

歌の意味

日《ひ》の光《ひかり》がのどかな春《はる》の日《ひ》なのに、どうして桜《さくら》の花《はな》は落《お》ち着《つ》いた心《こころ》なく、こんなに急《いそ》いで散《ち》ってしまうのだろうか。

春《はる》の日差《ひざ》しは柔《やわ》らかでのどかだなぁー
それなのに…
ビュオオオッ
なぜ桜《さくら》の花《はな》はこんなに慌《あわ》ただしく散《ち》ってしまうんだろう…

紀友則《きのとものり》

（?～九〇五?年《ねん》）

三十六歌仙《かせん》の一人《ひとり》。紀《き》貫之《つらゆき》の従兄弟《いとこ》。巧《たく》みな技《わざ》を使《つか》い、優美《ゆうび》で繊細《せんさい》な歌《うた》を詠《よ》みました。『古今和歌《こきんわか》集《しゅう》』の撰者《せんじゃ》の一人《ひとり》でしたが、完成前《かんせいまえ》に亡《な》くなりました。

解説

春《はる》ののどかさの中《なか》、あわただしく散《ち》ってしまう花《はな》を惜《お》しむ気持《きも》ちを詠《よ》んだ歌《うた》です。「のどかな春《はる》の日《ひ》」と「急《いそ》いで散《ち》ってしまう桜《さくら》の花《はな》」の対照的《たいしょうてき》な様子《ようす》が巧《たく》みに描《えが》かれています。また桜《さくら》を擬人化《ぎじんか》しているところからも、作者《さくしゃ》の技巧《ぎこう》がうかがえます。

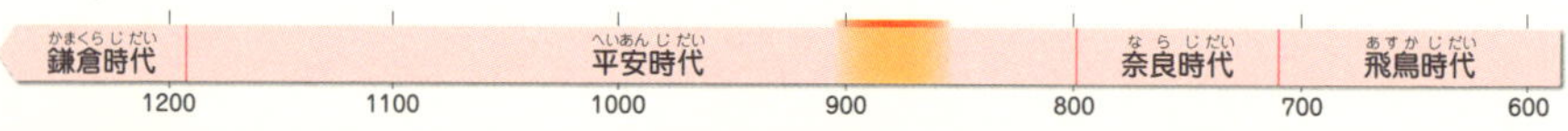
鎌倉時代《かまくらじだい》
平安時代《へいあんじだい》
奈良時代《ならじだい》
飛鳥時代《あすかじだい》
1200
1100
1000
900
800
700
600

語句

光《ひかり》のどけき…光《ひかり》がのどかな。
しづ心《こころ》なく…桜《さくら》を擬人化《ぎじんか》し、桜《さくら》の花《はな》の気《き》持《も》ちであるかのように表現《ひょうげん》しています。
らむ…～であろうか。

修辞法

「ひさかたの」は「光《ひかり》」を導《みちび》き出《だ》す枕詞《まくらことば》です。「久方の」と書《か》きます。「永《えい》久《きゅう》の方向《ほうこう》」ということから、「光《ひかり》」や、「天《てん》」「空《そら》」「月《つき》」など天体《てんたい》に関係《かんけい》のあることばを導《みちび》き出《だ》します。また「しづ心《こころ》なく　花《はな》の散《ち》るらむ」は「こんなに急《いそ》いで散《ち》ってしまうのだろうか」という意味《いみ》です。擬人法《ぎじんほう》が用《もち》いられ、桜《さくら》の花《はな》が自《みずか》らの意志《いし》で散《ち》ってしまっているかのように表《あらわ》されています。

関連事項

古今和歌集《こきんわかしゅう》
古今集《こきんしゅう》ともいいます。第《だい》六十代《だい》醍醐《だいご》天皇《てんのう》の命《めい》により作《つく》られた、日本《にほん》で最初《さいしょ》の勅撰和歌集《ちょくせんわかしゅう》です。友則《とものり》は紀貫之《きのつらゆき》らとともに撰者《せんじゃ》に任《にん》ぜられましたが、『古今和歌集《こきんわかしゅう》』の完成前《かんせいまえ》に亡《な》くなってしまいました。『古今和歌集《こきんわかしゅう》』には、友《とも》則《のり》の死《し》を悲《かな》しむ貫之《つらゆき》の歌《うた》が収《おさ》められています。

大内記《だいないき》
政治《せいじ》に関《かか》わる出来事《できごと》や、天皇《てんのう》の行動《こうどう》を記録《きろく》する職業《しょくぎょう》。文章力《ぶんしょうりょく》に長《た》けていた友則《とものり》には、適《てき》任《にん》の役職《やくしょく》です。

三十六歌仙《かせん》
藤原公任《ふじわらのきんとう》が編集《へんしゅう》した「三十六人撰《にんせん》」に出《で》てくる三十六人《にん》の名歌人《めいかじん》。後《のち》に三十六歌仙《かせん》を参《さん》考《こう》にした、「中古《ちゅうこ》三十六歌仙《かせん》」や「女房《にょうぼう》三十六歌仙《かせん》」などもつくられました。

34

誰《たれ》をかも　知《し》る人《ひと》にせむ《ん》　高砂《たかさご》の
松《まつ》も昔《むかし》の　友《とも》ならなくに

覚え方 たれむかしのとも（誰昔《だれむかし》の友《とも》）

出典 古今和歌集《こきんわかしゅう》

歌の意味

（年老《としお》いた私《わたし》は）いったい誰《だれ》を心許《こころゆる》せる友《とも》にしようか。高砂《たかさご》の老松《おいまつ》でさえも昔《むかし》からの友《とも》ではないのになあ。

藤原興風《ふじわらのおきかぜ》（生没年未詳《せいぼつねんみしょう》）

三十六歌仙《かせん》の一人《ひとり》。優《すぐ》れた歌人《かじん》で、歌合《うたあわせ》の作者《さくしゃ》にも選《えら》ばれました。また歌人《かじん》としてだけでなく、音楽《おんがく》（特《とく》に琴《こと》）にも優《すぐ》れていました。

解説

この歌《うた》は、作者《さくしゃ》が年老《としお》いて、昔《むかし》からの友人《ゆうじん》も死《し》んでいなくなったことを寂《さび》しく思《おも》い嘆《なげ》いて詠《よ》んだ歌《うた》です。百人一首《ひゃくにんいっしゅ》の撰者《せんじゃ》である藤原《ふじわらの》定家《ていか》は、彼《かれ》が七十四歳《さい》のときにこの歌《うた》を選《えら》びました。定家《ていか》は、この作者《さくしゃ》に共感《きょうかん》したのかもしれません。

語句

知《し》る人《ひと》…自分《じぶん》を理解《りかい》してくれる人《ひと》。友達《ともだち》。
高砂《たかさご》…兵庫県高砂市《ひょうごけんたかさごし》。「高砂《たかさご》の松《まつ》」は有名《ゆうめい》な歌枕《うたまくら》。
友《とも》ならなくに…友《とも》ではないのになあ。

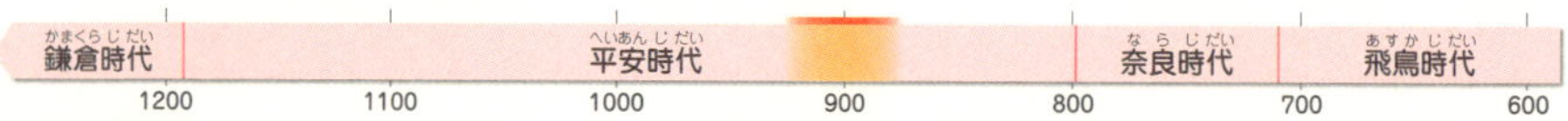

35 人《ひと》はいさ　心《こころ》も知《し》らず　ふるさとは　花《はな》ぞ昔《むかし》の　香《か》ににほひける

覚え方 ひとはむかしのにほひ（人《ひと》は昔《むかし》のにおい）

出典 古今和歌集《こきんわかしゅう》

歌の意味

あなたが昔《むかし》と同《おな》じ気持《きも》ちなのかどうか、知《し》る由《よし》もありません。しかし、昔《むかし》からのなじみのあるこの地《ち》の梅《うめ》の花《はな》だけは、昔《むかし》と同《おな》じ香《かお》りをはなち、美《うつく》しく咲《さ》いていることだよ。

テク
長谷寺《はせでら》へも参《まい》ったことだし
テク
久《ひさ》しぶりにあの方《かた》の家《いえ》を訪《たず》ねてみようか
へい
トン
トン
どうもごぶさたしております
おお！これはこれは紀貫之様《きのつらゆきさま》
ずいぶんと…ごぶさたしております
ガラ
ボキッ
あなたの心《こころ》の内《うち》はわかりませんが…
梅《うめ》の花《はな》の匂《にお》いは昔《むかし》と変《か》わりませんなぁ
くんくん
わざわざ枝《えだ》をおらないと匂《にお》いがわからないなんてさぞ鼻《はな》がきくんでしょうなー
むむむ
ひ…皮肉《ひにく》の言《い》い合《あ》いがとまらない…！

紀貫之《きのつらゆき》

（?～九四五年《ねん》）

平安時代前期《へいあんじだいぜんき》の代表的《だいひょうてき》な歌人《かじん》で、『古今和歌集《こきんわかしゅう》』の撰者《せんじゃ》もつとめました。『土佐日記《とさにっき》』の作者《さくしゃ》としても有名《ゆうめい》です。

解説

この歌《うた》は、作者《さくしゃ》が長谷寺《はせでら》におまいりするたびに泊《と》まっていた家《いえ》の主人《しゅじん》が、「長《なが》くおいでがない」とすねる挨拶《あいさつ》をしたことに対《たい》して、そこに咲《さ》いていた梅《うめ》の花《はな》を折《お》って詠《よ》んだ歌《うた》です。変《か》わりやすい「人《ひと》の心《こころ》」と変《か》わらない「花《はな》の香《かお》り」を対照的《たいしょうてき》に表現《ひょうげん》しています。

語句

人《ひと》…特定《とくてい》の人物《じんぶつ》を表《あらわ》すことが多《おお》いです。ここでは、長谷寺《はせでら》におまいりをしたときによく泊《と》まっていた家《いえ》の主人《しゅじん》を指《さ》しています。

いさ…さあ、どうでしょう。

ふるさと…昔《むかし》からのなじみのある場所《ばしょ》。

?～945
鎌倉時代《かまくらじだい》　平安時代《へいあんじだい》　奈良時代《ならじだい》　飛鳥時代《あすかじだい》
1200　1100　1000　900　800　700　600

36

夏《なつ》の夜《よ》は　まだ宵《よい》ながら　明《あ》けぬるを　雲《くも》のいづ《ず》こに　月《つき》宿《やど》るらむ《ん》

覚え方 なつのやど（夏《なつ》の宿《やど》）

出典 古今和歌集《こきんわかしゅう》

歌の意味

夏《なつ》の夜《よ》は、まだ宵《よい》だと思《おも》っているうちにすぐに明《あ》けてしまったが、いったい雲《くも》のどこに月《つき》は宿《やど》り隠《かく》れてしまうのだろうか。

清原深養父《きよはらのふかやぶ》（生没年未詳《せいぼつねんみしょう》）

清原元輔《きよはらのもとすけ》の祖父《そふ》で、清少納言《せいしょうなごん》の曾祖父《そうそふ》。優《すぐ》れた歌人《かじん》であり、また琴《こと》の名手《めいしゅ》でもあったようです。

この歌《うた》は、清原深養父《きよはらのふかやぶ》の死後《しご》しばらくの間《あいだ》はあまり評価《ひょうか》されていませんでした。しかし、のちに藤原俊成《ふじわらのとしなり》らに再評価《さいひょうか》されるようになり、清原深養父《きよはらのふかやぶ》は「中古《ちゅうこ》三十六歌仙《かせん》」という三十六人《にん》の和歌《わか》の名人《めいじん》の一人《ひとり》として選《えら》ばれました。

解説

夏《なつ》の短《みじか》い夜《よる》の印象《いんしょう》を詠《よ》んだ歌《うた》です。宵《よい》だと思《おも》っていたのにもう夜明《よあ》けだという大《おお》げさな表現《ひょうげん》や「月《つき》が雲《くも》に宿《やど》り隠《かく》れる」という、月《つき》を擬人化《ぎじんか》しているところに面白《おもしろ》さがあります。

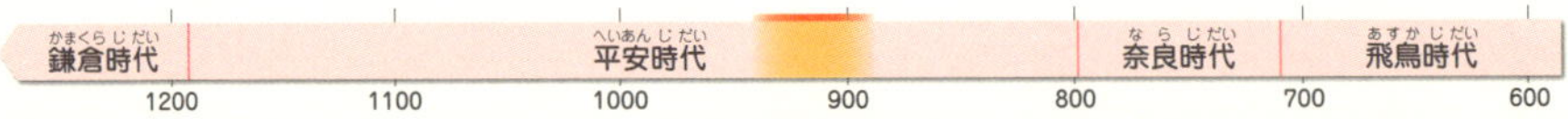

語句

宵《よい》…日《ひ》が暮《く》れて間《ま》もない時間《じかん》。

明《あ》けぬるを…明《あ》けてしまったが。

いづこに…どこに。

修辞法

「月宿《つきやど》るらむ」は「月《つき》は宿《やど》り隠《かく》れてしまうのだろうか」という意味《いみ》です。擬人法《ぎじんほう》を用《もち》いて、月《つき》が自《みずか》ら隠《かく》れてしまうかのように表現《ひょうげん》しています。月《つき》をながめて観賞《かんしょう》する月見会《つきみかい》は、当時《とうじ》の遊《あそ》びの一つでした。夏《なつ》の夜《よる》は短《みじか》く、すぐに夜《よ》は明《あ》けてしまいます。明《あ》け方《がた》、まだ沈《しず》みきっていない月《つき》が雲《くも》に隠《かく》れてしまっている、早《はや》く姿《すがた》を見《み》せてほしいという思《おも》いが感《かん》じ取《と》れる歌《うた》です。

関連事項

後撰和歌集《ごせんわかしゅう》

第《だい》六十二代村上天皇《だいむらかみてんのう》の命《めい》により『古今和歌集《こきんわかしゅう》』の次《つぎ》に編集《へんしゅう》された勅撰和歌集《ちょくせんわかしゅう》。ここには清原深養父《きよはらのふかやぶ》が弾《ひ》く琴《こと》を聴《き》きながら、藤原兼輔《ふじわらのかねすけ》と紀貫之《きのつらゆき》が詠《よ》んだという歌《うた》が残《のこ》されています。

管弦《かんげん》

管楽器《かんがっき》と弦楽器《げんがっき》のこと。清原深養父《きよはらのふかやぶ》が得意《とくい》だった琴《こと》は、当時《とうじ》よく演奏《えんそう》されていた弦楽器《げんがっき》の一つです。平安時代《へいあんじだい》の娯楽《ごらく》として、音楽《おんがく》は欠《か》かせない存在《そんざい》でした。また、娯楽《ごらく》としてだけでなく、当時《とうじ》の貴族《きぞく》の重要《じゅうよう》な教養《きょうよう》の一つでもあったようです。

37

白露《しらつゆ》に　風《かぜ》の吹《ふ》きしく　秋《あき》の野《の》は
つらぬきとめぬ　玉《たま》ぞ散《ち》りける

覚え方　しら（ぬ）つらぬき（知《し》らぬ貫《つらぬ》き）

出典　後撰和歌集《ごせんわかしゅう》

歌の意味

草《くさ》の葉《は》の上《うえ》の白露《しらつゆ》に風《かぜ》が吹《ふ》きつける秋《あき》の野《の》は、まるで紐《ひも》でつないでいない真珠《しんじゅ》の玉《たま》が辺《あた》り一面《いちめん》に乱《みだ》れ散《ち》るようであるよ。

文屋朝康《ふんやのあさやす》（生没年未詳《せいぼつねんみしょう》）

文屋康秀《ふんやのやすひで》の子《こ》。伝記《でんき》・経歴《けいれき》はあまり知《し》られていませんが、有名《ゆうめい》な歌合《うたあわせ》にも出席《しゅっせき》していた、実力《じつりょく》のある歌人《かじん》です。

解説

秋《あき》の草《くさ》の葉《は》の上《うえ》についている白露《しらつゆ》を、真珠《しんじゅ》の玉《たま》にたとえています。葉《は》の上《うえ》の白露《しらつゆ》がきらきら輝《かがや》く美《うつく》しい様子《ようす》が想像《そうぞう》できます。

語句

白露《しらつゆ》…草《くさ》の葉《は》の上《うえ》で白《しろ》く光《ひか》っている露《つゆ》。
つらぬきとめぬ…紐《ひも》でつないでいない。
玉《たま》…真珠《しんじゅ》。ここでは白露《しらつゆ》を真珠《しんじゅ》にたとえています。

鎌倉時代《かまくらじだい》｜平安時代《へいあんじだい》｜奈良時代《ならじだい》｜飛鳥時代《あすかじだい》
1200　1100　1000　900　800　700　600

38

忘《わす》らるる　身《み》をば思《おも》はず《わ》　誓《ちか》ひて《い》し
人《ひと》の命《いのち》の　惜《お》しくもあるかな

覚え方　わすらるるひとのいのち（忘《わす》らるる人《ひと》の命《いのち》）

出典　拾遺和歌集《しゅういわかしゅう》

歌の意味

忘《わす》れられてしまった私《わたし》の身《み》のつらさは、何《なん》とも思《おも》いません。ただ、私《わたし》との永遠《えいえん》の愛《あい》を神《かみ》に誓《ちか》ってしまったあなたの命《いのち》が（縮《ちぢ》まりはしないかと）惜《お》しまれます。

あなたに忘《わす》れられてしまうことは何《なん》とも思《おも》いません
……
永遠《えいえん》にあなたを愛《あい》すると神《かみ》に誓《ちか》うよ
ただ…
私《わたし》を捨《す》てたことであなたが神様《かみさま》から恐《おそ》ろしいばつを受けるのではないかと…
心配《しんぱい》です
……
…?

右近《うこん》（生没年未詳《せいぼつねんみしょう》）

女流歌人《じょりゅうかじん》。父親《ちちおや》が右近《うこん》少将《しょうしょう》という役職《やくしょく》に就《つ》いていたので、こう呼《よ》ばれていました。第六十代醍醐《だいろくじゅうだいだいご》天皇《てんのう》の皇后穏子《こうごうおんし》に女房《にょうぼう》として仕《つか》えました。恋多《こいおお》き歌人《かじん》として知《し》られています。

解説

作者《さくしゃ》が自分《じぶん》を捨《す》てた恋人《こいびと》の身《み》を案《あん》じて詠《よ》んだ歌《うた》です。しかし、見方《みかた》を変《か》えると、自分《じぶん》を捨《す》てた相手《あいて》へのあてつけと捉《とら》えることもできます。相手《あいて》の男性《だんせい》は、四十三番《ばん》の歌《うた》を詠《よ》んだ藤原敦忠《ふじわらのあつただ》といわれています。

語句

忘《わす》らるる…忘《わす》れられてしまった。
身《み》…私《わたし》の身《み》。
人《ひと》…ここでは、自分《じぶん》を捨《す》てた相手《あいて》の男性《だんせい》を指《さ》します。

鎌倉時代《かまくらじだい》	平安時代《へいあんじだい》	奈良時代《ならじだい》	飛鳥時代《あすかじだい》

1200　1100　1000　900　800　700　600

39

浅茅生《あさじう》の 小野《おの》の篠原《しのはら》 忍《しの》ぶれど あまりてなどか 人《ひと》の恋《こい》しき

覚え方 あさじうのあまり(朝《あさ》、十《じゅう》の余《あま》り)

出典 後撰和歌集《ごせんわかしゅう》

歌の意味

浅茅《あさじ》が生《は》えている小野《おの》の篠原《しのはら》の「しの」ではないが、あなたへの思《おも》いをじっと心《こころ》に忍《しの》んできたけれど、もう抑《おさ》えきれないで、なぜこんなにあなたが恋《こい》しいのでしょう。

参議等《さんぎひとし》(八八〇~九五一年《ねん》)

源等《みなもとのひとし》。第《だい》五十二代《だい》嵯峨《さが》天皇《てんのう》の曾孫《ひまご》。参議《さんぎ》という役職《やくしょく》に就《つ》いていたことから、こう呼《よ》ばれました。歌《か》人歴《じんれき》は明《あき》らかにされていません。

解説

この歌《うた》からは、ずっと抑《おさ》えてきた恋心《こいごころ》が抑《おさ》えきれなくなるほど高《たか》まり、あふれ出《で》る様子《ようす》が読《よ》み取《と》れます。相手《あいて》への恋心《こいごころ》を公《おおやけ》にできず、抑《おさ》えようとしていることから、思《おも》いを寄《よ》せる相手《あいて》は作者《さくしゃ》より立場《たちば》が上《うえ》の、高貴《こうき》な人物《じんぶつ》だったのかもしれません。

参議等《さんぎひとし》は、歌人《かじん》としてはほぼ無名《むめい》に近《ちか》い存在《そんざい》で、「後撰和歌集《ごせんわかしゅう》」に四首《よんしゅ》の歌《うた》が残《のこ》されているのみです。しかしながら、百人一首《ひゃくにんいっしゅ》の選者《せんじゃ》である藤原定家《ふじわらのていか》は等《ひとし》の歌《うた》を高《たか》く評価《ひょうか》しています。おそらく、自《みずか》らの思《おも》いのたけを素直《すなお》に表現《ひょうげん》する等《ひとし》の作歌《さっか》姿勢《しせい》が定家《ていか》の目《め》に留《と》まったのでしょう。

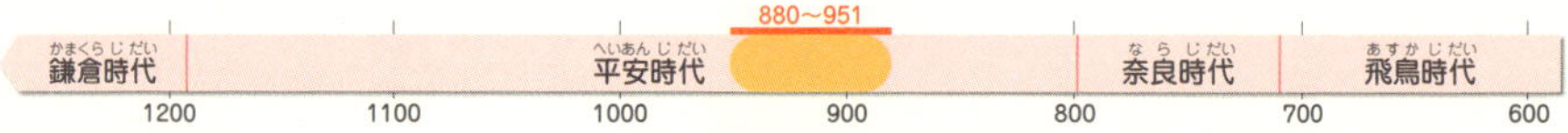

語句

浅茅生《あさじう》の…茅《ちがや》がまばらに生《は》えている。

あまりて…抑《おさ》えきれないで。

修辞法

「浅茅生《あさじう》の」は「小野《おの》」を導《みちび》き出《だ》す枕詞《まくらことば》です。上《うえ》の「語句《ごく》」にあるように、「浅茅生《あさじう》の」は「茅《ちがや》がまばらに生《は》えている」という意味《いみ》です。また「小野《おの》」は、「野原《のはら》」を意味《いみ》しています。どちらも草《くさ》に関係《かんけい》のあることばであることを覚《おぼ》えておきましょう。また、「浅茅生《あさじう》の　小野《おの》の篠原《しのはら》」で、同《おな》じ音《おん》の「しの」を導《みちび》き出《だ》す序詞《じょことば》になっています。

関連事項

参議《さんぎ》

参議等《さんぎひとし》の「参議《さんぎ》」とは、当時《とうじ》の役職《やくしょく》の名前《なまえ》です。「大納言《だいなごん》」「中納言《ちゅうなごん》」とともに朝議《ちょうぎ》（朝廷《ちょうてい》での会議《かいぎ》）に加《くわ》わる、重要《じゅうよう》な役職《やくしょく》でした。

本歌取《ほんかど》り

和歌《わか》の作成技法《さくせいぎほう》の一つで、有名《ゆうめい》な古歌《こか》の一部《ぶ》を取《と》り入《い》れて、自作《じさく》にアレンジしたものです。作者《さくしゃ》の発見《はっけん》した新《あたら》しい発想《はっそう》に古《ふる》い歌《うた》のもつイメージを重《かさ》ね、感動《かんどう》をより深《ふか》める技法《ぎほう》として使《つか》われました。参議等《さんぎひとし》のこの一首《しゅ》は、『古今和歌集《こきんわかしゅう》』の歌《うた》の一部《ぶ》を取《と》り入《い》れた、本歌取《ほんかど》りです。その本歌《ほんか》は次のようなものです。

浅茅生《あさじう》の　小野《おの》の篠原《しのはら》　忍《しの》ぶとも　人知《ひとし》るらめや　言《い》う人《ひと》はなし

40

忍《しの》ぶれど　色《いろ》に出《い》でにけり　わが恋《こい》は　物《もの》や思《おも》ふ《う》と　人《ひと》の問《と》ふ《う》まで

覚え方 しのぶものや（忍《しの》ぶ者《もの》や）

出典 拾遺和歌集《しゅういわかしゅう》

歌の意味

隠《かく》していたけれど、私《わたし》の恋《こい》は顔色《かおいろ》に出《で》てしまった。物思《ものおも》いをしているのかと、人《ひと》に問《と》われるほどまでに。

平兼盛《たいらのかねもり》（?〜九九〇年《ねん》）

三十六歌仙《かせん》の一人《ひとり》。光孝天皇《こうこうてんのう》の玄孫《やしゃご》。父《ちち》の代《だい》に平姓《たいらのせい》を賜《たまわ》り、皇族《こうぞく》を離《はな》れました。この時代《じだい》の代表《だいひょう》的歌人《てきかじん》の一人《ひとり》です。

解説

天徳《てんとく》四年《ねん》内裏《だいり》歌合《うたあわせ》のときに詠《よ》まれた有名《ゆうめい》な歌《うた》です。気持《きも》ちを誰《だれ》にも言《い》わず隠《かく》していたのに、それを周《まわ》りに指摘《してき》され困惑《こんわく》している様子《ようす》が感《かん》じられます。顔《かお》に出《だ》してしまうほど女性《じょせい》に強《つよ》い思《おも》いを抱《いだ》く、初々《ういうい》しい気持《きも》ちが巧《たく》みに表現《ひょうげん》されています。

語句

忍《しの》ぶれど…隠《かく》していたけれど。じっと耐《た》えしのんでいたけれど。
色《いろ》…顔色《かおいろ》。表情《ひょうじょう》。様子《ようす》。
物《もの》や思《おも》ふと…（恋《こい》のために）物思《ものおも》いしているのかと。

鎌倉時代《かまくらじだい》　平安時代《へいあんじだい》　奈良時代《ならじだい》　飛鳥時代《あすかじだい》
?〜990
1200　1100　1000　900　800　700　600

豆知識

歌枕《うたまくら》 ②

近畿地方《きんきちほう》に多《おお》い歌枕《うたまくら》

「小倉百人一首《おぐらひゃくにんいっしゅ》」が誕生《たんじょう》した時代《じだい》、都《みやこ》は京都《きょうと》にありました。そのためでしょうか、「小倉百人一首《おぐらひゃくにんいっしゅ》」の歌枕《うたまくら》も、京都《きょうと》や奈良《なら》、大阪《おおさか》、兵庫《ひょうご》といった近畿地方《きんきちほう》の地名《ちめい》が多《おお》く見《み》られます。

近畿地方《きんきちほう》の歌枕《うたまくら》

「小倉百人一首《おぐらひゃくにんいっしゅ》」の歌枕《うたまくら》となった近畿地方《きんきちほう》の地名《ちめい》とその位置《いち》を下《した》の地図《ちず》に示《しめ》しました。

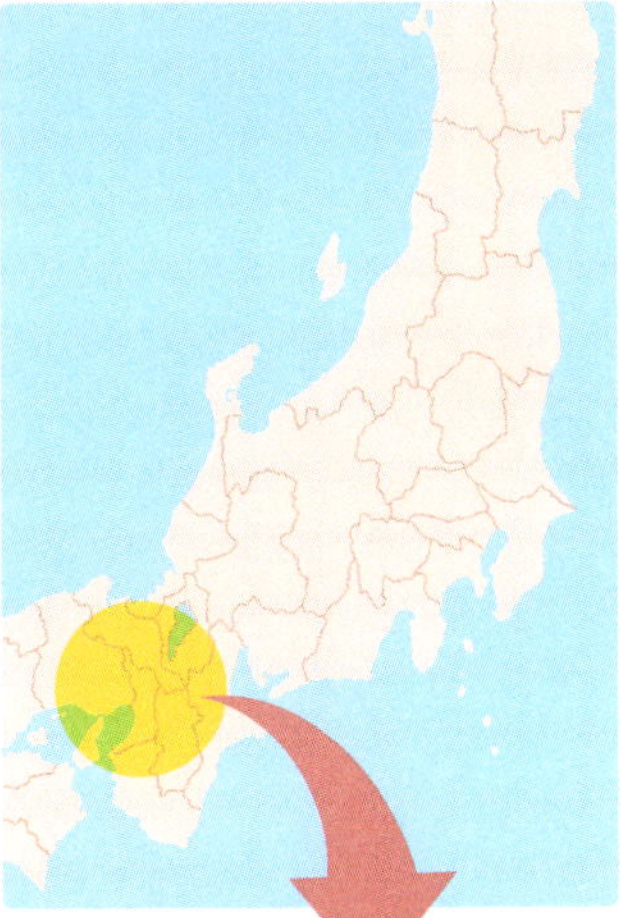

大江山《おおえやま》60
生野《いくの》60
小倉山《おぐらやま》26
逢坂《おうさか》10 25 62
宇治《うじ》8 64
有馬山《ありまやま》58
泉川《いずみがわ》27
みかの原《はら》27
高砂《たかさご》34
須磨《すま》78
難波《なにわ》19 20 88
猪名《いな》58
手向山《たむけやま》24
三笠の山《みかさのやま》7
住の江《すみのえ》18
三室の山《みむろのやま》69
松帆の浦《まつほのうら》97
高師の浜《たかしのはま》72
竜田川《たつたがわ》17 69
初瀬《はつせ》74
天の香具山《あまのかぐやま》2
淡路島《あわじしま》78
吉野《よしの》31 94

覚えられた？ 21〜40

次の上の句と合う下の句を下から探して、――で結びましょう。

21 いまこんと いいしばかりに ながつきの

30 ありあけの つれなくみえし わかれより

31 あさぼらけ ありあけのつきと みるまでに

37 しらつゆに かぜのふきしく あきののは

39 あさじうの おののしのはら しのぶれど

A つらぬきとめぬ たまぞちりける

B よしののさとに ふれるしらゆき

C あかつきばかり うきものはなし

D ありあけのつきを まちいでつるかな

E あまりてなどか ひとのこいしき

---

32 やまがわに かぜのかけたる しがらみは

29 こころあてに おらばやおらん はつしもの

33 ひさかたの ひかりのどけき はるのひに

25 なにしおわば おうさかやまの さねかずら

40 しのぶれど いろにいでにけり わがこいは

A おきまどわせる しらぎくのはな

B ながれもあえぬ もみじなりけり

C ひとにしられで くるよしもがな

D しずこころなく はなのちるらん

E ものやおもうと ひとのとうまで

75ページの答え ㉖-C ㉓-E ㉔-A ㉘-B ㉟-D／㉞-D ㊱-C ㊳-E ㉒-A ㉗-B

26 おぐらやま みねのもみじば こころあらば

23 つきみれば ちぢにものこそ かなしけれ

24 このたびは ぬさもとりあえず たむけやま

28 やまざとは ふゆぞさびしさ まさりける

35 ひとはいさ こころもしらず ふるさとは

A もみじのにしき かみのまにまに

B ひとめもくさも かれぬとおもえば

C いまひとたびの みゆきまたなん

D はなぞむかしの かににおいける

E わがみひとつの あきにはあらねど

---

34 たれをかも しるひとにせん たかさごの

36 なつのよは まだよいながら あけぬるを

38 わすらるる みをばおもわず ちかいてし

22 ふくからに あきのくさきの しおるれば

27 みかのはら わきてながるる いずみがわ

A むべやまかぜを あらしというらん

B いつみきとてか こいしかるらん

C くものいずこに つきやどるらん

D まつもむかしの ともならなくに

E ひとのいのちの おしくもあるかな

74ページの答え ㉑-D ㉚-C ㉛-B ㊲-A ㊴-E／㉜-B ㉙-A ㉝-D ㉕-C ㊵-E

41

恋《こい》すてふ《ちょう》　わが名《な》はまだき　立《た》ちにけり　人《ひと》知《し》れずこそ　思《おも》ひ《い》そめしか

覚え方　こいひとしれず（恋《こい》、人知《ひとし》れず）

出典　拾遺和歌集《しゅういわかしゅう》

歌の意味

恋《こい》をしているという私《わたし》の評判《ひょうばん》が早《はや》くも立《た》ってしまったよ。人《ひと》に知《し》られないようにそっと私《わたし》の心《こころ》の内《うち》だけで思《おも》いはじめていたのに。

壬生忠見《みぶのただみ》

（生没年未詳《せいぼつねんみしょう》）

三十六歌仙《かせん》の一人《ひとり》。壬《み》生忠岑《ぶのただみね》の子《こ》。家《いえ》が貧困《ひんこん》で苦《くる》しんだようで、歌合《うたあわせ》にも粗末《そまつ》な装束《しょうぞく》で参加《さんか》したと伝《つた》えられています。しかし、歌人《かじん》としての実力《じつりょく》は高《たか》く、多《おお》くの歌《うた》を残《のこ》しました。

解説

心《こころ》の内《うち》に秘《ひ》めていた恋《こい》が周囲《しゅうい》の噂《うわさ》になってしまったことにとまどう気持《きも》ちを詠《よ》んだ歌《うた》です。作者《さくしゃ》の気持《きも》ちが素直《すなお》に表現《ひょうげん》された、味《あじ》わい深《ぶか》い一首《しゅ》です。

語句

恋《こい》すてふ…恋《こい》をしているという。
名《な》…噂《うわさ》。評判《ひょうばん》。
まだき…早《はや》くも。
人《ひと》…ここでは周《まわ》りの人《ひと》という意味《いみ》です。

42

契《ちぎ》りきな　かたみに袖《そで》を　しぼりつつ　末《すえ》の松山《まつやま》　波《なみ》越《こ》さじとは

覚え方　ちぎりきなみこ(ちゃん)(チギリキナミコちゃん)

出典　後拾遺和歌集《ごしゅういわかしゅう》

歌の意味

約束《やくそく》しましたよね。お互《たが》いに涙《なみだ》でぬれた袖《そで》をしぼりながら、「あの末《すえ》の松山《まつやま》を波《なみ》がけっして越《こ》えることがないように、二人《ふたり》の心《こころ》もけっして変《か》わらない」とね。

しくしく
二人《ふたり》の愛《あい》は永遠《えいえん》に変《か》わりません
波《なみ》が決《けっ》して「末《すえ》の松山《まつやま》」を越《こ》えることがないように……
ざぱ〜〜ん
あなたと私《わたし》はそう誓《ちか》いましたよね…
なのに…
……
何《なに》してるだ?
あの方《かた》が心変《こころが》わりしたということは「末《すえ》の松山《まつやま》」を越《こ》える波《なみ》もやってくるはず
私《わたし》はその波《なみ》にのまれてしまおうと思《おも》います
……

清原元輔《きよはらのもとすけ》

(九〇八〜九九〇年《ねん》)

三十六歌仙《かせん》の一人《ひとり》。清《きよ》原深養父《はらのふかやぶ》の孫《まご》で、清少納言《せいしょうなごん》の父《ちち》。優《すぐ》れた歌人《かじん》で、梨壺《なしつぼ》の五人《にん》に選《えら》ばれ、多《おお》くの歌合《うたあわせ》にも参加《さんか》しました。

解説

この歌《うた》からは、心変《こころが》わりした女性《じょせい》をなじる、失恋《しつれん》した男性《だんせい》の悲《かな》しみが伝《つた》わってきます。ふられた男性《だんせい》の気持《きも》ちを作者《さくしゃ》が代弁《だいべん》したものだといわれていますが、作者自身《さくしゃじしん》の話《はなし》だとも考《かんが》えられています。

語句

契《ちぎ》りきな…約束《やくそく》しましたよね。
かたみに…お互《たが》いに。
袖《そで》を…(涙《なみだ》でぬれた)袖《そで》を。
末《すえ》の松山《まつやま》…宮城県《みやぎけん》にある丘《おか》。歌枕《うたまくら》。

908〜990
鎌倉時代《かまくらじだい》　平安時代《へいあんじだい》　奈良時代《ならじだい》　飛鳥時代《あすかじだい》
1200　1100　1000　900　800　700　600

43

**逢《あ》ひ見《み》ての　後《のち》の心《こころ》に　くらぶれば
昔《むかし》はものを　思《おも》はざりけり**

覚え方　あいのはもの（愛《あい》の刃物《はもの》）

出典　拾遺和歌集《しゅういわかしゅう》

歌の意味

あなたと契《ちぎ》りを結《むす》んだあとの、今《いま》の心《こころ》に比《くら》べれば、あなたに逢《あ》う以前《いぜん》の気持《きも》ちなんて、物思《ものおも》いをしているうちに入《はい》らないものだということが分《わ》かりましたよ。

権中納言敦忠《ごんちゅうなごんあつただ》（九〇六〜九四三年《ねん》）

藤原敦忠《ふじわらのあつただ》。左大臣《さだいじん》藤原《ふじわらの》時平《ときひら》の子《こ》。三十六歌仙《かせん》の一人《ひとり》。若《わか》くして亡《な》くなりましたが、琵琶《びわ》の名手《めいしゅ》で、美貌《びぼう》の持《も》ち主《ぬし》だった上《うえ》に、人柄《ひとがら》もよかったと伝《つた》えられています。『後撰和歌集《ごせんわかしゅう》』などに、多《おお》くの女性《じょせい》とやりとりをした歌《うた》が残《のこ》されています。また『大鏡《おおかがみ》』には、作者《さくしゃ》の愛《あい》する北方《きたのかた》に、自分《じぶん》はまもなく死《し》ぬであろうこと、自分《じぶん》の死後《しご》は藤原文範《ふじわらのふみのり》と結婚《けっこん》するだろうと予言《よげん》し、実際《じっさい》にそのようになったという話《はなし》が書《か》かれています。

解説

作者《さくしゃ》が初《はじ》めて女性《じょせい》の家《いえ》から帰《かえ》ってきたあとに贈《おく》られた歌《うた》（後朝《きぬぎぬ》の歌《うた》）だといわれています。逢《あ》う前《まえ》と逢《あ》ったあとの気持《きも》ちを対比《たいひ》させることで、以前《いぜん》よりいっそう深《ふか》まった愛情《あいじょう》を表現《ひょうげん》しています。

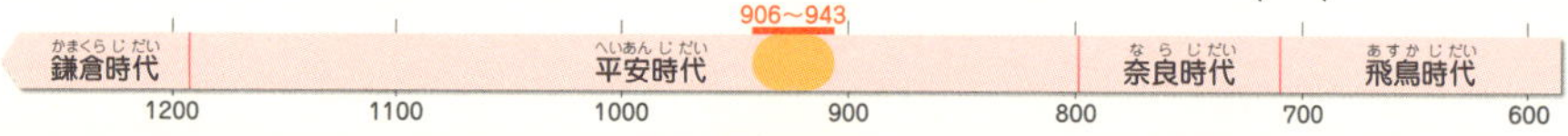

▲京都御所《きょうとごしょ》と人形《にんぎょう》

語句

逢《あ》ひ見《み》ての…契《ちぎ》りを結《むす》んだ。
後《のち》の…（契《ちぎ》りを結《むす》んだ）以降《いこう》の。
昔《むかし》は…（契《ちぎ》りを結《むす》ぶ）以前《いぜん》は。
ものを思《おも》はざりけり…物思《ものおも》いをしているうちに入《はい》らない。

知っ得

上《うえ》の「語句《ごく》」にあるように、「逢《あ》ひ見《み》ての」の「逢《あ》ひ（逢《あ》ふ）」は「契《ちぎ》りを結《むす》ぶ」という意味《いみ》です。「契約《けいやく》」の「契《けい》」の字《じ》が使《つか》われていることからもわかるように、もともとは「約束《やくそく》する」「結婚《けっこん》する」という意味《いみ》で、「結婚《けっこん》の約束《やくそく》をする」「結婚《けっこん》する」ことを「契《ちぎ》りを結《むす》ぶ」といいます。下《した》の「関連事項《かんれんじこう》」にもありますが、当時《とうじ》の結婚《けっこん》は、男性《だんせい》が女性《じょせい》の家《いえ》を訪《おとず》れ、朝《あさ》になると帰《かえ》っていくというものでした。

関連事項

昌泰《しょうたい》の変《へん》とその後《ご》
菅原道真《すがわらのみちざね》の死後《しご》、昌泰《しょうたい》の変《へん》に関《かか》わったとされる多《おお》くの人《ひと》に死傷者《ししょうしゃ》が相次《あいつ》ぎました。これらを世間《せけん》では「菅原道真《すがわらのみちざね》の恨《うら》み」とし、恐《おそ》れていました。菅原道真《すがわらのみちざね》を左遷《させん》へ追《お》いやった藤原時平《ふじわらのときひら》の子《こ》どもである敦忠《あつただ》は、自《みずか》らの短命《たんめい》を予期《よき》していたといいます。

大鏡《おおかがみ》
作者《さくしゃ》は不明《ふめい》。第《だい》五十五代文徳天皇《だいもんとくてんのう》から第《だい》六十八代後一条天皇《だいごいちじょうてんのう》までの歴史《れきし》がつづられた歴史書《れきししょ》。敦忠《あつただ》が琵琶《びわ》の名手《めいしゅ》であったことが記《しる》されています。

後朝《きぬぎぬ》の歌《うた》
当時《とうじ》の恋人《こいびと》（夫婦《ふうふ》）の形《かたち》は、夜《よる》、男性《だんせい》が女性《じょせい》の家《いえ》に訪《おとず》れ、朝《あさ》になると、自分《じぶん》の家《いえ》へ帰《かえ》っていくというものでした。そして、男性《だんせい》は、恋人《こいびと》と別《わか》れた朝《あさ》に恋人《こいびと》へ和歌《わか》を贈《おく》ることが礼儀《れいぎ》となっていました。この歌《うた》を後朝《きぬぎぬ》の歌《うた》といいます。

44

逢《お》ふことの　絶《た》えてしなくは　なかなかに
人《ひと》をも身《み》をも　恨《うら》みざらまし

覚え方　おうのうらみ（王《おう》の恨《うら》み）

出典　拾遺和歌集《しゅういわかしゅう》

歌の意味

もし、あなたに逢《あ》うことが全《まった》くなかったなら、かえって、あなたのことも自分《じぶん》の運命《うんめい》も恨《うら》まずにすんだであろうに。

中納言朝忠《ちゅうなごんあさただ》（九一〇〜九六六年《ねん》）

藤原朝忠《ふじわらのあさただ》。三十六歌仙《かせん》の一人《ひとり》。藤原定方《ふじわらのさだかた》の子《こ》。父《ちち》と一緒《いっしょ》に歌《うた》をよくしていました。優《すぐ》れた歌人《かじん》であるとともに、笙《しょう》（笛《ふえ》）の名手《めいしゅ》でもあったといわれています。

解説

天徳《てんとく》四年内裏歌合《ねんだいりうたあわせ》で詠《よ》まれた歌《うた》です。何《なん》らかの事情《じじょう》で恋人《こいびと》に逢《あ》えなくなってしまったことに対《たい》する恨《うら》みや苦《くる》しみが表現《ひょうげん》されています。「逢《あ》うことが全《まった》くなかったなら」という逆接《ぎゃくせつ》（反対《はんたい》のように見《み》える）の表現《ひょうげん》が独特《どくとく》で、印象《いんしょう》深《ぶか》い歌《うた》になっています。

語句

絶《た》えてしなくは…全《まった》くなかったなら。
なかなかに…かえって。むしろ。
人《ひと》…ここでは逢《あ》えなくなってしまった恋《こい》人《びと》を指《さ》します。

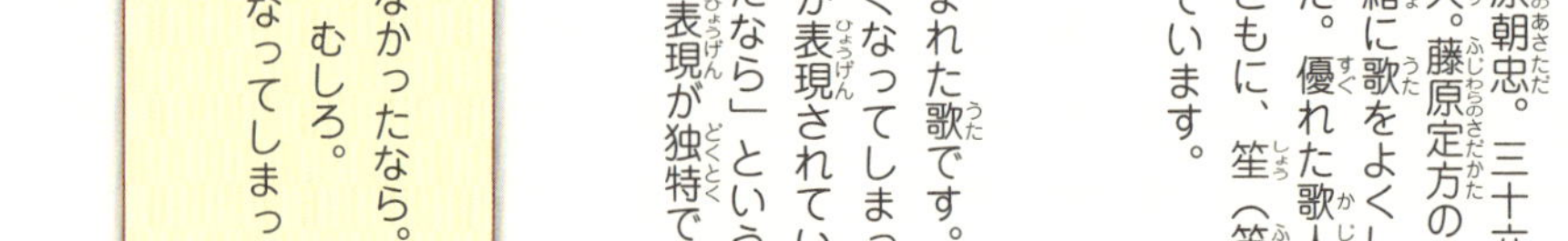

45

あはれとも　言《い》ふ《う》べき人《ひと》は　思《おも》ほ《お》えで
身《み》のいたづ《ず》らに　なりぬべきかな

覚え方　あわれみのいたずら（哀《あわ》れみのイタズラ）

出典　拾遺和歌集《しゅういわかしゅう》

歌の意味

かわいそうだと同情《どうじょう》してくれるはずの人《ひと》は思《おも》いあたらないままに、あなたに思《おも》い焦《こ》がれながら、わが身《み》はこのまま、むなしく死《し》んでいくのでしょうね。

謙《けん》徳《とく》公《こう》

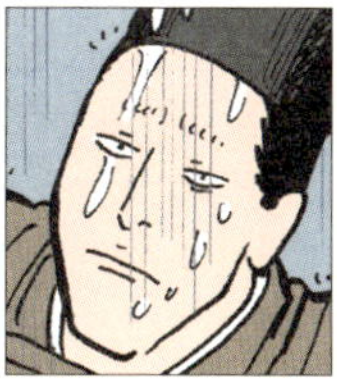

（九二四～九七二年《ねん》）

藤原伊尹《ふじわらのこれまさ》。謙徳公《けんとくこう》は、死《し》後《ご》につけられた名前《なまえ》。藤《ふじ》原忠平《わらのただひら》の孫《まご》で、藤原義孝《ふじわらのよしたか》の父《ちち》。娘《むすめ》が第《だい》六十三代冷《れい》泉天皇《ぜいてんのう》の皇子《おうじ》を産《う》んだ頃《ころ》から勢力《せいりょく》をもち、最高位《さいこうい》である太政大臣《だいじょうだいじん》にまで昇《のぼ》りました。

解説

恋人《こいびと》が冷《つめ》たくなり逢《あ》ってくれなくなったときに詠《よ》んだ歌《うた》です。作者《さくしゃ》の素直《すなお》な悲《かな》しみと同《どう》時《じ》に、「むなしく死《し》んでいくだろう」と弱音《よわね》をはいて、何《なん》とか恋人《こいびと》の同情《どうじょう》を誘《さそ》おうとする裏《うら》の気持《きも》ちも垣間《かいま》見《み》られます。

語句

思《おも》ほえで…（かわいそうだと言《い》ってくれるはずの人《ひと》は）思《おも》いあたらないままに。
身《み》…わが身《み》。
いたづらに…むなしく死《し》んでいく。

924～972

鎌倉時代《かまくらじだい》	平安時代《へいあんじだい》	奈良時代《ならじだい》	飛鳥時代《あすかじだい》

1200　1100　1000　900　800　700　600

46

由良《ゆら》の門《と》を　渡《わた》る舟人《ふなびと》　かぢを絶《た》え
行方《ゆくえ》も知《し》らぬ　恋《こい》の道《みち》かな

覚え方　ゆら(ゆら)ゆくえ(ユラユラ行方《ゆくえ》)

出典　新古今和歌集《しんこきんわかしゅう》

歌の意味

由良《ゆら》の瀬戸《せと》を渡《わた》る舟人《ふなびと》がかじを失《うしな》い、行《ゆ》く先《さき》もわからず漂《ただよ》うように、行《ゆ》き先《さき》のわからない私《わたし》の恋《こい》の行方《ゆくえ》よ。

曾禰好忠《そねのよしただ》

(生没年未詳《せいぼつねんみしょう》)

丹後掾《たんごのじょう》という役職《やくしょく》だったので、姓名《せいめい》と官名《かんめい》をとり曾丹後掾《そたんごのじょう》・曾丹後《そたんご》・曾丹《そたん》と呼《よ》ばれていました。大中臣能宣《おおなかとみのよしのぶ》と親交《しんこう》があったといわれていますが、自尊心《じそんしん》が高《たか》くて度量《どりょう》も狭《せま》く、社会《しゃかい》にはあまり受《う》け入《い》れられなかったと言《い》われています。『今昔物語集《こんじゃくものがたりしゅう》』には、九八五年《ねん》に開《ひら》かれた和歌《わか》の催《もよお》しに、呼《よ》ばれていなかったにもかかわらず出席《しゅっせき》し、追《お》い払《はら》われたという話《はなし》が載《の》っています。作風《さくふう》は独特《どくとく》で、新鮮《しんせん》な歌《うた》を多《おお》く詠《よ》みました。

解説

この歌《うた》は、予測《よそく》がつかない恋《こい》の行方《ゆくえ》の不安《ふあん》な心情《しんじょう》を詠《よ》んだ歌《うた》です。将来《しょうらい》が分《わ》からない自分《じぶん》の恋《こい》を、かじを失《うしな》って海《うみ》を漂《ただよ》う船乗《ふなの》りにたとえて表現《ひょうげん》しています。比喩《ひゆ》や歌枕《うたまくら》など、たくさんの技法《ぎほう》が組《く》み込《こ》まれています。

鎌倉時代《かまくらじだい》　平安時代《へいあんじだい》　奈良時代《ならじだい》　飛鳥時代《あすかじだい》
1200　1100　1000　900　800　700　600

語句

由良《ゆら》の門《と》…歌枕《うたまくら》。京都府北部《きょうとふほくぶ》を流《なが》れる由良《ゆら》川《がわ》の河口《かこう》とする説《せつ》と、兵庫県洲本市由良《ひょうごけんすもとしゆら》が臨《のぞ》む紀淡海峡《きたんかいきょう》とする説《せつ》があります。

かぢ…舟《ふね》をこぐために使《つか》う道具《どうぐ》。

絶《た》え…失《うしな》って。

ゆくえ…ここでは、「舟《ふね》の行《い》き先《さき》」と「恋《こい》の行《ゆ》く末《すえ》」二つの意味《いみ》を含《ふく》んでいます。

修辞法

「由良《ゆら》の門《と》を　渡《わた》る舟人《ふなびと》　かぢを絶《た》え」は「由良《ゆら》の瀬戸《せと》を渡《わた》る舟人《ふなびと》がかじを失《うしな》い、行《ゆ》き先《さき》もわからず漂《ただよ》う」という意味《いみ》です。続《つづ》く「行《ゆ》き先《さき》がわからない」という意味《いみ》の「行方《ゆくえ》も知《し》らぬ」を導《みちび》き出す序詞《じょことば》になっています。また「渡《わた》る」「行方《ゆくえ》」「道《みち》」は、いずれも移動《いどう》に関係《かんけい》する語《ご》で、縁語《えんご》となっています。

関連事項

丹後《たんご》

現在《げんざい》の京都府北部《きょうとふほくぶ》の地名《ちめい》です。好忠《よしただ》は、この地《ち》で丹後掾《たんごのじょう》（三等官《とうかん》）という役職《やくしょく》に就《つ》いていました。

百首歌《ひゃくしゅうた》

数《かず》が決《き》まっており、百《ひゃく》を単位《たんい》として詠《よ》まれるものです。一人《ひとり》で詠《よ》んだものと複数《ふくすう》の歌人《かじん》によるものと二種類《しゅるい》あります。一人《ひとり》で詠《よ》んだ百首歌《ひゃくしゅうた》では、好忠《よしただ》の「曾丹集《そたんしゅう》・百首歌《ひゃくしゅうた》」が初《はじ》めてだといわれています。

好忠《よしただ》のあだ名《な》

曾丹後掾《そたんごのじょう》・曾丹後《そたんご》・曾丹《そたん》など、様々《さまざま》に略《りゃく》されたあだ名《な》をもつ好忠《よしただ》ですが、これらのあだ名《な》を本人《ほんにん》は気《き》に入《い》っていませんでした。そのうち「そた」になってしまうのではないかと、嘆《なげ》いていたそうです。

47

八重《やえ》むぐら　茂《しげ》れる宿《やど》の　さびしきに　人《ひと》こそ見《み》えね　秋《あき》は来《き》にけり

覚え方　やえ(が)みえね(え)(八重《やえ》が見《み》えねえ)

出典　拾遺和歌集《しゅういわかしゅう》

歌の意味

幾重《いくえ》もの葎《むぐら》が生《お》い茂《しげ》ったさびしい住《す》まいに訪《たず》ねてくる人《ひと》はいないけれども、秋《あき》だけはやってきたのだなあ。

恵慶法師《えぎょうほうし》

(生没年未詳《せいぼつねんみしょう》)

平安時代《へいあんじだい》の僧侶《そうりょ》。歌風《かふう》は地味《じみ》ですが、優《すぐ》れた歌人《かじん》でした。詳《くわ》しい生涯《しょうがい》はわかっていませんが、播磨《はりま》(兵庫県南西部《ひょうごけんなんせいぶ》)の国分寺《こくぶんじ》の位《くらい》の高《たか》い僧侶《そうりょ》で、平兼盛《たいらのかねもり》や源重之《みなもとのしげゆき》らとも交流《こうりゅう》があったようです。

解説

河原院《かわらのいん》という邸宅《ていたく》のさびれた様子《ようす》を見《み》て、詠《よ》まれた歌《うた》です。「変《か》わっていく人《ひと》の世《よ》」と「毎年変《まいとしか》わらず巡《めぐ》ってくる秋《あき》(変《か》わらない自然《しぜん》)」を対照的《たいしょうてき》に描《えが》き、人《ひと》の世《よ》のはかなさを強調《きょうちょう》しています。

語句

八重《やえ》むぐら…幾重《いくえ》にも生《お》い茂《しげ》った葎《むぐら》。「葎《むぐら》」はつる草《くさ》や雑草《ざっそう》。

宿《やど》…ここでは「住《す》まい」という意味《いみ》。

人《ひと》…ここでは特定《とくてい》の相手《あいて》を表《あらわ》しません。

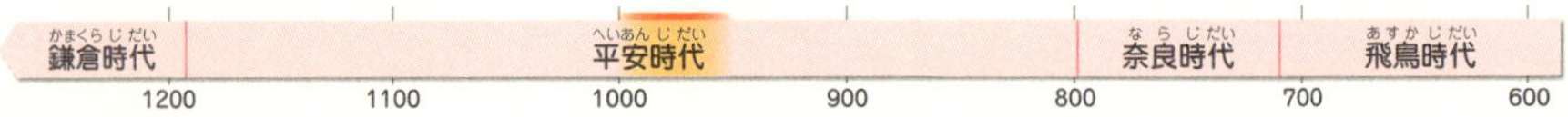

48

風《かぜ》をいたみ　岩《いわ》うつ波《なみ》の　おのれのみ　くだけてものを　思《おも》ふころかな

覚え方　かぜをくだけ（風《かぜ》を砕《くだ》け）

出典　詞花和歌集《しかわかしゅう》

歌の意味

風《かぜ》が激《はげ》しいので、岩《いわ》に打《う》ちあたる波《なみ》が自分《じぶん》だけで砕《くだ》け散《ち》っているように、（つれないあの人《ひと》ゆえに）私《わたし》だけが思《おも》い乱《みだ》れて恋《こい》の物思《ものおも》いに悩《なや》むこのごろであるよ。

源重之《みなもとのしげゆき》（?〜一〇〇〇年《ねん》）

三十六歌仙《かせん》の一人《ひとり》。第《だい》五十六代《だいせい》清和天皇《わてんのう》の曾孫《ひまご》。地方《ちほう》の役人《やくにん》を歴任《れきにん》したといわれています。旅行《りょこう》をよくし、各地《かくち》で詠《よ》んだ歌《うた》が多《おお》く残《のこ》されていて、旅《たび》の歌人《かじん》として評価《ひょうか》されています。

解説

冷《つめ》たい女性《じょせい》のせいで一人《ひとり》思《おも》い悩《なや》む作者《さくしゃ》のつらさを詠《よ》んだ歌《うた》です。「固《かた》くてびくともしない岩《いわ》」を相手《あいて》の女性《じょせい》に、「砕《くだ》け散《ち》る波《なみ》」を自分《じぶん》にたとえて、自分《じぶん》だけが恋《こい》に思《おも》い乱《みだ》れて悩《なや》んでいる様子《ようす》を表現《ひょうげん》しています。

語句

いたみ…激《はげ》しいので。
おのれのみ…私《わたし》だけ。
くだけて…「波《なみ》が乱《みだ》れる」と「自分《じぶん》の心《こころ》が乱《みだ》れる」という二《ふた》つの意味《いみ》を含《ふく》んでいます。

?〜1000
鎌倉時代《かまくらじだい》　平安時代《へいあんじだい》　奈良時代《ならじだい》　飛鳥時代《あすかじだい》
1200　1100　1000　900　800　700　600

49

みかきもり　衛士《えじ》のたく火《ひ》の　夜《よる》は燃《も》え
昼《ひる》は消《き》えつつ　ものをこそ思《おも》へ

覚え方　みか(ちゃんの)き(た)ひる(美香《みか》ちゃんの来《き》た昼《ひる》)

出典　詞花和歌集《しかわかしゅう》

歌の意味

宮中《きゅうちゅう》の門《もん》を警護《けいご》する兵士《へいし》のたくかがり火《び》のように、私《わたし》の心《こころ》の炎《ほのお》も夜《よる》は燃《も》え上《あ》がり、昼《ひる》は消《き》え入《い》るばかりに物思《ものおも》いに悩《なや》んでいることです。

大中臣能宣朝臣《おおなかとみのよしのぶあそん》（九二一〜九九一年《ねん》）

伊勢大輔《いせのたいふ》の祖父《そふ》で、三十六歌仙《かせん》の一人《ひとり》。伊勢《いせ》神宮《じんぐう》の長《おさ》である祭主《さいしゅ》を務《つと》めました。優《すぐ》れた歌人《かじん》で、梨壺《なしつぼ》の五人《にん》に選《えら》ばれています。

解説

この歌《うた》は、作者《さくしゃ》の恋《こい》の胸中《きょうちゅう》を、門《もん》を守《まも》る兵士《へいし》のたくかがり火《び》にたとえています。夜《よる》と昼《ひる》、そして夜《よる》の闇《やみ》と炎《ほのお》という色彩《しきさい》の対比《たいひ》が印象的《いんしょうてき》で、作者《さくしゃ》の恋《こい》に悩《なや》む姿《すがた》がありありと伝《つた》わってきます。なお、作者《さくしゃ》が誰《だれ》であるかについては疑問《ぎもん》が残《のこ》されています。

語句

みかきもり…御垣守《みかきもり》。宮中《きゅうちゅう》の門《もん》を守《まも》る人《ひと》。

火《ひ》…夜間《やかん》の警護《けいご》のためにたくかがり火《び》。

ものをこそ思《おも》へ…物思《ものおも》いに悩《なや》んでいることです。

修辞法

「みかきもり　衛士《えじ》のたく火《ひ》の」は、「宮中《きゅうちゅう》の門《もん》を警護《けいご》する兵士《へいし》のたくかがり火《び》の」という意味《いみ》です。あとに続《つづ》く「私《わたし》の心《こころ》の炎《ほのお》も夜《よる》は燃《も》え上《あ》がり、昼《ひる》は消《き》え入《い》るばかりに」という意味《いみ》の「夜《よる》は燃《も》え　昼《ひる》は消《き》えつつ」を導《みちび》き出《だ》す序詞《じょことば》になっています。この序詞《じょことば》は、「衛士《えじ》のたく火《ひ》」と「私《わたし》の心《こころ》の炎《ほのお》」をたとえの関係《かんけい》でつなげています。

関連事項

梨壺《なしつぼ》の五人《にん》

第《だい》六十二代村上天皇《だいむらかみてんのう》の命《めい》により、梨壺《なしつぼ》（と呼《よ》ばれていた建物《たてもの》）の和歌所《わかどころ》に集《あつ》められた五人《にん》の寄人《よりうど》（職員《しょくいん》）。能宣《よしのぶ》の他《ほか》に、清原元輔《きよはらのもとすけ》も五人《にん》のメンバーの一人《ひとり》でした。ここでは、『万葉集《まんようしゅう》』の訓読《くんどく》や『後撰和歌集《ごせんわかしゅう》』の編集《へんしゅう》などを行《おこな》いました。なお、梨壺《なしつぼ》と呼《よ》ばれたのは、集《あつ》められた部屋《へや》の前《まえ》に、梨《なし》の木《き》があったからです。

衛士《えじ》

諸国《しょこく》から宮中《きゅうちゅう》を護衛《ごえい》するため、毎年交代《まいとしこうたい》で召集《しょうしゅう》された兵士《へいし》。夜《よる》はかがり火《び》をたいて、宮中《きゅうちゅう》を警護《けいご》しました。衛士《えじ》の期間《きかん》は一年《ねん》と決《き》められていましたが、実際《じっさい》は守《まも》られないことが多《おお》く、そのため逃亡《とうぼう》する者《もの》が数多《かずおお》くいたそうです。

50

君《きみ》がため　惜《お》しからざりし　命《いのち》さへ　長《なが》くもがなと　思《おも》ひけるかな

覚え方 きみおながく（君《きみ》を長《なが》く）

出典 後拾遺和歌集《ごしゅういわかしゅう》

歌の意味

あなたに逢《あ》うためならば惜《お》しくなかったこの命《いのち》までも、あなたと逢《あ》うことのできた今《いま》では、長生《ながい》きして逢《あ》い続《つづ》けたいと思《おも》うようになってしまったことですよ。

美《うつく》しい…
名残《なご》りおしいですが
そろそろ失礼《しつれい》します
はぁ…♥
トボ
トボ
あなたに逢《あ》うまでは命《いのち》も惜《お》しくないと思《おも》っていました
ひ〜〜〜
しかし
あなたに逢《あ》った
あとでは…
ほんとにそれを召《め》し上《あ》がるんですか
うむ…長寿《ちょうじゅ》に効《き》くらしい…
パッ
パク
ゴクッ
もっと長生《ながい》きしてもっともっとあなたと一緒《いっしょ》にいたいと思《おも》うようになりました…

藤原義孝《ふじわらのよしたか》

（九五四〜九七四年《ねん》）

藤原伊尹《ふじわらのこれまさ》の子《こ》。優《すぐ》れた歌人《かじん》で信心深《しんじんぶか》く、さらに容姿端麗《ようしたんれい》だったことも知《し》られていますが、天然痘《てんねんとう》のため二十一歳《さい》という若《わか》さで亡《な》くなりました。

解説

恋《こい》が実《みの》った後《あと》に、恋人《こいびと》の家《いえ》から帰《かえ》った藤原義孝《ふじわらのよしたか》が、その恋人《こいびと》へ贈《おく》った歌《うた》です。恋《こい》が実《みの》る前《まえ》と後《あと》の気持《きも》ちの変化《へんか》を詠《よ》むことで、作者《さくしゃ》の恋《こい》が成就《じょうじゅ》した喜《よろこ》びと、女性《じょせい》への純粋《じゅんすい》な恋心《こいごころ》が伝《つた》わってきます。

語句

惜《お》しからざりし…惜《お》しくなかった。
さへ…までも。
もがな…〜したい。願望《がんぼう》を表《あらわ》す言葉《ことば》です。

954〜974
鎌倉時代《かまくらじだい》　平安時代《へいあんじだい》　奈良時代《ならじだい》　飛鳥時代《あすかじだい》
1200　1100　1000　900　800　700　600

51

かくとだに　えやはいぶきの　さしも草《ぐさ》　さしも知《し》らじな　もゆる思《おも》ひを

覚え方　かくとだにさし（掻《か》くとダニ刺《ざ》し）

出典　後拾遺和歌集《ごしゅういわかしゅう》

歌の意味

このように（あなたを思《おも》っていると）さえ言《い》うことができないのですから、伊吹山《いぶきやま》のさしも草《くさ》が燃《も》える火《ひ》のように燃《も》え上《あ》がっている私《わたし》の心《こころ》など、知《し》る由《よし》もないのでしょうね。

藤原実方朝臣《ふじわらのさねかたあそん》（？～九九八年《ねん》）

左近中将《さこんちゅうじょう》という高《たか》い地《ち》位《い》に就《つ》きましたが、宮中《きゅうちゅう》で藤原行成《ふじわらのゆきなり》と争《あらそ》い、その乱暴《らんぼう》のため陸奥守《むつのかみ》に左遷《させん》されました。清少納言《せいしょうなごん》と関係《かんけい》があったといわれています。

解説

思《おも》いを寄《よ》せる相手《あいて》に初《はじ》めて詠《よ》んだ歌《うた》です。恋《こい》をする自分《じぶん》の姿《すがた》を、もぐさが燃《も》える様子《ようす》にたとえています。「えやはいふ」「いぶきのさしも草《ぐさ》」「さしも知《し》らじな」と展開《てんかい》させ、さらに「思《おも》ひ」に「火《ひ》」の意味《いみ》を含《ふく》ませて、言葉《ことば》巧《たく》みに表現《ひょうげん》されています。

語句

えやはいぶきの…「えやは言《い》ふ（言《い》うことができない）」の「いふ」に、「いぶき（伊吹山《いぶきやま》。滋賀県《しがけん》と岐阜県《ぎふけん》の間《あいだ》にある山《やま》で、もぐさの名産地《めいさんち》）」を重《かさ》ねています。掛詞《かけことば》。

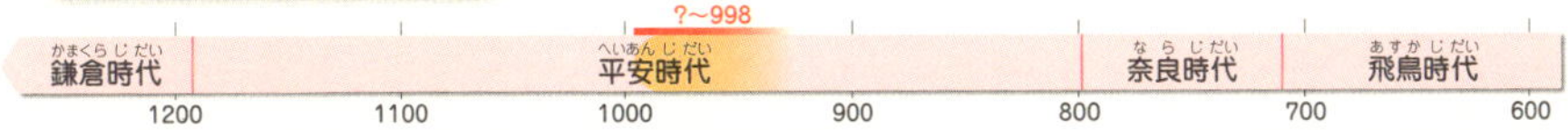

52

明《あ》けぬれば　暮《く》るるものとは　知《し》りながら　なほ恨《うら》めしき　朝《あさ》ぼらけかな

覚え方　あけ（は）うらめし（明《あ》けは恨《うら》めし）

出典　後拾遺和歌集《ごしゅういわかしゅう》

歌の意味

夜《よる》が明《あ》けると、やがて日《ひ》が暮《く》れ（あなたにお逢《あ》いでき）るとはわかってはいるけれど、それでも（あなたとお別《わか》れしなければならない）恨《うら》めしい明《あ》け方《がた》ですよ。

ガラ
ガラ
はぁ〜
ガラ
ガラ
こうやって朝《あさ》が来《き》ても
またすぐに夜《よる》が来《く》る…
とわかっているのだが…
はぁ
たとえ夜明《よあ》けから
夕暮《ゆうぐ》れまでの
短《みじか》い時間《じかん》と
いえども…
あなたと別《わか》れていなければ
いけないなんて…
はぁぁ
ガラ
ガラ
うるせーなー
毎日《まいにち》
逢《あ》ってん
だろ

藤原道信朝臣《ふじわらのみちのぶあそん》（九七二〜九九四年《ねん》）

藤原伊尹《ふじわらのこれまさ》を母方《ははかた》の祖父《そふ》に持《も》つ道信《みちのぶ》は、優《すぐ》れた歌人《かじん》で人柄《ひとがら》もよく、容姿《ようし》も美《うつく》しかったといわれています。しかし、天然痘《てんねんとう》のため二十三歳《さい》という若《わか》さで亡《な》くなりました。

解説

この歌《うた》は、作者《さくしゃ》が明《あ》け方《がた》に恋人《こいびと》と別《わか》れ、自分《じぶん》の家《いえ》に帰《かえ》る途中《とちゅう》に恋人《こいびと》と離《はな》れ離《ばな》れになる夜明《よあ》けを恨《うら》み、帰宅後《きたくご》、未練《みれん》の気持《きも》ちを女性《じょせい》に対《たい》して贈《おく》った後朝《きぬぎぬ》の歌《うた》です。平安時代《へいあんじだい》の夫婦《ふうふ》や恋人《こいびと》の習慣《しゅうかん》をふまえて読《よ》むと、「ずっと一緒《いっしょ》にいたい」という作者《さくしゃ》の情熱《じょうねつ》がよりいっそう伝《つた》わってきます。

また、この歌《うた》が詠《よ》まれた季節《きせつ》は冬《ふゆ》で、夜《よる》が長《なが》く、逢《あ》っている時間《じかん》も長《なが》いはずです。それでもなお別《わか》れるのがつらいという気持《きも》ちが強調《きょうちょう》されています。

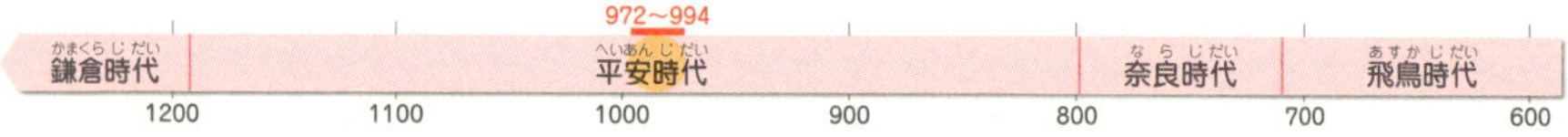

972〜994
鎌倉時代《かまくらじだい》
平安時代《へいあんじだい》
奈良時代《ならじだい》
飛鳥時代《あすかじだい》
1200
1100
1000
900
800
700
600

語句

知《し》りながら…わかってはいるけれど。
なほ…それでも（やはり）。
朝《あさ》ぼらけ…明《あ》け方《がた》。夜《よる》がほのぼのと明《あ》けるころ。

知っ得

『後拾遺和歌集《ごしゅういわかしゅう》』には、この歌《うた》が詠《よ》まれた状況《じょうきょう》についての説明《せつめい》が載《の》せられていました。それによると、雪《ゆき》の降《ふ》った日《ひ》に、女性《じょせい》のところから帰《かえ》って、そのあとで女《じょ》性《せい》に贈《おく》った歌《うた》であるということです。この歌《うた》のように、朝《あさ》が来《き》て女性《じょせい》のもとから帰《かえ》らねばならない男性《だんせい》の気持《きも》ちを詠《よ》んだ歌《うた》は、『小倉《おぐら》百人一首《ひゃくにんいっしゅ》』の中《なか》にほかにもありますし、当時《とうじ》、たくさん詠《よ》まれました。

関連事項

天然痘《てんねんとう》
若《わか》くして亡《な》くなった道信《みちのぶ》の死因《しいん》となった天《てん》然痘《ねんとう》という病気《びょうき》は、ウイルスによる感染症《かんせんしょう》の一つ。感染力《かんせんりょく》が非常《ひじょう》に強《つよ》く、世界中《せかいじゅう》で恐《おそ》れられてきましたが、現在《げんざい》は撲滅《ぼくめつ》に成功《せいこう》しています。

大鏡《おおかがみ》
作者《さくしゃ》は不明《ふめい》。第《だい》五十五代文徳天皇《だいもんとくてんのう》から第《だい》六十八代後一条天皇《だいごいちじょうてんのう》までの歴史《れきし》がつづられた歴史書《れきししょ》。ここには、道信《みちのぶ》が失恋《しつれん》の際《さい》に詠《よ》んだ和歌《わか》や、道信《みちのぶ》の死《し》が多《おお》くの人《ひと》に惜《お》しまれた逸《いつ》話《わ》などが載《の》っています。

後朝《きぬぎぬ》の歌《うた》
当時《とうじ》の恋人《こいびと》（夫婦《ふうふ》）の形《かたち》は、夜《よる》、男性《だんせい》が女《じょ》性《せい》の家《いえ》に訪《おとず》れ、朝《あさ》になると自分《じぶん》の家《いえ》へ帰《かえ》っていくというものでした。そして男性《だんせい》は、恋人《こいびと》と別《わか》れた朝《あさ》に、恋人《こいびと》へ和歌《わか》を贈《おく》ることが礼儀《れいぎ》となっていました。この歌《うた》を「後朝《きぬぎぬ》の歌《うた》」といいます。

53

嘆《なげ》きつつ ひとり寝《ぬ》る夜《よ》の 明《あ》くる間《ま》は いかに久《ひさ》しき ものとかは知《し》る

覚え方 なげきいか（嘆《なげ》きイカ）

出典 拾遺和歌集《しゅういわかしゅう》

歌の意味

（あなたがいらっしゃらないことを）嘆《なげ》きながら一人《ひとり》で夜《よる》を過《す》ごす日《ひ》の、明《あ》け方《がた》までの時間《じかん》がどんなに長《なが》いものか、（あなたは）おわかりでしょうか。

最近《さいきん》夫《おっと》が私《わたし》のところに来《こ》ない…
今夜《こんや》もお見《み》えにならないようね
もう門《もん》を閉《し》めて！
はい
あのー
摂政様《せっしょうさま》がお見《み》えです
開《あ》けなくていいわ！
…
ガラ
やっと…
立《た》ち疲《つか》れた
そんなこと言《い》って…夜《よる》がどんなに長《なが》いか…
あなたにわかる!? わからないでしょ!?
しわ

右大将道綱母《うだいしょうみちつなのはは》（九三七？～九九五年《ねん》）

実名不明《じつめいふめい》。藤原兼家《ふじわらのかねいえ》と結婚《けっこん》し、右大将道綱《うだいしょうみちつな》を産《う》みました。優《すぐ》れた歌人《かじん》で、美貌《びぼう》の持《も》ち主《ぬし》だったと伝《つた》えられています。『蜻蛉日記《かげろうにっき》』の作者《さくしゃ》。

解説

夫《おっと》の訪《おとず》れがない日《ひ》のさびしさを詠《よ》んだ歌《うた》です。夜《よる》を一人《ひとり》で明《あ》かすことがいかにさびしくつらいものかを夫《おっと》に訴《うった》える、作者《さくしゃ》の切《せつ》ない気持《きも》ちが伝《つた》わってきます。

語句

ぬる…夜《よる》を過《す》ごす。寝《ね》る。
いかに久《ひさ》しき…どんなに長《なが》いものか。
ものとかは知《し》る…おわかりでしょうか。（いや、わからないでしょう。）「か」「は」で、「でしょうか。いや～ではない。」という、反語《はんご》を表《あらわ》します。

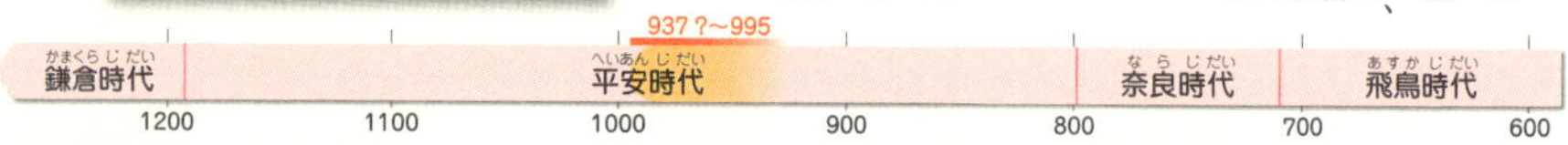
937？～995
鎌倉時代《かまくらじだい》
平安時代《へいあんじだい》
奈良時代《ならじだい》
飛鳥時代《あすかじだい》
1200
1100
1000
900
800
700
600

54

忘《わす》れじの　行《ゆ》く末《すえ》までは　かたければ
今日《きょう》を限《かぎ》りの　命《いのち》ともがな

覚え方　わすれ（ものは）きょうかぎり（忘《わす》れものは今日限《きょうかぎ》り）

出典　新古今和歌集《しんこきんわかしゅう》

歌の意味

（いつまでも）忘《わす》れないとおっしゃるお言葉《ことば》を、将来《しょうらい》まではあてにならないので、私《わたし》の命《いのち》が（お言葉《ことば》を信《しん》じられる）今日限《きょうかぎ》りであってほしいものでございます。

しばらくの間《あいだ》とはいえ…あなたと会《あ》えないのはさびしいです…
うむ…
君《きみ》のことを忘《わす》れることはないから安心《あんしん》して待《ま》っていなさい
では…
あ～んあんなうれしいことを
いつまで言《い》ってくれるのかしら…
もう今《いま》の幸《しあわ》せなまま…今日《きょう》が最後《さいご》の日《ひ》になればいいのに…
キエ～～～
何よっ
今日《きょう》が最後《さいご》の日《ひ》になればと…
いやホントに死《し》ぬ気《き》はないから

儀同三司母《ぎどうさんしのはは》（?～九九六年《ねん》）

高階貴子《たかしなのたかこ》。中関白藤原《なかかんぱくふじわらの》道隆《みちたか》と結婚《けっこん》し、多《おお》くの子供《こども》を産みました。「儀同三司《ぎどうさんし》」は、子《こ》どもが就《つ》いた官職《かんしょく》の名前《なまえ》。和歌《わか》をよくし、また漢詩文《かんしぶん》にも優《すぐ》れていたそうです。

解説

夫《おっと》である藤原道隆《ふじわらのみちたか》が作者《さくしゃ》の家《いえ》に通《かよ》い始《はじ》めた頃《ころ》に詠《よ》まれた歌《うた》です。一夫多妻制《いっぷたさいせい》だったこの時代《じだい》、一人《ひとり》だけの女性《じょせい》を永遠《えいえん》に愛《あい》するというのは難《むずか》しかったようです。それをふまえた上《うえ》で読《よ》むと、作者《さくしゃ》の切《せつ》なくとも一途《いちず》な愛《あい》が、よりいっそう感《かん》じられます。

語句

かたければ…あてにならないので。難《むずか》しいので。
もがな…～であってほしい。願望《がんぼう》を表《あらわ》す言葉《ことば》です。

?～996
鎌倉時代《かまくらじだい》　平安時代《へいあんじだい》　奈良時代《ならじだい》　飛鳥時代《あすかじだい》
1200　1100　1000　900　800　700　600

55

滝《たき》の音《おと》は　絶《た》えて久《ひさ》しく　なりぬれど　名《な》こそ流《なが》れて　なほ聞《き》こえけれ

覚え方　たきのおとながれて(!)(滝《たき》の音流《おとなが》れて!)

出典　千載和歌集《せんざいわかしゅう》

歌の意味

(水《みず》が絶《た》えて)滝《たき》の音《おと》が聞《き》こえなくなってからは長《なが》い時間《じかん》が経《た》ってしまったけれど、その名高《なだか》い評判《ひょうばん》だけは世《よ》の中《なか》に伝《つた》わって、今《いま》でも聞《き》こえていることだ。

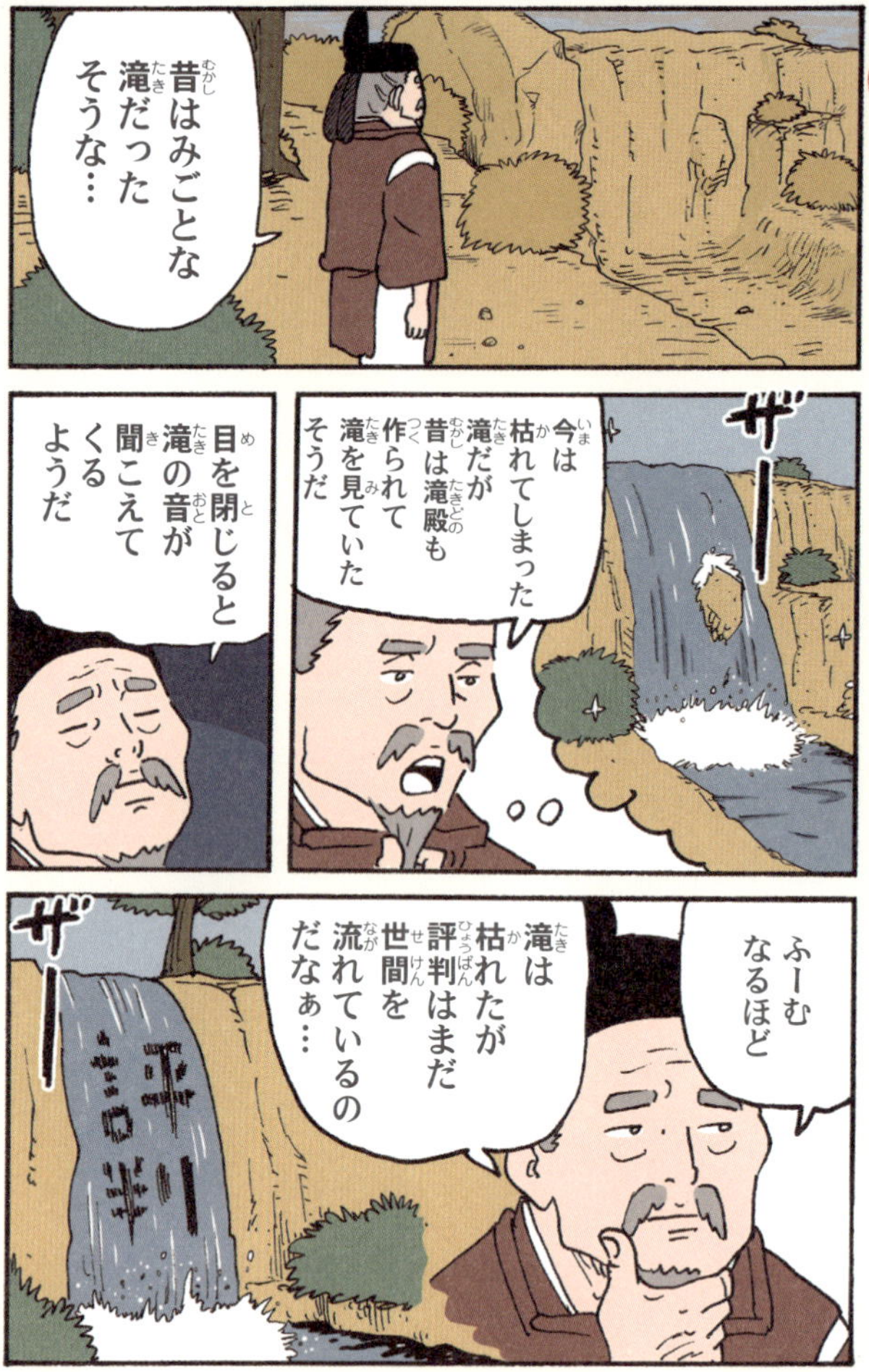
昔《むかし》はみごとな滝《たき》だったそうな…
ザー
今《いま》は枯《か》れてしまった滝《たき》だが昔《むかし》は滝殿《たきどの》も作《つく》られて滝《たき》を見《み》ていたそうだ
目《め》を閉《と》じると滝《たき》の音《おと》が聞《き》こえてくるようだ
ザー
評判
ふーむ なるほど
滝《たき》は枯《か》れたが評判《ひょうばん》はまだ世間《せけん》を流《なが》れているのだなぁ…

大納言公任《だいなごんきんとう》 (九六六〜一〇四一年《ねん》)

藤原公任《ふじわらのきんとう》。藤原定頼《ふじわらのさだより》の父《ちち》。和歌《わか》の大家《たいか》に生《う》まれ、音楽《おんがく》・詩歌《しいか》に優《すぐ》れた当時《とうじ》を代表《だいひょう》する知識人《ちしきじん》で、『和漢朗詠集《わかんろうえいしゅう》』など多《おお》くの詩《し》集《しゅう》・歌集《かしゅう》を編集《へんしゅう》したといわれています。三十六歌仙《かせん》の撰者《せんじゃ》です。

解説

この歌《うた》は、京都市《きょうとし》の大覚寺《だいかくじ》に伝《つた》わる古《ふる》い滝《たき》について詠《よ》んだ歌《うた》です。「滝《たき》・絶《た》え・流《なが》れ」「音《おと》・聞《き》こえ」などの縁語《えんご》や初句《しょく》と第二句《だいにく》の「滝《たき》・絶《た》え」、第三《だい》、四、五句《く》の「なり・名《な》・流《なが》れ・なほ」の頭文字《かしらもじ》を揃《そろ》えるなど、たくさんの技法《ぎほう》を巧《たく》みに使《つか》って、リズミカルに歌《うた》い上《あ》げており、作者《さくしゃ》の学才《がくさい》を感《かん》じさせます。

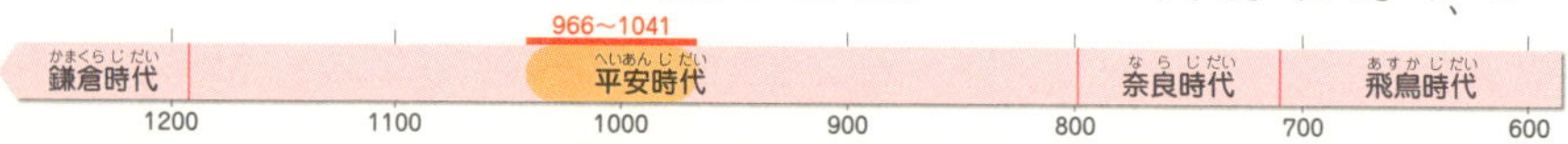
966〜1041
鎌倉時代《かまくらじだい》
平安時代《へいあんじだい》
奈良時代《ならじだい》
飛鳥時代《あすかじだい》
1200
1100
1000
900
800
700
600

語句

久しく《ひさ》…長《なが》い時間《じかん》。
名《な》…評判《ひょうばん》。名声《めいせい》。
流《なが》れて…世《よ》の中《なか》に伝《つた》わって。
なほ…今《いま》でも。

知っ得

この歌《うた》は、藤原公任《ふじわらのきんとう》が、藤原道長《ふじわらのみちなが》に従《したが》って大覚寺《だいかくじ》で詠《よ》んだものとされています。また、道長《みちなが》の娘《むすめ》・彰子《しょうし》が一条天皇《いちじょうてんのう》のもとに正式《せいしき》にとつぐときに準備《じゅんび》された屏《びょう》風に書《か》かれた歌《うた》のうちの何首《なんしゅ》かを、公任《きんとう》は詠《よ》んでいます。このように公任《きんとう》は、時《とき》の権力者《けんりょくしゃ》であった道長《みちなが》と親密《しんみつ》な付《つ》き合《あ》いをし、出世《しゅっせ》していきました。

関連事項

一条朝《いちじょうちょう》の四納言《しなごん》

第《だい》六十六代一条天皇《だいいちじょうてんのう》の時代《じだい》に活躍《かつやく》した四人《にん》の公卿《くぎょう》（高官《こうかん》）。公任《きんとう》の他《ほか》に、源俊賢《みなもとのとしたか》・藤原《ふじわらの》行成《ゆきなり》・藤原斉信《ふじわらのただのぶ》を指《さ》します。

「三船《さんせん》の才《さい》」の逸話《いつわ》

『大鏡《おおかがみ》』の一節《せつ》。藤原道長《ふじわらのみちなが》が大堰川《おおいがわ》で遊《あそ》んだとき、三つの船《ふね》を「漢詩《かんし》の船《ふね》」「管弦《かんげん》の船《ふね》」「和歌《わか》の船《ふね》」とし、それぞれに優《すぐ》れている人《ひと》を乗《の》せました。公任《きんとう》は自《みずか》ら「和歌《わか》の船《ふね》」に乗《の》り素晴《すば》らしい歌《うた》を詠《よ》みましたが、その後《ご》「漢詩《かんし》の船《ふね》に乗《の》っていたら、もっと実力《じつりょく》を出《だ》せたのに」と言《い》ったそうです。公任《きんとう》の多才《たさい》さが伺《うかが》える一節《いっせつ》です。

三十六人撰《にんせん》

三十六人《にん》の優《すぐ》れた歌人《かじん》の歌《うた》を集《あつ》めた和歌集《わかしゅう》。公任《きんとう》が編集《へんしゅう》しました。ここに登場《とうじょう》する歌人《かじん》が有名《ゆうめい》な「三十六歌仙《かせん》」です。

56

**あらざらむ《ん》　この世《よ》のほかの　思《おも》ひ《い》出《で》に
いまひとたびの　逢《お》ふ《う》こともがな**

覚え方　あらざ(んねん)のおふ(あら残念《ざんねん》の王《おう》)

出典　後拾遺和歌集《ごしゅういわかしゅう》

歌の意味

(私《わたし》は)もうすぐ死《し》んでしまうでしょうが、あの世《よ》への思《おも》い出《で》として、せめてもう一度《いちど》だけ、あなたにお逢《あ》いしたいものです。

……………
私《わたし》はもうすぐこの世《よ》からいなくなってしまうでしょう
その前《まえ》に……
せめてこの世《よ》での思《おも》い出《で》として…
もう一度《いちど》……
もう一度《いちど》だけ……
あなたにお逢《あ》いしたいのです…
しく
しく
しく

和泉式部《いずみしきぶ》 (生没年未詳《せいぼつねんみしょう》)

小式部内侍《こしきぶのないし》の母《はは》。美人《びじん》で情熱的《じょうねつてき》な歌人《かじん》です。小《こ》式部内侍《しきぶのないし》の父《ちち》である橘《たちばなの》道貞《みちさだ》や、第《だい》六十三代《だい》冷泉《れいぜい》天皇《てんのう》の皇子《おうじ》である為尊親王《ためたかしんのう》など多《おお》くの人《ひと》と恋愛《れんあい》をし、数多《かずおお》くの情熱的《じょうねつてき》な歌《うた》を残《のこ》しています。波乱《はらん》にとんだ人生《じんせい》を送《おく》ったといわれています。

解説

重《おも》い病気《びょうき》で死期《しき》を悟《さと》った作者《さくしゃ》が、恋《こい》する男性《だんせい》に宛《あ》てて詠《よ》んだ歌《うた》です。病気《びょうき》で苦《くる》しむ中《なか》、なおも思《おも》い続《つづ》ける情熱的《じょうねつてき》な性格《せいかく》が、そのまま表《あらわ》れています。恋愛《れんあい》に生《い》きたといわれる作者《さくしゃ》の人生《じんせい》そのものが感《かん》じられる歌《うた》です。

「いまひとたびの」という表現《ひょうげん》に、もう一度《いちど》だけでもぜひ逢《あ》いたいという切実《せつじつ》な気持《きも》ちが表《あらわ》れています。

鎌倉時代《かまくらじだい》　平安時代《へいあんじだい》　奈良時代《ならじだい》　飛鳥時代《あすかじだい》
1200　1100　1000　900　800　700　600

語句

あらざらむ…死《し》んでしまうでしょう。生《い》きていないかもしれない。
この世《よ》のほか…あの世《よ》。来世《らいせ》。
いまひとたびの…もう一度《いちど》だけ。

知っ得

右《みぎ》ページの人物紹介《じんぶつしょうかい》や「解説《かいせつ》」にあるように、和泉式部《いずみしきぶ》は多《おお》くの人《ひと》と恋愛《れんあい》をしました。最初《さいしょ》に結婚《けっこん》したのは、橘道貞《たちばなのみちさだ》です。橘道貞《たちばなのみちさだ》との間《あいだ》には、小式部内侍《こしきぶのないし》を授《さず》かりました。小式部内侍《こしきぶのないし》は『小倉百人一首《おぐらひゃくにんいっしゅ》』六十番《ばん》の歌《うた》を詠《よ》んだ歌人《かじん》です。その後《ご》、為尊《ためたか》親王《しんのう》や敦道親王《あつみちしんのう》と恋愛関係《れんあいかんけい》になり、敦道親王《あつみちしんのう》とは結婚《けっこん》もしました。敦道親王《あつみちしんのう》が亡《な》くなったあとは、藤原保昌《ふじわらのやすまさ》と結婚《けっこん》し、丹後《たんご》へ下《くだ》りました。

関連事項

和泉式部日記《いずみしきぶにっき》
和泉式部《いずみしきぶ》の歌《うた》を中心《ちゅうしん》に構成《こうせい》された、歌日記《うたにっき》。恋多《こいおお》き和泉式部《いずみしきぶ》が為尊親王《ためたかしんのう》の死後《しご》、親王《しんのう》の弟《おとうと》である敦道親王《あつみちしんのう》と恋愛《れんあい》したときのことが歌物《うたもの》語風《がたりふう》に描《えが》かれています。

紫式部日記《むらさきしきぶにっき》
紫式部《むらさきしきぶ》が中宮彰子《ちゅうぐうしょうし》に仕《つか》えていた頃《ころ》に書《か》いた文章《ぶんしょう》をまとめたもの。その中《なか》の消息文《しょうそくぶん》には、紫式部《むらさきしきぶ》と交流《こうりゅう》があったとされる宮廷女性《きゅうていじょせい》の人物批評《じんぶつひひょう》や芸術批評《げいじゅつひひょう》を論《ろん》じた文章《ぶんしょう》があります。和泉式部《いずみしきぶ》については、次《つぎ》のように書《か》かれています。
【批評文一部《ひひょうぶんいちぶ》より】「興味深《きょうみぶか》い手紙《てがみ》のやりとりをしました。（男性関係《だんせいかんけい》には、）感心《かんしん》できない面《めん》もあります。知識《ちしき》は本格的《ほんかくてき》ではないものの、詠《よ》んだ歌《うた》には必《かなら》ず趣《おもむき》のある一点《てん》があり、目《め》を見張《みは》ります。」

57

めぐり逢《あ》ひて　見《み》しやそれとも　わかぬ間《ま》に　雲《くも》がくれにし　夜半《よわ》の月《つき》かな

覚え方　めもがくれ（目《め》も隠《かく》れ）

出典　新古今和歌集《しんこきんわかしゅう》

歌の意味

久《ひさ》しぶりにめぐり会《あ》って、見《み》たかどうかもはっきりわからないうちに、もう雲《くも》に隠《かく》れてしまった、真夜中《まよなか》の月《つき》よ。

どーもどーも
ごぶさたしてます
あら！
お久《ひさ》しぶり
ごめんなさい
もうそろそろ
帰《かえ》らないと…
えっ
さっき
来た
ばっかじゃん
バイバイ〜
まーなんと
あわただしい方《かた》
しっかりとお顔《かお》を
見《み》ることもできな
かったわ…
まるで
やっと出《で》てきたら
すぐ隠《かく》れてしまう
お月様《つきさま》のようだわ…

紫式部《むらさきしきぶ》（生没年未詳《せいぼつねんみしょう》）

大弐三位《だいにのさんみ》の母《はは》。父《ちち》の影響《えいきょう》で幼《おさな》い頃《ころ》より、漢詩《かんし》・音楽《おんがく》・和歌《わか》に親《した》しんでいた、優《すぐ》れた歌人《かじん》です。最《もっと》も有名《ゆうめい》な古典《こてん》の一《ひと》つ『源《げん》氏物語《じものがたり》』や『紫式部日記《むらさきしきぶにっき》』の作者《さくしゃ》。第《だい》六十六代一条天皇《いちじょうてんのう》の中宮彰子《ちゅうぐうしょうし》に仕《つか》え、宮中《きゅうちゅう》でも活躍《かつやく》しました。

解説

この歌《うた》は、久《ひさ》しぶりに会《あ》った女友達《おんなともだち》が、ほんのわずかの時間《じかん》で帰《かえ》ってしまったことを惜《お》しんで詠《よ》まれた歌《うた》です。月《つき》が雲《くも》に隠《かく》れることにたとえて、久《ひさ》しぶりに会《あ》ったのがあなたかどうかもわからないうちに、もう帰《かえ》ってしまわれました、と詠《よ》んでいます。

語句

見《み》しやそれとも…見《み》たかどうかも。
わかぬ間《ま》に…はっきりわからないうちに。
夜半《よわ》…真夜中《まよなか》。

修辞法

「めぐり逢《あ》ひて」「雲《くも》がくれ」「月《つき》」は、いずれも月《つき》に関係《かんけい》のある言葉《ことば》で、縁語《えんご》になっています。月《つき》は満《み》ち欠《か》けをくり返《かえ》し、時《とき》が経《た》つと再《ふた》び出会《であ》うことができるものであるので、「めぐり逢《あ》ひて」は縁語《えんご》になります。また「雲《くも》がくれ」は、ここでは月《つき》が雲《くも》に隠《かく》れてしまったという意味《いみ》で、やはり縁語《えんご》になります。

▲曲水《きょくすい》の宴《うたげ》（盃《さかづき》が流《なが》れてくるまでに歌《うた》を詠《よ》む）

関連事項

源氏物語《げんじものがたり》

紫式部《むらさきしきぶ》が夫《おっと》の死後《しご》に書《か》いたといわれている、長編小説《ちょうへんしょうせつ》です。主人公《しゅじんこう》・光源氏《ひかるげんじ》とその息子《むすこ》・薫《かおる》の、栄華《えいが》と苦悩《くのう》の人生《じんせい》を描《えが》いた王朝物語《おうちょうものがたり》です。構成《こうせい》の素晴《すば》らしさや巧《たく》みな心理描写《しんりびょうしゃ》、美《うつく》しい文体《ぶんたい》などから、日本文学《にほんぶんがく》の傑作《けっさく》といわれています。

紫式部日記《むらさきしきぶにっき》

紫式部《むらさきしきぶ》が中宮彰子《ちゅうぐうしょうし》に女房《にょうぼう》として仕《つか》えていた頃《ころ》に書《か》かれた日記《にっき》です。宮廷生活《きゅうていせいかつ》についての詳細《しょうさい》な記録《きろく》と、作者《さくしゃ》の随筆《ずいひつ》の二《ふた》つで構成《こうせい》されています。特《とく》に同《おな》じ中宮《ちゅうぐう》で働《はたら》く人々《ひとびと》に対《たい》する評価《ひょうか》や悪口《わるぐち》が書《か》かれているところは、内向的《ないこうてき》であった作者《さくしゃ》の本心《ほんしん》が垣間見《かいまみ》られるとして有名《ゆうめい》です。

58

有馬山《ありまやま》　猪名《いな》の笹原《ささはら》　風吹《かぜふ》けば
いでそよ人《ひと》を　忘《わす》れやはする

覚え方　ありま(くん)いでよ(有馬君出《ありまくんい》でよ)

出典　後拾遺和歌集《ごしゅういわかしゅう》

歌の意味

有馬山《ありまやま》から猪名《いな》の笹原《ささはら》に風《かぜ》が吹《ふ》くと、笹《ささ》の葉《は》がそよそよと音《おと》を立《た》ててざわめくように、さあ、それですよ、私《わたし》があなたを忘《わす》れることなどありましょうか。

大弐三位《だいにのさんみ》(九九九～?)

藤原賢子《ふじわらのかたこ》。紫式部《むらさきしきぶ》の娘《むすめ》。母《はは》と同《おな》じ中宮彰子《ちゅうぐうしょうし》に女房《にょうぼう》として仕《つか》えました。母親《ははおや》の才能《さいのう》を受《う》け継《つ》ぎ、文才《ぶんさい》があったといわれています。

解説

訪《たず》ねてこなくなった恋人《こいびと》が、「あなたの心変《こころが》わりが心配《しんぱい》です。」と言《い》ってきたことに詠《よ》んだ歌《うた》です。その恋人《こいびと》に対《たい》し、「あなたの心変《こころが》わりの方《ほう》が心配《しんぱい》です。」とやりかえしています。

語句

そよ…それ(ここでは、心許《こころもと》ないことを指《さ》す)ですよ。「そよそよ」と笹《ささ》の葉《は》が揺《ゆ》れる音《おと》の意味《いみ》も含《ふく》まれる掛詞《かけことば》。
人《ひと》…ここでは、恋人《こいびと》のこと。
やは…「～でしょうか。いや、～ではない。」という反語《はんご》を表《あらわ》す言葉《ことば》です。

鎌倉時代《かまくらじだい》	平安時代《へいあんじだい》	奈良時代《ならじだい》	飛鳥時代《あすかじだい》
1200	1100 / 1000 / 900	800	700 / 600

999～?

59

やすらは《わ》で 寝《ね》なましものを 小夜《さよ》ふけて かたぶくまでの 月《つき》を見《み》しかな

覚え方 やすかたふく（安《やす》かった服《ふく》）

出典 後拾遺和歌集《ごしゅういわかしゅう》

歌の意味

（あなたがおいでになるとおっしゃらなければ）ためらわずに寝《ね》てしまったでしょうに、夜《よ》もふけて西《にし》にしずむまでの月《つき》を見《み》てしまったことですよ。

赤染衛門《あかぞめえもん》（九五八？～？）

赤染時用《あかぞめときもち》の娘《むすめ》。父《ちち》が右衛門尉《うえもんのじょう》だったので、赤染衛門《あかぞめえもん》と呼《よ》ばれました。優《すぐ》れた女流歌人《じょりゅうかじん》の一人《ひとり》で、和泉式部《いずみしきぶ》、伊勢大輔《いせのたいふ》、清《せい》少納言《しょうなごん》らと交流《こうりゅう》があり、歌《うた》のやりとりをしていたといわれています。

解説

後《のち》に儀同三司《ぎどうさんし》の母《はは》の夫《おっと》となる藤原道隆《ふじわらのみちたか》が少《しょう》将《しょう》だったときに、その恋人《こいびと》だった女性《じょせい》の気持《きも》ちを作者《さくしゃ》が代弁《だいべん》した歌《うた》です。「訪《たず》ねる」と言《い》ったのに来《こ》なかったため、夜通《よどお》し待《ま》つことになってしまった恋人《こいびと》の悲《かな》しみや恨《うら》みを、やんわりと表現《ひょうげん》しています。

語句

やすらはで…ためらわずに。
寝《ね》なまし…寝《ね》てしまったでしょう。
かたぶく…月《つき》が西《にし》の山《やま》にかたむくこと。夜明《よあ》けが近《ちか》いことを表《あらわ》します。

鎌倉時代《かまくらじだい》	平安時代《へいあんじだい》	奈良時代《ならじだい》	飛鳥時代《あすかじだい》

1200 1100 1000 900 800 700 600

60

大江山《おおえやま》 いく野《の》の道《みち》の 遠《とお》ければ まだふみもみず 天《あま》の橋立《はしだて》

覚え方 おおえ（くんは）まだ（か？）（大江君《おおえくん》はまだか？）

出典 金葉和歌集《きんようわかしゅう》

歌の意味

大江山《おおえやま》を越《こ》え、生野《いくの》を通《とお》って行《い》く道《みち》のりは遥《はる》か遠《とお》いので、まだ天《あま》の橋立《はしだて》の地《ち》は踏《ふ》んでみたことはありませんし、母《はは》からの文《ふみ》も見《み》ておりません。

小式部内侍《こしきぶのないし》（一〇〇〇？〜一〇二五年《ねん》）

橘 道貞《たちばなのみちさだ》と和泉式部《いずみしきぶ》の娘《むすめ》。母《はは》が和泉式部《いずみしきぶ》なので、小式部《こしきぶ》と呼《よ》ばれていました。母《はは》と同《おな》じ恋多《こいおお》き優《すぐ》れた女流歌人《じょりゅうかじん》でしたが、病《びょう》気《き》のため二十五歳《さい》くらいで亡《な》くなり、母《はは》を悲《かな》しませました。

解説

母《はは》である和泉式部《いずみしきぶ》が当時《とうじ》の夫《おっと》である藤原保《ふじわらのやす》昌《まさ》と丹後《たんご》にいるとき、都《みやこ》で開《ひら》かれた歌合《うたあわせ》に招《まね》かれた作者《さくしゃ》が、藤原定頼《ふじわらのさだより》にからかわれて、その場《ば》で詠《よ》んだ歌《うた》です。二組《くみ》の掛詞《かけことば》を使《つか》い、即《そく》座《ざ》に機転《きてん》をきかせた、才気《さいき》あふれる一首《しゅ》です。

語句

いく野《の》…生野《いくの》。京都府《きょうとふ》にある地名《ちめい》。「（大江《おおえ》山《やま》へ）行《い》く」という意味《いみ》も含《ふく》む、掛詞《かけことば》。
ふみ…「踏《ふ》み」と「文《ふみ》」の二《ふた》つの意味《いみ》を含《ふく》んだ掛詞《かけことば》。

1000？〜1025

鎌倉時代《かまくらじだい》	平安時代《へいあんじだい》	奈良時代《ならじだい》	飛鳥時代《あすかじだい》

1200 1100 1000 900 800 700 600

豆知識

和歌《わか》の上達《じょうたつ》は出世《しゅっせ》の近道《ちかみち》

和歌《わか》は詠《よ》めてあたりまえ？

「小倉百人一首《おぐらひゃくにんいっしゅ》」に収《おさ》められた百首《ひゃくしゅ》を選《えら》んだ、藤原定家《ふじわらのていか》が活躍《かつやく》していた時代《じだい》、朝廷《ちょうてい》につかえる貴族《きぞく》たちにとって、和歌《わか》を詠《よ》めるというのは「あたりまえ」のことでした。

当時《とうじ》の貴族《きぞく》たちは、朝廷《ちょうてい》につかえるために最低限必要《さいていげんひつよう》な教養《きょうよう》として、幼《おさな》いころから、和歌《わか》・習字《しゅうじ》・音楽《おんがく》などを学《まな》んでいました。そのため、和歌《わか》を詠《よ》めるというのは、貴族《きぞく》として当然《とうぜん》の条件《じょうけん》だったのです。

しかし、和歌《わか》を詠《よ》むのは、もちろんかんたんなことではありません。すぐれた歌《うた》を詠《よ》んだり、気《き》のきいた歌《うた》を返《かえ》したりするためには、古《ふる》くから詠《よ》まれてきた和歌《わか》をたくさん学《まな》び、暗記《あんき》しておくことも必要《ひつよう》でした。

歌合《うたあ》わせ

当時《とうじ》の宮廷《きゅうてい》では、「歌合《うたあ》わせ」といわれるもよおしがたびたび開《ひら》かれていました。

「歌合《うたあ》わせ」とは、左右《さゆう》に歌人《かじん》を分《わ》け、それぞれに和歌《わか》を詠《よ》んでその優劣《ゆうれつ》を競《きそ》い合《あ》うという、和歌《わか》のコンテストのようなもよおしです。

「和歌《わか》のコンテスト」というと、現代《げんだい》のカラオケコンテストなどをイメージして、気楽《きらく》なもののように思《おも》えますが、実際《じっさい》は、そう気楽《きらく》なものではありませんでした。天皇《てんのう》や位《くらい》の高《たか》い貴族《きぞく》の開《ひら》く歌合《うたあ》わせにまねかれるということは、歌人《かじん》として大変名誉《たいへんめいよ》なことであり、また貴族《きぞく》にとって、和歌《わか》を詠《よ》むことは当然身《とうぜんみ》につけておくべき教養《きょうよう》だったのですから、自分《じぶん》の詠《よ》んだ和歌《わか》が相手《あいて》に勝《か》つか負《ま》けるかは、自《じ》分《ぶん》の貴族《きぞく》としての格《かく》にもかかわります。ですから、歌《うた》の会《かい》とはいっても、プライドとプライドのぶつかり合《あ》う、真剣勝負《しんけんしょうぶ》だったのです。

当時《とうじ》は歌合《うたあ》わせのテーマや、歌《うた》が詠《よ》まれる場《ば》の雰囲気《ふんいき》に合《あ》った歌《うた》を、できるだけ早《はや》く、表《ひょう》現《げん》に工夫《くふう》を凝《こ》らして詠《よ》むのが優《すぐ》れていると評《ひょう》価《か》されました。表現《ひょうげん》に工夫《くふう》を凝《こ》らして詠《よ》むとは、たとえば表現技法《ひょうげんぎほう》をうまく使《つか》ったり、気《き》の利《き》いた言《い》い表《あらわ》し方《かた》をしたりするのです。このように、場《ば》に合《あ》った和歌《わか》を早《はや》く上手《じょうず》に詠《よ》むことを「当意即妙《とういそくみょう》」といいます。

和歌《わか》を詠《よ》む貴族《きぞく》

覚えられた？ 41〜60

次の上の句と合う下の句を下から探して、──で結びましょう。

49 みかきもり えじのたくひの よるはもえ

42 ちぎりきな かたみにそでを しぼりつつ

41 こいすちょう わがなはまだき たちにけり

44 おうことの たえてしなくは なかなかに

46 ゆらのとを わたるふなびと かじをたえ

A すえのまつやま なみこさじとは

B ひるはきえつつ ものをこそおもえ

C ひとしれずこそ おもいそめしか

D ゆくえもしらぬ こいのみちかな

E ひとをもみも うらみざらまし

43 あいみての のちのこころに くらぶれば

45 あわれとも いうべきひとは おもおえで

50 きみがため おしからざりし いのちさえ

52 あけぬれば くるるものとは しりながら

48 かぜをいたみ いわうつなみの おのれのみ

A みのいたずらに なりぬべきかな

B ながくもがなと おもいけるかな

C むかしはものを おもわざりけり

D なおうらめしき あさぼらけかな

E くだけてものを おもうころかな

105ページの答え　54-D　56-A　57-E　58-C　59-B／60-B　55-D　53-E　51-A　47-C

54
わすれじの
ゆくすえまでは
かたければ

56
あらざらん
このよのほかの
おもいでに

57
めぐりあいて
みしやそれとも
わかぬまに

58
ありまやま
いなのささはら
かぜふけば

59
やすらわで
ねなましものを
さよふけて

A
いまひとたびの
おうこともがな

B
かたぶくまでの
つきをみしかな

C
いでそよひとを
わすれやはする

D
きょうをかぎりの
いのちともがな

E
くもがくれにし
よわのつきかな

60
おおえやま
いくののみちの
とおければ

55
たきのおとは
たえてひさしく
なりぬれど

53
なげきつつ
ひとりぬるよの
あくるまは

51
かくとだに
えやはいぶきの
さしもぐさ

47
やえむぐら
しげれるやどの
さびしきに

A
さしもしらじな
もゆるおもいを

B
まだふみもみず
あまのはしだて

C
ひとこそみえね
あきはきにけり

D
なこそながれて
なおきこえけれ

E
いかにひさしき
ものとかはしる

104ページの答え 49-B 42-A 41-C 44-E 46-D／43-C 45-A 50-B 52-D 48-E

61

いにしへ《え》の　奈良《なら》の都《みやこ》の　八重桜《やえざくら》　けふ《きょう》九重《ここのえ》に　にほ《お》ひ《い》ぬるかな

覚え方　いににほひぬる（胃《い》ににおい塗《ぬ》る）

出典　詞花和歌集《しかわかしゅう》

歌の意味

昔《むかし》の奈良《なら》の都《みやこ》に咲《さ》いていた八重桜《やえざくら》が、今日《きょう》、宮中《きゅうちゅう》のこのあたりに色美《いろうつく》しく咲《さ》いていることですよ。

奈良《なら》より八重桜《やえざくら》が届《とど》きました！
まぁ…キレイ！
紫式部《むらさきしきぶ》
あなた…！
伊勢大輔《いせのたいふ》
はい？
受《う》け取《と》る役《やく》をお願《ねが》いします
歌《うた》もそえてね
あ…はい
え〜〜
いにしえの〜
奈良《なら》の都《みやこ》の〜
おお〜〜〜
桜《さくら》も歌《うた》も
すばらしい…！

伊勢大輔《いせのたいふ》

（生没年未詳《せいぼつねんみしょう》）

大中臣能宣《おおなかとみのよしのぶ》の孫《まご》。父《ちち》が伊勢神宮《いせじんぐう》の祭主《さいしゅ》で神祇大副《じんぎたいふ》でもあったので、伊勢《いせ》大輔《たいふ》と呼《よ》ばれていました。紫式部《むらさきしきぶ》らとともに、中宮《ちゅうぐう》彰子《しょうし》に仕《つか》えていました。

解説

奈良《なら》の古都《こと》から京都《きょうと》の宮中《きゅうちゅう》に桜《さくら》が献上《けんじょう》された際《さい》、受《う》け取《と》り役《やく》に選《えら》ばれた作者《さくしゃ》がその場《ば》で詠《よ》んだ歌《うた》です。「いにしへ」「けふ」、「八重桜《やえざくら》」「九重《ここのえ》」を対照《たいしょう》させたり、二組《ふたくみ》の掛詞《かけことば》を用《もち》いるなど、優《すぐ》れた技巧《ぎこう》で詠《よ》まれています。

語句

けふ…今日《きょう》。「京《きょう》」の意味《いみ》も含《ふく》んだ掛詞《かけことば》。

九重《ここのえ》に…「宮中《きゅうちゅう》」の意味《いみ》。「ここの辺《へん》に」の意味《いみ》も含《ふく》んだ掛詞《かけことば》。

にほひぬるかな…「にほふ」は、色美《いろうつく》しく咲《さ》いているという意味《いみ》。

鎌倉時代《かまくらじだい》　平安時代《へいあんじだい》　奈良時代《ならじだい》　飛鳥時代《あすかじだい》

1200　1100　1000　900　800　700　600

豆知識

優《すぐ》れた和歌《わか》が恋《こい》をかなえる

貴族《きぞく》の恋《こい》と和歌《わか》

「小倉百人一首《おぐらひゃくにんいっしゅ》」に収《おさ》められた和歌《わか》の多《おお》くが恋《こい》の歌《うた》であることはすでに見《み》てきましたが、当時《とうじ》の貴族《きぞく》たちはどのように恋《こい》をしていたのでしょうか。

当時《とうじ》、位《くらい》の高《たか》い家《いえ》の女性《じょせい》は、家族《かぞく》、夫以外《おっといがい》の男性《だんせい》に顔《かお》を見《み》られてはいけないとされていました。そのため、結婚前《けっこんまえ》の大人《おとな》の女性《じょせい》が、今《いま》のように男性《だんせい》と顔《かお》を合《あ》わせて話《はなし》をしたり、いっしょにデートに出《で》かけたりするようなことはありませんでした。それではどのように男性《だんせい》が女性《じょせい》に出会《であ》うのかというと、それは女性《じょせい》の周囲《しゅうい》につかえる人《ひと》たちの紹介《しょうかい》や、男性《だんせい》が、女性《じょせい》のすがたを偶然見《ぐうぜんみ》かける「垣間見《かいまみ》」という出会《であ》いでした。

垣間見《かいまみ》

男性《だんせい》が女性《じょせい》に興味《きょうみ》をもつと、ここで、和歌《わか》の出番《でばん》です。

男性《だんせい》は、恋《こい》の歌《うた》を詠《よ》んで、それを女性《じょせい》にとどけてもらうのです。自分《じぶん》を気《き》に入《い》ってもらえるかどうかは、和歌《わか》にかかっているわけです。「一目《ひとめ》見《み》て以来《いらい》、あなたのことばかり考《かんが》えています」というような、女性《じょせい》の心《こころ》をつかむロマンチックな和歌《わか》を詠《よ》むことができなければなりませんでしたし、和歌《わか》といっしょに、相手《あいて》に似合《にあ》う、また、時期《じき》に合《あ》うような花《はな》を選《えら》んでおくるようなセンスも必要《ひつよう》でした。

和歌《わか》を相手《あいて》におくったりした

一方《いっぽう》、和歌《わか》をもらった女性《じょせい》も、和歌《わか》で返事《へんじ》をします。こうして何度《なんど》か和歌《わか》のやり取《と》りをくり返《かえ》し、相手《あいて》のことを気《き》に入《い》れば、男性《だんせい》は女性《じょせい》に求婚《きゅうこん》をし、やがて結婚《けっこん》することになります。

貴族《きぞく》の結婚後《けっこんご》の和歌《わか》

当時《とうじ》の貴族《きぞく》は、結婚《けっこん》してもずっといっしょに住《す》んでいるわけではなく、夫《おっと》が妻《つま》の家《いえ》へ通《かよ》う「通《かよ》い婚《こん》」というかたちが多《おお》くとられていました。また、男性《だんせい》は何人《なんにん》もの女性《じょせい》と結婚《けっこん》することがゆるされていました。そのため、次《つぎ》に逢《あ》うまでの別《わか》れを悲《かな》しむ歌《うた》を詠《よ》んだほか、女性《じょせい》の歌《うた》の中《なか》には、「あなたが来《こ》ないのがさびしい」とうったえる歌《うた》や心変《こころが》わりを悲《かな》しむ歌《うた》が多《おお》く残《のこ》されているのです。

62

夜《よ》をこめて 鳥《とり》の空音《そらね》は はかるとも よに逢坂《おうさか》の 関《せき》はゆるさじ

覚え方 よをこ(ちゃん)のせき(陽子《ようこ》ちゃんの席《せき》)

出典 後拾遺和歌集《ごしゅういわかしゅう》

歌の意味

夜《よる》が深《ふか》いのを隠《かく》して、鶏《にわとり》の鳴《な》きまねをしてだまそうとしても、あの函谷関《かんこくかん》ならともかく、あなたと私《わたし》の間《あいだ》の逢坂《おうさか》の関《せき》は、通《とお》ることが許《ゆる》されないでしょう。

清少納言《せいしょうなごん》 (生没年未詳《せいぼつねんみしょう》)

清原元輔《きよはらのもとすけ》の娘《むすめ》。「枕草子《まくらのそうし》」の作者《さくしゃ》。第《だい》六十六代《だい》一条天皇《いちじょうてんのう》の中宮定子《ちゅうぐうていし》に女房《にょうぼう》として仕《つか》えました。紫式部《むらさきしきぶ》や和泉式部《いずみしきぶ》らとならび称《しょう》された、後宮《こうきゅう》（皇后《こうごう》やその側近《そっきん》が住《す》んだ場所《ばしょ》）文学《ぶんがく》を代表《だいひょう》する一人《ひとり》です。

解説

作者《さくしゃ》のもとに来《き》ていた藤原行成《ふじわらのゆきなり》が、夜明《よあ》け前《まえ》に帰《かえ》ったことの言《い》い訳《わけ》をする歌《うた》を送《おく》ってきたのに対《たい》して詠《よ》んだ返歌《へんか》です。「中国《ちゅうごく》の故事《こじ》」（函谷関《かんこくかん》ではだますことができた）と、男女《だんじょ》が逢《あ》うという「逢坂《おうさか》の関《せき》」を結《むす》びつける巧《たく》みな手法《しゅほう》で、行成《ゆきなり》の言葉《ことば》を遠《とお》まわしにかわしています。

語句

夜《よ》をこめて…夜《よる》が深《ふか》いのを隠《かく》して。
鳥《とり》の空音《そらね》…鶏《にわとり》の鳴《な》きまねをして。
はかる…だまそうとすること。

飛鳥時代《あすかじだい》 奈良時代《ならじだい》 平安時代《へいあんじだい》 鎌倉時代《かまくらじだい》
600 700 800 900 1000 1100 1200

豆知識

小倉百人一首《おぐらひゃくにんいっしゅ》に詠《よ》まれた動物《どうぶつ》

山《やま》鳥《どり》 3

山鳥《やまどり》は、日本《にほん》にしかいない鳥《とり》で、山地《さんち》などに生息《せいそく》しています。長《なが》い尾《お》が特徴的《とくちょうてき》で、三首目《しゅめ》では、「ながながし夜《よ》」を導《みちび》き出《だ》す序《じょ》詞《ことば》の一部《いちぶ》になっています。

鹿《しか》 5 83

奈良公園《ならこうえん》では、現在《げんざい》でも多《おお》くの鹿《しか》たちがのんびりと暮《く》らしています。この鹿《しか》たちは、春日《かすが》大社《たいしゃ》にまつられている神様《かみさま》が乗《の》ってきた、白《しろ》い鹿《しか》の子孫《しそん》だといわれています。和歌《わか》によまれるときには、秋《あき》の鹿《しか》の鳴《な》き声《ごえ》が多《おお》く取《と》り上《あ》げられます。

かささぎ 6

かささぎは、七《たな》夕《ばた》の夜《よる》に、織姫《おりひめ》が彦星《ひこぼし》に会《あ》いに行《い》けるよう、広《ひろ》げた翼《つばさ》を連《つら》ねて天《あま》の川《がわ》に橋《はし》をかけるという、ロマンチックな言《い》い伝《つた》えのある鳥《とり》です。

千《ち》鳥《どり》 78

水辺《みずべ》にすみ、群《む》れを作《つく》って飛《と》ぶ鳥《とり》です。冬《ふゆ》の浜辺《はまべ》に見《み》られる鳥《とり》として歌《うた》に詠《よ》まれます。また、千鳥《ちどり》の鳴《な》き声《ごえ》は、友人《ゆうじん》や妻《つま》を呼《よ》んでいる、悲《かな》しみをふくんだ声《こえ》だと考《かんが》えられています。

ほととぎす 81

ほととぎすは、古《ふる》くから夏《なつ》のおとずれを伝《つた》える鳥《とり》として愛《あい》されています。田植《たう》えをうながすために鳴《な》いているのだ、とも考《かんが》えられていました。

きりぎりす 91

この時代《じだい》の「きりぎりす」とは、現在《げんざい》のきりぎりすではなく、「こおろぎ」のことを指《さ》していました。

63

今《いま》はただ　思《おも》ひ《い》絶《た》えなむ《ん》　とばかりを　人《ひと》づてならで　言《い》ふ《う》よしもがな

覚え方　いまはならでいふ（今《いま》は奈良《なら》で言《い》う）

出典　後拾遺和歌集《ごしゅういわかしゅう》

歌の意味

（逢《あ》うことができなくなった）今《いま》はただ、（あなたへの）思《おも》いを断《た》ち切《き》ってしまおうという一言《ひとこと》だけを、人《ひと》づてではなく直接《ちょくせつ》言《い》う方法《ほうほう》があってほしいものです。

当子様《とうしさま》……
道雅様《みちまささま》……
ザッ
フン
お父《とう》さま
三条上皇《さんじょうじょうこう》にばれて
仲《なか》を引《ひ》き裂《さ》かれたらしいよ
あきらめざるをえない…
しょうがない…
ただ…
この思《おも》いを直接《ちょくせつ》会《あ》って伝《つた》えたい…
一回《いっかい》だけでいいんで!
ダメ!

左京大夫道雅《さきょうのだいぶみちまさ》（九九三〜一〇五四年《ねん》）

儀同三司母《ぎどうさんしのはは》の孫《まご》。幼《おさな》い頃《ころ》に父《ちち》（伊周《これちか》）が起《お》こした事件《じけん》により家《いえ》が没落《ぼつらく》しました。そのため、父《ちち》に対《たい》する反発《はんぱつ》も大《おお》きく荒々《あらあら》しい性格《せいかく》といわれていますが、歌人《かじん》としては優《すぐ》れた才能《さいのう》の持《も》ち主《ぬし》でした。

解説

作者《さくしゃ》と三条院《さんじょういん》の皇女《こうじょ》である当子内親王《とうしないしんのう》との恋《こい》を三条院《さんじょういん》に反対《はんたい》され、厳《きび》しく仲《なか》を裂《さ》かれた際《さい》に詠《よ》まれた歌《うた》です。逢《あ》うことが許《ゆる》されないなら、せめて別《わか》れの挨拶《あいさつ》をするという理由《りゆう》でもいいので逢《あ》いたいという、作者《さくしゃ》のけなげな気持《きも》ちが感《かん》じられます。

語句

思《おも》ひ絶《た》えなむ…思《おも》いを断《た》ち切《き》ってしまおう。
とばかりを…という一言《ひとこと》だけを。
よし…方法《ほうほう》。

992〜1053

鎌倉時代《かまくらじだい》	平安時代《へいあんじだい》	奈良時代《ならじだい》	飛鳥時代《あすかじだい》

1200　1100　1000　900　800　700　600

64

朝《あさ》ぼらけ　宇治《うじ》の川霧《かわぎり》　たえだえに
あらは《わ》れわたる　瀬々《せぜ》の網代木《あじろぎ》

覚え方　あさ(の)うじ(に)あ・らわれ(る)（朝《あさ》の家《うち》に現《あらわ》れる）

出典　千載和歌集《せんざいわかしゅう》

歌の意味

ほのぼのと夜《よ》が明《あ》ける頃《ころ》、宇治川《うじがわ》に立《た》ちこめていた霧《きり》がとぎれとぎれになり、次々《つぎつぎ》と現《あらわ》れてくる浅瀬《あさせ》にかけた網代木《あじろぎ》であるよ。

権中納言定頼《ごんちゅうなごんさだより》（九九五〜一〇四五年《ねん》）

藤原公任《ふじわらのきんとう》の子《こ》。小式部内侍《こしきぶのないし》の歌《うた》に関係《かんけい》した人物《じんぶつ》です。病気《びょうき》のために出家《しゅっけ》し、その後亡《ごな》くなりました。和歌《わか》や書道《しょどう》に優《すぐ》れていたといわれています。

解説

作者《さくしゃ》が冬《ふゆ》の宇治《うじ》に行《い》ったときに詠《よ》んだ歌《うた》です。「夜明《よあ》け」→「宇治《うじ》の川霧《かわぎり》」→「浅瀬《あさせ》の網代木《あじろぎ》」と読《よ》み進《すす》めていくごとに、この歌《うた》の背景《はいけい》である夜明《よあ》けの幻想的《げんそうてき》な情景《じょうけい》が、だんだんと浮《う》かび上《あ》がってくるようです。

語句

たえだえに…とぎれとぎれに。「川霧《かわぎり》」がとだえとだえになる意味《いみ》と、「網代木《あじろぎ》」がだんだんと現《あらわ》れるという二つの意《い》味を含《ふく》む掛詞《かけことば》。

網代木《あじろぎ》…「網代《あじろ》」は、冬《ふゆ》にあゆの稚魚《ちぎょ》をとるために川《かわ》に設《もう》ける仕掛《しか》け。「網代木《あじろぎ》」はそれを固定《こてい》する杭《くい》。

995〜1045
鎌倉時代《かまくらじだい》　平安時代《へいあんじだい》　奈良時代《ならじだい》　飛鳥時代《あすかじだい》
1200　1100　1000　900　800　700　600

65

恨《うら》みわび ほさぬ袖《そで》だに あるものを 恋《こい》に朽《く》ちなむ 名《な》こそ惜《お》しけれ

覚え方　うらにくち（裏《うら》に口《くち》）

出典　後拾遺和歌集《ごしゅういわかしゅう》

歌の意味

あなたを恨《うら》み、涙《なみだ》を乾《かわ》かす間《あいだ》もない袖《そで》が朽《く》ちてしまうことさえ惜《お》しいのに、恋《こい》の浮《う》き名《な》のために、朽《く》ちてしまうであろう私《わたし》の評判《ひょうばん》が、なお惜《お》しいことです。

相模《さがみ》（生没年未詳《せいぼつねんみしょう》）

当時《とうじ》、相模守《さがみのかみ》であった大江公資《おおえのきんすけ》と結婚《けっこん》したため、相模《さがみ》と呼《よ》ばれました。しかしその後離婚《ごりこん》し、藤原定頼《ふじわらのさだより》など多《おお》くの男性《だんせい》と恋愛《れんあい》をし、情熱的《じょうねつてき》な歌《うた》を残《のこ》しました。

解説

「自分《じぶん》の評判《ひょうばん》が落《お》ちるのが惜《お》しい」とありますが、「実《みの》りある恋《こい》ならば評判《ひょうばん》など気《き》にしない」というのが本心《ほんしん》です。別《わか》れを告《つ》げられた後《あと》もなお、未練《みれん》を捨《す》てきれずにいる、けなげな恋心《こいごころ》がうかがえます。

語句

ほさぬ袖《そで》…涙《なみだ》を乾《かわ》かす間《あいだ》もない袖《そで》。
あるものを…あるのに（まだその上《うえ》に）。
恋《こい》にくちなむ…恋《こい》の浮《う》き名《な》（うわさ）のために、朽《く》ちてしまうであろう。

鎌倉時代《かまくらじだい》　平安時代《へいあんじだい》　奈良時代《ならじだい》　飛鳥時代《あすかじだい》
1200　1100　1000　900　800　700　600

66

もろともに　あはれ《わ》と思《おも》へ《え》　山桜《やまざくら》
花《はな》よりほかに　知《し》る人《ひと》もなし

覚え方 もろ（い）はなより（もろい花《はな》より）

出典 金葉和歌集《きんようわかしゅう》

歌の意味

私《わたし》がお前《まえ》を懐《なつ》かしく思《おも》うように、お前《まえ》も私《わたし》を懐《なつ》かしんでおくれ、山桜《やまざくら》よ。こんな山奥《やまおく》では桜《さくら》の花《はな》以外《いがい》に、私《わたし》の心《こころ》を知《し》る者《もの》はいないのだから。

大僧正行尊《だいそうじょうぎょうそん》（一〇五五～一一三五年《ねん》）

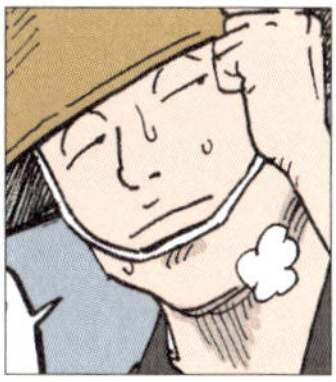

三条天皇《さんじょうてんのう》の曾孫《ひまご》。十二歳《さい》で出家《しゅっけ》しました。第《だい》七十四代鳥羽天皇《とばてんのう》や崇徳院《すとくいん》の護持僧《ごじそう》（祈祷《きとう》を行《おこな》う僧《そう》）となり、その後天台座主《てんだいざす》（天台宗《てんだいしゅう》のトップ）にも就《つ》きました。

解説

作者《さくしゃ》が大峰山《おおみねさん》で修行《しゅぎょう》をしているときに見《み》た山桜《やまざくら》に感動《かんどう》して詠《よ》んだ歌《うた》だといわれています。孤独《こどく》な修行《しゅぎょう》の身《み》の自分《じぶん》と、人《ひと》に知《し》られることなく咲《さ》いている桜《さくら》が、同《おな》じ境遇《きょうぐう》のように感《かん》じられたのでしょう。作者《さくしゃ》の孤独《こどく》な心情《しんじょう》が伝《つた》わってくる歌《うた》です。

語句

もろともに…お互《たが》いに。私《わたし》もお前《まえ》も一緒《いっしょ》に。

あはれ…懐《なつ》かしむ。

1055～1135

鎌倉時代《かまくらじだい》　平安時代《へいあんじだい》　奈良時代《ならじだい》　飛鳥時代《あすかじだい》

1200　1100　1000　900　800　700　600

67

春《はる》の夜《よ》の 夢《ゆめ》ばかりなる 手枕《たまくら》に かひなく立《た》たむ 名《な》こそ惜《お》しけれ

覚え方 はるの（お）ひな（さま）（春《はる》のお雛《ひな》（様《さま》））

出典 千載和歌集《せんざいわかしゅう》

歌の意味

短《みじか》い春《はる》の夜《よ》の夢《ゆめ》のようなはかないたわむれに、あなたの腕《うで》を手枕《たまくら》にかりてしまったために、つまらない恋《こい》の浮《う》き名《な》が立《た》ったら、何《なん》とも残念《ざんねん》なことですよ。

もう眠《ねむ》く なっちゃったわ
枕《まくら》が ほしいわね
ふぁ〜
ありますよ 枕《まくら》
スッ
どうぞ この腕《うで》を お使《つか》いください
まぁ忠家《ただいえ》さまったら そんな冗談《じょうだん》言《い》って… うわさになって しまいますわ

周防内侍《すおうのないし》（生没年未詳《せいぼつねんみしょう》）

平仲子《たいらのちゅうし》。平棟仲《たいらのむねなか》の娘《むすめ》といわれており、父《ちち》が周防守《すおうのかみ》であったことから周防内侍《ないし》と呼《よ》ばれました。後冷泉《ごれいぜい》・後三条《ごさんじょう》・白河《しらかわ》・堀河《ほりかわ》と、四代《だい》に渡《わた》る天皇《てんのう》に仕《つか》えてきましたが、病気《びょうき》のために出家《しゅっけ》したといわれています。

解説

二月頃《がつごろ》の夜《よる》、枕《まくら》がほしいとつぶやく作者《さくしゃ》に、「これを枕代《まくらが》わりに」と藤原忠家《ふじわらのただいえ》が自分《じぶん》の腕《うで》を御簾《みす》の下《した》から差《さ》し出《だ》したときに詠《よ》んだ歌《うた》です。機転《きてん》のきいた歌《うた》を即座《そくざ》に詠《よ》み、相手《あいて》の行為《こうい》を軽《かる》くかわしています。

語句

かひなく…「かいなく（なんのかいもない、つまらない）」と「かいな（腕《うで》）」の二つの意味《いみ》を含《ふく》む掛詞《かけことば》。

名《な》…恋《こい》の浮《う》き名《な》（うわさ）。悪《わる》い評判《ひょうばん》。

飛鳥時代《あすかじだい》 奈良時代《ならじだい》 平安時代《へいあんじだい》 鎌倉時代《かまくらじだい》
600 700 800 900 1000 1100 1200

68

心《こころ》にも　あらでうき世《よ》に　ながらへ《え》ば　恋《こい》しかるべき　夜半《よわ》の月《つき》かな

覚え方　こころにきよは（心《こころ》に気弱《きよわ》）

出典　後拾遺和歌集《ごしゅういわかしゅう》

歌の意味

心《こころ》ならずともつらいこの世《よ》に生《い》きながらえていたなら、きっと恋《こい》しく思《おも》い出《だ》されるにちがいない、美《うつく》しい今夜《こんや》の月《つき》よ。

三条院《さんじょういん》（九七六～一〇一七年《ねん》）

第《だい》六十七代天皇《だいてんのう》。第《だい》六十三代冷泉天皇《だいれいぜいてんのう》の皇子《おうじ》。即位《そくい》後《ご》、わずか五年《ねん》で譲位《じょうい》しました。病弱《びょうじゃく》だったことに加《くわ》え、二度《ど》の内裏《だいり》炎上《えんじょう》、藤原道長《ふじわらのみちなが》からの圧迫《あっぱく》など、不運《ふうん》な生涯《しょうがい》であったといわれています。

解説

作者《さくしゃ》が退位《たいい》を決心《けっしん》した頃《ころ》、月《つき》が明《あか》るく光《ひか》っているのを見《み》て詠《よ》んだ歌《うた》です。当時《とうじ》作者《さくしゃ》は目《め》の病気《びょうき》が悪化《あっか》して、失明《しつめい》のおそれもありました。「今夜《こんや》の月《つき》を恋《こい》しく思《おも》うにちがいない」と想像《そうぞう》しながら、将来《しょうらい》に不安《ふあん》を感《かん》じずにはいられなかったでしょう。

語句

心《こころ》にもあらで…心《こころ》ならずとも。「いっそのこと早《はや》くこの世《よ》を去《さ》ってしまいたいという作者《さくしゃ》の気持《きも》ちに反《はん》して」という意味《いみ》。

うき世《よ》…つらいこの世《よ》。

976～1017
鎌倉時代《かまくらじだい》　平安時代《へいあんじだい》　奈良時代《ならじだい》　飛鳥時代《あすかじだい》
1200　1100　1000　900　800　700　600

69

嵐《あらし》吹《ふ》く　三室《みむろ》の山《やま》の　もみぢ葉《ば》は
竜田《たつた》の川《かわ》の　錦《にしき》なりけり

覚え方　あらしたつたかわ（嵐《あらし》立《た》った川《かわ》）

出典　後拾遺和歌集《ごしゅういわかしゅう》

歌の意味

はげしい風《かぜ》がふき散《ち》らす三室山《みむろやま》の紅葉《もみじ》の葉《は》が、竜田川《たつたがわ》の川面全体《かわもぜんたい》をうめつくし、まるで錦織《にしきおり》のようであるよ。

能因法師《のういんほうし》（九八八〜？）

出家前《しゅっけまえ》の名前《なまえ》は橘永愷《たちばなのながやす》。三十歳《さい》の頃出家《ころしゅっけ》しました。優《すぐ》れた歌人《かじん》で、旅《たび》をしながら多《おお》くの歌《うた》を残《のこ》しました。

解説

この歌《うた》は、宮中《きゅうちゅう》で六十余年《よねん》ぶりに後冷泉天皇《ごれいぜいてんのう》の主催《しゅさい》で行《おこな》われた内裏歌合《だいりうたあわせ》で詠《よ》まれた歌《うた》です。三室山《みむろやま》と竜田川《たつたがわ》、二《ふた》つの歌枕《うたまくら》を使《つか》いこなしており、歌枕《うたまくら》に関心《かんしん》が強《つよ》かったといわれる作者《さくしゃ》らしい一首《しゅ》であるといえます。また、紅葉《もみじ》の葉《は》が散《ち》って竜田川《たつたがわ》の錦織《にしきおり》になったのではなく、錦織《にしきおり》を織《お》るために散《ち》ったのだという、独特《どくとく》な発想《はっそう》が特徴的《とくちょうてき》な歌《うた》です。

988〜?
鎌倉時代《かまくらじだい》　平安時代《へいあんじだい》　奈良時代《ならじだい》　飛鳥時代《あすかじだい》
1200　1100　1000　900　800　700　600

語句

三室《みむろ》の山《やま》…奈良県生駒郡《ならけんいこまぐん》にある山《やま》。

竜田《たつた》の川《かわ》…奈良県《ならけん》を流《なが》れる川《かわ》。二句目《くめ》の「三室《みむろ》の山《やま》の」と「竜田《たつた》の川《かわ》の」で韻《いん》をふみ、山《やま》と川《かわ》を対照的《たいしょうてき》に表現《ひょうげん》しています。

錦《にしき》…金《きん》や銀《ぎん》など五色《しょく》の糸《いと》で美《うつく》しい模様《もよう》を織《お》り出《だ》した織物《おりもの》。ここでは川面《かわも》にうかぶ紅葉《もみじ》の葉《は》を錦織《にしきおり》にたとえています。

修辞法

この歌《うた》は、『古今和歌集《こきんわかしゅう》』に収《おさ》められている「竜田川《たつたがわ》　もみぢ葉《ば》流《なが》る　神奈備《かんなび》の　三室《みむろ》の山《やま》に　時雨《しぐれ》ふるらし」という歌《うた》をふまえて作《つく》られたとされています。このように古歌《こか》の言葉《ことば》や表現《ひょうげん》をふまえて詠《よ》むことを、本歌取《ほんかど》りといいます。この歌《うた》であれば、三室《みむろ》の山《やま》の紅葉《もみじ》が散《ち》り、竜田川《たつたがわ》の川面《かわも》がうめつくされているという描写《びょうしゃ》がふまえられていることがわかります。

関連事項

三室山《みむろやま》と竜田川《たつたがわ》

三室山《みむろやま》と竜田川《たつたがわ》は、ともに紅葉《もみじ》の名所《めいしょ》として知《し》られる地名《ちめい》です。この二《ふた》つの地名《ちめい》は、古《ふる》く『万葉集《まんようしゅう》』の時代《じだい》からたびたび歌《うた》に詠《よ》まれてきました。この歌《うた》では三室山《みむろやま》の紅葉《もみじ》が竜田《たつた》川《がわ》に浮《う》かぶと詠《よ》まれていますが、地理的《ちりてき》に考《かんが》えにくいといわれます。実際《じっさい》に見《み》た風景《ふうけい》ではなく、華《はな》やかな歌合《うたあわせ》の場《ば》にふさわしい歌《うた》を作《つく》り上《あ》げたのでしょう。

能因歌枕《のういんうたまくら》

歌枕《うたまくら》とは、和歌《わか》の中《なか》に詠《よ》み込《こ》んだ地名《ちめい》のことで、和歌《わか》の味《あじ》わいをよりいっそう深《ふか》めるものとなっています。能因法師《のういんほうし》は特《とく》に歌枕《うたまくら》に関《かん》心《しん》があり、その歌枕《うたまくら》のある諸国《しょこく》を旅《たび》し、歌学《かがく》書《しょ》「能因歌枕《のういんうたまくら》」にまとめました。

70

さびしさに 宿《やど》を立《た》ち出《い》でて ながむれば いづ《ず》こも同《おな》じ 秋《あき》の夕暮《ゆうぐ》れ

覚え方　さいづもおなじ（サイズも同《おな》じ）

出典　後拾遺和歌集《ごしゅういわかしゅう》

歌の意味

さびしさにたえかねて住《す》まいを出《で》てあたりを眺《なが》めてみると、どこもかしこも同《おな》じようにさびしい秋《あき》の夕暮《ゆうぐ》れであるよ。

家《いえ》におってもさびしいな…
どれ…
外《そと》に出《で》てみようか…
ひゅ〜
ブル
秋《あき》はどこに行《い》ってもさびしいな…
家帰ろ…

良暹法師《りょうぜんほうし》（生没年未詳《せいぼつねんみしょう》）

京都府《きょうとふ》と滋賀県《しがけん》にまたがる比叡山延暦寺《ひえいざんえんりゃくじ》の僧《そう》で、祇園《ぎおん》の別当《べっとう》でした。晩年《ばんねん》は大原《おおはら》の雲林院《うりんいん》という寺《てら》に住《す》んだといわれています。詳《くわ》しい生涯《しょうがい》は知《し》られていません。

解説

この歌《うた》は、作者《さくしゃ》が雲林院《うりんいん》に移《うつ》り住《す》んだ直後《ちょくご》に詠《よ》んだ歌《うた》だといわれています。さびしいのは、にぎやかな祇園《ぎおん》とは対照的《たいしょうてき》な静《しず》かな僧庵《そうあん》（僧侶《そうりょ》が住《す》む庵《いおり》）の中《なか》だけではなく、秋《あき》はすべての自然《しぜん》がさびしくみえる季節《きせつ》であることを確認《かくにん》し、その世界《せかい》をしみじみと味《あじ》わう歌《うた》になっています。

鎌倉時代《かまくらじだい》　平安時代《へいあんじだい》　奈良時代《ならじだい》　飛鳥時代《あすかじだい》
1200　1100　1000　900　800　700　600

語句

宿《やど》…住《す》まい。ここでは、作者《さくしゃ》が住《す》んでいる僧庵《そうあん》。

立《た》ち出《い》でて…外《そと》に出《で》て。

いずこも…どこもかしこも。

同《おな》じ…ここでは、同《おな》じようにさびしいという意味《いみ》。

修辞法

この歌《うた》は「秋《あき》の夕暮《ゆうぐ》れ」という体《たい》言《げん》で終《お》わっており、体言止《たいげんど》めが用《もち》いられています。八十七番《ばん》に出《で》てくる寂蓮法師《じゃくれんほうし》の歌《うた》も、同様《どうよう》に「秋《あき》の夕暮《ゆうぐ》れ」で終《お》わっています。良暹法師《りょうぜんほうし》の歌《うた》は平安時代《へいあんじだい》に詠《よ》まれたものですが、鎌倉時代《かまくらじだい》のはじめに、最後《さいご》を「秋《あき》の夕暮《ゆうぐ》れ」で締《し》めくくる歌《うた》が流行《りゅうこう》しました。その中《なか》でも特《とく》にすぐれた歌《うた》は、「三夕《せき》の歌《うた》」と呼《よ》ばれています。「三夕《せき》の歌《うた》」については、八十七番《ばん》の「関連事項《かんれんじこう》」で説明《せつめい》しています。

関連事項

比叡山延暦寺《ひえいざんえんりゃくじ》

平安時代《へいあんじだい》の僧《そう》・最澄《さいちょう》により開《ひら》かれた、日本《にほん》天台宗《てんだいしゅう》の本山《ほんざん》寺院《じいん》です。住職《じゅうしょく》のことを、天台《てんだい》座主《ざす》と呼《よ》びました。比叡山全域《ひえいざんぜんいき》を境内《けいだい》とし、良暹法師《りょうぜんほうし》が延暦寺《えんりゃくじ》にいた当時《とうじ》は、皇室《こうしつ》・貴族《きぞく》の信心《しんじん》を得《え》て大《おお》きな力《ちから》を持《も》ちました。平安時《へいあんじ》代中期《だいちゅうき》には多《おお》くの僧兵《そうへい》を養《やしな》い、京都《きょうと》や奈良《なら》の寺院《じいん》とも争《あらそ》ったり、強訴《ごうそ》（要求《ようきゅう》を掲《かか》げた集団《しゅうだん》行動《こうどう》）を行《おこな》って朝廷《ちょうてい》を苦《くる》しめたりしました。一五七一年《ねん》には織田信長《おだのぶなが》によって焼《や》き打《う》ちされましたが、豊臣秀吉《とよとみひでよし》や徳川家康《とくがわいえやす》らによって再興《さいこう》されました。

現在《げんざい》は「古都京都《ことときょうと》の文化財《ぶんかざい》」として、世界《せかい》遺産《いさん》に登録《とうろく》されています。

別当《べっとう》

良暹法師《りょうぜんほうし》の役職《やくしょく》。寺《てら》をまとめる長官《ちょうかん》の役割《やくわり》をする、重要《じゅうよう》な僧職《そうしょく》でした。

71

夕《ゆう》されば　門田《かどた》の稲葉《いなば》　おとづれて
葦《あし》のまろ屋《や》に　秋風《あきかぜ》ぞ吹《ふ》く

覚え方　ゆう（くんの）あし（優君《ゆうくん》の足《あし》）

出典　金葉和歌集《きんようわかしゅう》

歌の意味

夕方《ゆうがた》になると、家《いえ》の前《まえ》の田《た》んぼの稲葉《いなば》に、音《おと》を立《た》てて秋風《あきかぜ》がそよぐ、この葦《あし》ぶきのそまつな家《いえ》にも、秋風《あきかぜ》が訪《おとず》れているよ。

サヤ
サヤ
サヤ
まるで稲穂《いなほ》に風《かぜ》が訪《たず》ねてきているようではないか…
ヒュ〜
サヤ
サヤ
さわやかな秋《あき》の訪《おとず》れを感《かん》じるのもいいものだ
ふふ

大納言《だいなごん》経信《つねのぶ》

（一〇一六～一〇九七年《ねん》）
源経信《みなもとのつねのぶ》。源俊頼《みなもとのとしより》の父《ちち》。和歌《わか》だけでなく漢詩《かんし》・音楽《おんがく》にも優《すぐ》れ、その多芸《たげい》多才《さい》さは藤原公任《ふじわらのきんとう》と比較《ひかく》されました。新鮮《しんせん》な歌風《かふう》で知《し》られる、当時《とうじ》を代表《だいひょう》する歌人《かじん》です。

解説

従来《じゅうらい》、秋風《あきかぜ》といえば「さびしさ」を感《かん》じさせるものでした。しかし作者《さくしゃ》は、夕暮《ゆうぐ》れの秋風《あきかぜ》を、上《かみ》の句《く》では目《め》と耳《みみ》でとらえ（「稲葉《いなば》」「おと」）、下《しも》の句《く》では肌《はだ》でとらえ（「秋風《あきかぜ》ぞ吹《ふ》く」）ています。秋風《あきかぜ》のすがすがしい様子《ようす》をさわやかに歌《うた》いあげた、新《あたら》しい歌風《かふう》の歌《うた》です。

語句

夕《ゆう》されば…夕方《ゆうがた》になると。
おとづれて…「音《おと》を立《た》てて」と「訪《おとず》れて」の二《ふた》つの意味《いみ》を含《ふく》む掛詞《かけことば》。「訪《おとず》れ」たのは、「秋風《あきかぜ》」です。

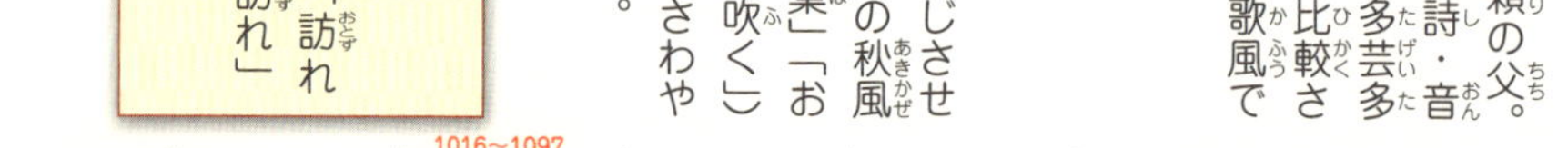
1016～1097
鎌倉時代《かまくらじだい》
平安時代《へいあんじだい》
奈良時代《ならじだい》
飛鳥時代《あすかじだい》
1200
1100
1000
900
800
700
600

72

音《おと》に聞《き》く　高師《たかし》の浜《はま》の　あだ波《なみ》は　かけじや袖《そで》の　ぬれもこそすれ

覚え方　おとかけ(るな)(音《おと》掛《か》けるな)

出典　金葉和歌集《きんようわかしゅう》

歌の意味

うわさに聞《き》く高師《たかし》の浜《はま》に立《た》つ波《なみ》のように、移《うつ》り気《ぎ》なあなたの言葉《ことば》など気《き》にかけますまい。あとで涙《なみだ》で袖《そで》をぬらすことになっては困《こま》りますから。

……
うわさに聞《き》く「高師《たかし》の浜《はま》」は…
ザザーン
ザザーン
打《う》ち寄《よ》せても引《ひ》きますね
それは移《うつ》り気《ぎ》なあなたの気《き》持《も》ちと同《おな》じです
だから恋文《こいぶみ》をもらっても本気《ほんき》にしません
あとで泣《な》くのは嫌《いや》ですもの…!
ザザーーン
好《す》きです
イヤ!

祐《ゆう》子《し》内《ない》親《しん》王《のう》家《け》紀《き》伊《い》　(生没年未詳《せいぼつねんみしょう》)

第《だい》六十九代後朱雀天皇《だいごすざくてんのう》の皇女《こうじょ》、祐子内親王《ゆうしないしんのう》の女房《にょうぼう》として仕《つか》えたことから、こう呼《よ》ばれました。内親王《ないしんのう》が和歌《わか》好《ず》きで母《はは》も兄《あに》も歌人《かじん》であったことから、幼《おさな》いころより和歌《わか》に関《かか》わりました。

解説

歌合《うたあわせ》の場《ば》で、相手《あいて》の藤原俊忠《ふじわらのとしただ》への返歌《へんか》として詠《よ》まれた歌《うた》です。浮気《うわき》な男《おとこ》の誘《さそ》いを、比喩《ひゆ》や縁語《えんご》を用《もち》いてかわしています。真意《しんい》については一切《いっさい》詠《よ》まず、一首全体《しゅぜんたい》が比喩《ひゆ》となり、断《ことわ》りの気持《きも》ちを暗《あん》に表現《ひょうげん》しているところに、この歌《うた》の特徴《とくちょう》があります。

語句

高師《たかし》…大阪府《おおさかふ》にある地名《ちめい》。「(うわさに)高《たか》い」という意味《いみ》も含《ふく》む掛詞《かけことば》。

かけじや…かけますまい。「波《なみ》をかけない」と「気《き》にかけない」の意味《いみ》を含《ふく》む掛詞《かけことば》。

鎌倉時代《かまくらじだい》　平安時代《へいあんじだい》　奈良時代《ならじだい》　飛鳥時代《あすかじだい》
1200　1100　1000　900　800　700　600

73

高砂《たかさご》の 尾《お》の上《え》の桜《さくら》 咲《さ》きにけり
外山《とやま》の霞《かすみ》 立《た》たずもあらなむ

覚え方 たかとやま（鷹《たか》と山《やま》）

出典 後拾遺和歌集《ごしゅういわかしゅう》

歌の意味

高《たか》い山《やま》の峰《みね》の桜《さくら》が咲《さ》いたなあ。人里近《ひとざとちか》い山《やま》の霞《かすみ》よ、（桜《さくら》が見《み》えなくなるから）どうか立《た》ちこめないでおくれ。

前権中納言匡房《さきのごんちゅうなごんまさふさ》

（一〇四一～一一一一年《ねん》）

大江匡房《おおえのまさふさ》。赤染衛門《あかぞめえもん》の曽孫《ひまご》かといわれています。学問《がくもん》の家《いえ》に生《う》まれ、幼《おさな》いころから賢明《けんめい》だったようです。

解説

内大臣藤原師通邸《ないだいじんふじわらのもろみちてい》の宴席《えんせき》の場《ば》から望《のぞ》めた、遠《とお》くの山桜《やまざくら》を見《み》て詠《よ》んだ歌《うた》といわれています。ようやく咲《さ》いた遠《とお》くの山桜《やまざくら》（尾《お》の上《え》の桜《さくら》）に愛着《あいちゃく》をもち、近《ちか》くの霞《かすみ》（外山《とやま》の霞《かすみ》）で見《み》えなくならないようにと願《ねが》う気持《きも》ちが表現《ひょうげん》されています。

はるかに望《のぞ》む山桜《やまざくら》をほめたたえる心《こころ》が、技巧《ぎこう》をもてあそぶことなしに表現《ひょうげん》された、格調《かくちょう》の高《たか》い歌《うた》です。

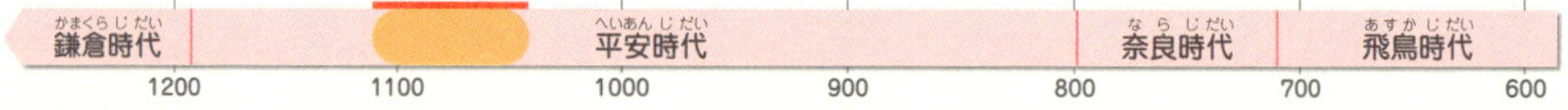

語句

高砂《たかさご》…高《たか》い山《やま》。ここでは地名《ちめい》を表《あらわ》しません。
尾《お》の上《え》…山頂《さんちょう》。ここでは地名《ちめい》を表《あらわ》しません。
外山《とやま》…人里近《ひとざとちか》い低《ひく》い山《やま》。手前《てまえ》に見《み》える山《やま》。「深山《みやま》」に対《たい》する語《ご》。
立《た》たずもあらなむ…どうか立《た》ちこめないでおくれ。

知っ得

人物紹介《じんぶつしょうかい》にあるように、大江匡房《おおえのまさふさ》は学問《がくもん》の家《いえ》に生《う》まれました、八歳《さい》にして、中国《ちゅうごく》の書物《しょもつ》である『史記《しき》』『漢書《かんじょ》』に通《つう》じており、神童《しんどう》と呼《よ》ばれたそうです。このように幼《おさな》い頃《ころ》から学問《がくもん》を学《まな》んだ匡房《まさふさ》は、漢詩人《かんしじん》としても知《し》られていました。この歌《うた》で用《もち》いられている、近《ちか》くに見《み》られる外山《とやま》と、遠《とお》くに見《み》える高砂《たかさご》の尾《お》の上《え》という構図《こうず》は、漢詩《かんし》でよく見《み》られる手法《しゅほう》です。

関連事項

前《さき》の三房《さんぼう》
平安時代《へいあんじだい》、後三条天皇《ごさんじょうてんのう》に仕《つか》えて活躍《かつやく》した大江匡房《おおえのまさふさ》・藤原伊房《ふじわらのこれふさ》・藤原為房《ふじわらのためふさ》の三人《にん》を指《さ》します。三人《にん》とも名前《なまえ》に「房《ふさ》」がついたことから、こう呼《よ》ばれました。大江匡房《おおえのまさふさ》は学問《がくもん》の分《ぶん》野《や》だけでなく、政治《せいじ》の場《ば》でも後三条《ごさんじょう》・白河《しらかわ》・堀河《ほりかわ》の三天皇《てんのう》の片腕《かたうで》として大《おお》きく貢献《こうけん》した人《じん》物《ぶつ》でした。

江談抄《ごうだんしょう》
藤原実兼《ふじわらのさねかね》が大江匡房《おおえのまさふさ》の伝記《でんき》・漢詩文《かんしぶん》・逸話《いつわ》などを記録《きろく》した説話集《せつわしゅう》。『水言抄《すいげんしょう》』ともいい、六巻《かん》よりなります。貴族社会《きぞくしゃかい》についての逸話《いつわ》も多《おお》く書《か》かれています。後《のち》の鎌倉時代《かまくらじだい》に作《つく》られた説話集《せつわしゅう》に大《おお》きな影響《えいきょう》を与《あた》えました。

74

憂《う》かりける 人《ひと》を初瀬《はつせ》の 山《やま》おろしよ はげしかれとは 祈《いの》らぬものを

覚え方 う（っ）かりはげし（い）（うっかり激《はげ》しい）

出典 千載和歌集《せんざいわかしゅう》

歌の意味

私《わたし》に冷《つめ》たかった人《ひと》を初瀬《はつせ》の山《やま》おろしよ、（あの人《ひと》の心《こころ》が私《わたし》に傾《かたむ》くようにと観音様《かんのんさま》にはお祈《いの》りしたが、その冷《つめ》たさが）激《はげ》しくなれとは、祈《いの》らなかったのに。

源俊頼朝臣

（一〇五五～一一二九年《ねん》）

俊恵法師《しゅんえほうし》の父《ちち》で源経信《みなもとのつねのぶ》の子《こ》。父《ちち》と同《おな》じく新鮮《しんせん》な歌風《かふう》の革新派《かくしんは》の歌人《かじん》として、多《おお》くの歌合《うたあわせ》に参加《さんか》するなど、歌壇《かだん》の中心的人物《ちゅうしんてきじんぶつ》として活躍《かつやく》しました。

解説

この歌《うた》は、思《おも》い通《どお》りにいかない恋心《こいごころ》を、「山《やま》おろし」に訴《うった》える形《かたち》で表現《ひょうげん》しています。また、「山《やま》おろし」の激《はげ》しい風《かぜ》が、相手《あいて》の冷《つめ》たい心《こころ》のイメージと重《かさ》なり合《あ》うようでもあります。二《ふた》つの縁語《えんご》「山《やま》おろし―はげしけれ」「初瀬《はつせ》―祈《いの》ら（祈《いの》り）」や、比喩《ひゆ》を用《もち》いた作者《さくしゃ》の技巧《ぎこう》がうかがえる一首《しゅ》です。

語句

憂《う》かりける人《ひと》…私《わたし》に冷《つめ》たかった人《ひと》。
山《やま》おろし…山《やま》から吹《ふ》いてくる、激《はげ》しい風《かぜ》。
はげしかれとは…（冷《つめ》たさが）激《はげ》しくなれとは。

1055～1129
鎌倉時代《かまくらじだい》 平安時代《へいあんじだい》 奈良時代《ならじだい》 飛鳥時代《あすかじだい》
1200 1100 1000 900 800 700 600

75

契《ちぎ》りおきし　させもが露《つゆ》を　命《いのち》にて　あは《わ》れ今年《ことし》の　秋《あき》もいぬめり

覚え方　ちぎりおあはれ（な）いぬ（ちぎり尾《お》あわれな犬《いぬ》）

出典　千載和歌集《せんざいわかしゅう》

歌の意味

約束《やくそく》してくださった「頼《たの》みにせよ、させも草《ぐさ》だ」という恵《めぐ》みの露《つゆ》のようなお言葉《ことば》を命《いのち》のように大切《たいせつ》にしてきたのに、ああ、今年《ことし》も秋《あき》が過《す》ぎていくようです。

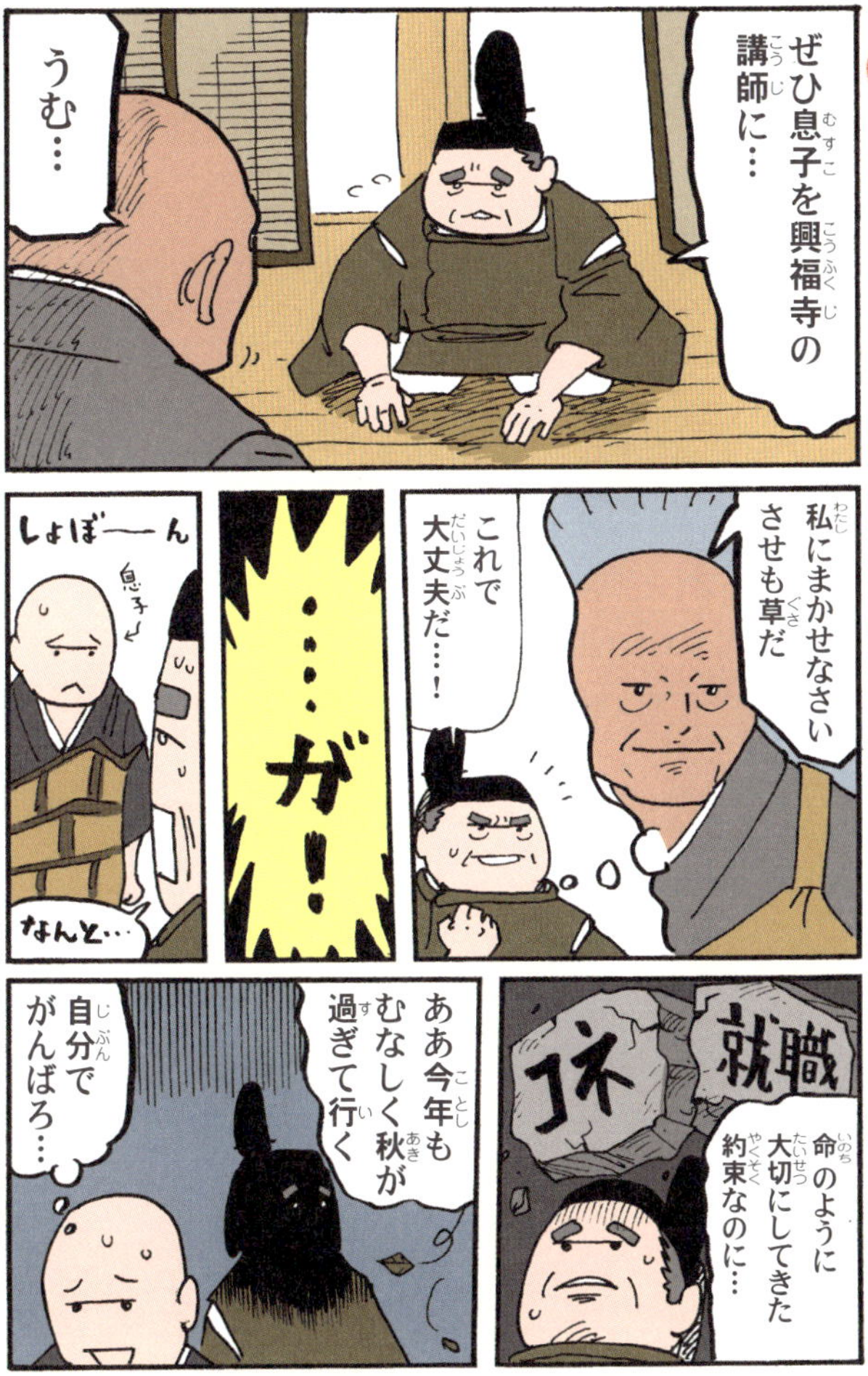
ぜひ息子《むすこ》を興福寺《こうふくじ》の講師《こうじ》に…
うむ…
私《わたし》にまかせなさい
させも草《ぐさ》だ
これで大丈夫《だいじょうぶ》だ…!
……ガ!!
しょぼーーん
息子
なんと…
就職
命《いのち》のように大切《たいせつ》にしてきた約束《やくそく》なのに…
ああ今年《ことし》もむなしく秋《あき》が過《す》ぎて行《い》く
自分《じぶん》でがんばろ…

藤原基俊《ふじわらのもととし》

（一〇六〇～一一四二年《ねん》）

藤原氏主流《ふじわらししゅりゅう》の出身《しゅっしん》ですが、自分勝手《じぶんかって》な性格《せいかく》だったため出世《しゅっせ》には恵《めぐ》まれませんでした。しかし歌人《かじん》としては優秀《ゆうしゅう》で、昔《むかし》からの作風《さくふう》を大切《たいせつ》にして活躍《かつやく》し、藤原俊成《ふじわらのしゅんぜい》を弟子《でし》に持《も》ちました。

解説

この歌《うた》は、願《ねが》いが叶《かな》わなかった嘆《なげ》きを詠《よ》んでいます。作者《さくしゃ》は、息子《むすこ》が興福寺《こうふくじ》の講師《こうじ》になれるように、藤原忠通《ふじわらのただみち》に頼《たの》んでいました。「期《き》待《たい》せよ」という言葉《ことば》をもらったのに、願《ねが》いがかなうことはありませんでした。息子《むすこ》の出世《しゅっせ》を願《ねが》う、悲痛《ひつう》な思《おも》いが伝《つた》わってきます。

語句

させも…させも草《くさ》。よもぎの意味《いみ》。

露《つゆ》…草《くさ》についた露《つゆ》。ここでは大切《たいせつ》なもの（忠通《ただみち》の言葉《ことば》）のたとえで使《つか》われています。

いぬめり…過《す》ぎていくようです。

1060～1142

鎌倉時代《かまくらじだい》　平安時代《へいあんじだい》　奈良時代《ならじだい》　飛鳥時代《あすかじだい》

1200　1100　1000　900　800　700　600

76

わたの原《はら》 こぎ出《い》でて見《み》れば ひさかたの
雲《くも》居《い》にまが《ご》ふ《う》 沖《おき》つ白《しら》波《なみ》

覚え方 わたのこ(に)くもい(る)(綿《わた》の子《こ》に雲《くも》いる)

出典 詞花和歌集《しかわかしゅう》

歌の意味

海原《うなばら》に舟《ふね》を漕《こ》ぎ出《だ》して見《み》ると、雲《くも》と見分《みわ》けがつかないような沖《おき》の白波《しらなみ》が立《た》っているよ。

法性寺入道前関白太政大臣《ほっしょうじにゅうどうさきのかんぱくだいじょうだいじん》

(一〇九七〜一一六四年《ねん》)

藤原忠通《ふじわらのただみち》。慈円《じえん》の父《ちち》で藤原良経《ふじわらのよしつね》の祖父《そふ》。優《すぐ》れた歌人《かじん》だっただけでなく、鳥羽天皇《とばてんのう》から四代《だい》に渡《わた》って関白《かんぱく》をつとめるなど、政治《せいじ》の場《ば》でも活躍《かつやく》しました。しかし、保元《ほうげん》の乱後《らんご》に出家《しゅっけ》し、隠居生活《いんきょせいかつ》となりました。

解説

この歌《うた》は、崇徳院《すとくいん》が忠通《ただみち》に「海上遠望《かいじょうえんぼう》」という題《だい》を出《だ》したときに詠《よ》んだ歌《うた》です。白《しろ》い雲《くも》と沖《おき》の白波《しらなみ》が混《ま》ざり合《あ》って一《ひと》つに見《み》える海原《うなばら》の遠望《えんぼう》が歌《うた》われています。白《しろ》(雲《くも》・白波《しらなみ》)と青《あお》(海《うみ》)のコントラストが鮮《あざ》やかで、はてしない大海原《おおうなばら》、大自然《だいしぜん》の優美《ゆうび》さが伝《つた》わります。

語句

わたの原《はら》…海原《うなばら》。
雲居《くもい》…この歌《うた》では雲《くも》のこと。
まがふ…見分《みわ》けがつかない。

鎌倉時代《かまくらじだい》 | 平安時代《へいあんじだい》 | 奈良時代《ならじだい》 | 飛鳥時代《あすかじだい》
1097〜1164
1200 1100 1000 900 800 700 600

77

瀬《せ》をはやみ　岩《いわ》にせかるる　滝川《たきがわ》の　われても末《すえ》に　逢《あ》は《わ》む《ん》とぞ思《おも》ふ《う》

覚え方 せわれてあわ（背割《せわ》れて泡《あわ》）

出典 詞花和歌集《しかわかしゅう》

歌の意味

川《かわ》の流《なが》れが速《はや》いので、岩《いわ》にせきとめられる急流《きゅうりゅう》が二《ふた》つに分《わ》かれても、いずれ一《ひと》つになるように、今《いま》は離《はな》れ離《ばな》れになったとしても、再《ふたた》びお逢《あ》いしたいと思《おも》います。

ジー……
大《おお》きな岩《いわ》が川《かわ》の流《なが》れを二《ふた》つに分《わ》けている
でも
たたた
下流《かりゅう》でまた一《ひと》つになっている
こんな風《ふう》に今《いま》は別《わか》れているあの人《ひと》とまた一《ひと》つになれたらいいなぁ〜
あの人《ひと》川見《かわみ》てなんで顔赤《かおあか》くしてるの

崇徳院《すとくいん》

（一一一九〜一一六四年《ねん》）

第《だい》七十五代天皇《だいてんのう》。和歌《わか》の世界《せかい》に没頭《ぼっとう》し、当時《とうじ》の歌壇《かだん》は、崇徳院中心《すとくいんちゅうしん》だったといわれています。しかし、保元《ほうげん》の乱後《らんご》、讃岐《さぬき》へ流罪《るざい》となりました。

解説

この歌《うた》は、離《はな》れてしまった恋人《こいびと》を思《おも》い詠《よ》んだ歌《うた》です。離《はな》れた二人《ふたり》を川《かわ》の流《なが》れにたとえ、障害《しょうがい》を岩《いわ》にたとえています。離《はな》れてもなお思《おも》い続《つづ》ける、一途《いちず》で情熱的《じょうねつてき》な心《こころ》が伝《つた》わってきます。

語句

はやみ…（流《なが》れが）速《はや》いので。
滝川《たきがわ》…急流《きゅうりゅう》。流《なが》れの激《はげ》しい川《かわ》。
われても…「川《かわ》の水《みず》が二《ふた》つに分《わ》かれる」という意味《いみ》と「二人《ふたり》が離《はな》れ離《ばな》れになる」という二《ふた》つの意味《いみ》を含《ふく》む掛詞《かけことば》。

1119〜1164
鎌倉時代《かまくらじだい》　平安時代《へいあんじだい》　奈良時代《ならじだい》　飛鳥時代《あすかじだい》
1200　1100　1000　900　800　700　600

78

淡路島《あわじしま》 かよふ千鳥《ちどり》の 鳴《な》く声《こえ》に
幾夜《いくよ》寝《ね》ざめぬ 須磨《すま》の関守《せきもり》

覚え方 あわじ(へ)いくよ(!)(淡路《あわじ》へ行《い》くよ!)

出典 金葉和歌集《きんようわかしゅう》

歌の意味

淡路島《あわじしま》から飛《と》んで通《かよ》ってくる千鳥《ちどり》のもの悲《がな》しく鳴《な》く声《こえ》で、幾夜《いくよ》目《め》を覚《さ》ましたことだろうか、この須磨《すま》の関所《せきしょ》の番人《ばんにん》は。

千鳥《ちどり》の群《む》れが飛《と》んでおる
ピー
ピーー
ピッ
ピー
ピッ
ピー
ん…
ピー
ピー
ピッ
千鳥《ちどり》の鳴《な》き声《ごえ》か…
昔《むかし》の「須磨《すま》の関《せき》」の番人《ばんにん》も千鳥《ちどり》の声《こえ》で何度《なんど》も目覚《めざ》めたんだろうか
……
ピー
ピー
ピッ
昼間《ひるま》もさびしいが…
夜《よる》はいっそうさびしく感《かん》じられるな…
ピー

源兼昌《みなもとのかねまさ》

ピ

(生没年未詳《せいぼつねんみしょう》)

美濃《みのの》(現在《げんざい》の岐阜県《ぎふけん》)守《かみ》であった、源俊輔《みなもとのとしすけ》の子《こ》。藤原忠通《ふじわらのただみち》が開《ひら》いた歌合《うたあわせ》などに参加《さんか》し、活躍《かつやく》しました。出世《しゅっせ》には恵《めぐ》まれず、後《のち》に出家《しゅっけ》しています。

解説

この歌《うた》は、作者《さくしゃ》が旅《たび》で須磨《すま》を訪《おとず》れたとき、物悲《ものがな》しく鳴《な》く千鳥《ちどり》の声《こえ》を聞《き》き詠《よ》んだ歌《うた》です。二《ふた》つの歌枕《うたまくら》を使《つか》い、冬《ふゆ》のさびしい様子《ようす》を、須磨《すま》の関守《せきもり》で表現《ひょうげん》しています。当時《とうじ》の関守《せきもり》は、故郷《きょう》の家族《かぞく》と離《はな》れて仕事《しごと》をしていました。その関守《せきもり》を思《おも》い、自分《じぶん》の孤独《こどく》を暗《あん》に重《かさ》ねて詠《よ》んでいます。

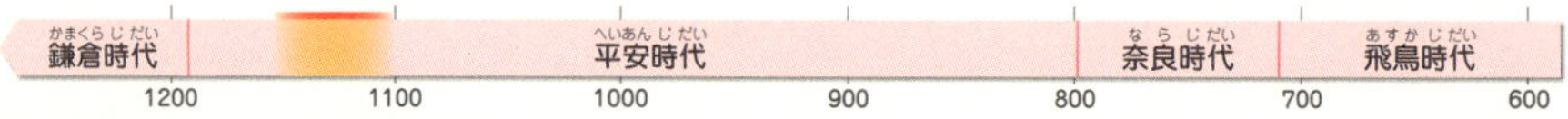
鎌倉時代《かまくらじだい》
平安時代《へいあんじだい》
奈良時代《ならじだい》
飛鳥時代《あすかじだい》
1200
1100
1000
900
800
700
600

語句

かよふ…飛《と》んで通《かよ》ってくる。
寝《ね》ざめぬ…目《め》を覚《さ》ましたことだろうか。
関守《せきもり》…関所《せきしょ》の番人《ばんにん》。古来《こらい》、須磨《すま》には関所《せきしょ》がありましたが、源兼昌《みなもとのかねまさ》が訪《おとず》れた時代《じだい》には、廃止《はいし》されていました。

知っ得

この歌《うた》に歌枕《うたまくら》として詠《よ》まれている須磨《すま》は、自然《しぜん》のながめが清《きよ》らかで美《うつく》しいところとして有名《ゆうめい》です。一方《いっぽう》で、都《みやこ》から遠《とお》く離《はな》れたさびしい地《ち》でもあったようです。『小倉百人一首《おぐらひゃくにんいっしゅ》』十六番《ばん》の歌《うた》を詠《よ》んだ在原行平《ありわらのゆきひら》は、一時期《いちじき》、須磨《すま》に配流《はいる》されていたことがあったといいます。また、五十七番《ばん》の歌《うた》を詠《よ》んだ紫式部《むらさきしきぶ》の代表作《だいひょうさく》『源氏物語《げんじものがたり》』では、主人公《しゅじんこう》の光源氏《ひかるげんじ》が、一時期《いちじき》、都《みやこ》から逃《のが》れて移《うつ》り住《す》んだ地《ち》として須磨《すま》が登場《とうじょう》します。

▲明石海峡《あかしかいきょう》（向《む》こうが淡路島《あわじしま》）

関連事項

歌枕《うたまくら》
歌枕《うたまくら》とは、和歌《わか》の中《なか》に詠《よ》み込《こ》んだ地名《ちめい》のことですが、歌枕《うたまくら》にできる土地《とち》は決まっており、それぞれ連想《れんそう》させるテーマがあり、和歌《わか》の味《あじ》わいをよりいっそう深《ふか》めます。この歌《うた》には二つの歌枕《うたまくら》が使《つか》われています。淡路島《あわじしま》は兵庫県《ひょうごけん》の明石海峡《あかしかいきょう》を渡《わた》ったところにある島《しま》で、須磨《すま》は兵庫県神戸市《ひょうごけんこうべし》にある地名《ちめい》です。淡路島《あわじしま》は『万葉集《まんようしゅう》』の時代《じだい》から数多《かずおお》く詠《よ》まれている歌枕《うたまくら》です。須磨《すま》はさびしげなイメージのある地《ち》として、たびたび歌枕《うたまくら》に用《もち》いられました。また、『源氏物語《げんじものがたり》』須磨《すま》の巻《まき》に登場《とうじょう》する地名《ちめい》です。

千鳥《ちどり》
水辺《みずべ》に住《す》む小型《こがた》の鳥《とり》で、背中《せなか》は青黒《あおぐろ》く、頬《ほほ》と腹《はら》は白色《しろいろ》です。妻《つま》や仲間《なかま》を恋《こい》しがって鳴《な》くといわれており、和歌《わか》では冬《ふゆ》の風物詩《ふうぶつし》として詠《よ》まれています。

79

秋風《あきかぜ》に　たなびく雲《くも》の　絶《た》え間《ま》より
もれ出《い》づる月《つき》の　影《かげ》のさやけさ

覚え方　あきかぜもれいづる（秋風漏《あきかぜも》れ出《い》ずる）

出典　新古今和歌集《しんこきんわかしゅう》

歌の意味

秋風《あきかぜ》に吹《ふ》かれてたなびく雲《くも》のすき間《ま》からもれてくる月《つき》の光《ひかり》の、なんと明《あか》るく澄《す》みきっているることだろう。

左京大夫顕輔《さきょうのだいぶあきすけ》（一〇九〇〜一一五五年《ねん》）

藤原顕輔《ふじわらのあきすけ》。藤原顕季《ふじわらのあきすえ》の子《こ》。藤原清輔《ふじわらのきよすけ》の父《ちち》。歌《うた》や歌学《かがく》の家柄《いえがら》に生《う》まれました。父《ちち》の六条家《ろくじょうけ》を継《つ》いで、格調《かくちょう》のある多《おお》くの歌《うた》を残《のこ》し、歌壇《かだん》で活躍《かつやく》しました。

解説

澄《す》みきった秋《あき》の夜《よる》の様子《ようす》を、素直《すなお》に表現《ひょうげん》した歌《うた》です。月《つき》そのものではなく、雲《くも》の間《あいだ》から時折《ときおり》見《み》える月《つき》を表現《ひょうげん》したことで、射《さ》し込《こ》む光《ひかり》の明《あか》るさが強調《きょうちょう》されています。美《うつく》しい秋《あき》の月《つき》の輝《かがや》きが、目《め》に浮《う》かぶようです。
能楽《のうがく》を大成《たいせい》した世阿弥《ぜあみ》も「秘すれば花《はな》」と言《い》いましたが、隠《かく》すほうが飽《あ》きがこない、少《すこ》し隠《かく》れたほうがいいという美意識《びいしき》です。

1090〜1155

鎌倉時代《かまくらじだい》	平安時代《へいあんじだい》	奈良時代《ならじだい》	飛鳥時代《あすかじだい》

1200　1100　1000　900　800　700　600

語句

絶え間《たま》…すき間《ま》。
月《つき》の影《かげ》…月《つき》の光《ひかり》。月光《げっこう》。「影《かげ》」は「光《ひかり》」のことです。
さやけさ…明《あか》るく澄《す》みきっている様子《ようす》。

知っ得

上《うえ》の「語句《ごく》」でも説明《せつめい》のあるとおり、「影《かげ》」には「光《ひかり》」という意味《いみ》もあります。現代《げんだい》の言葉《ことば》とまったく反対《はんたい》の意味《いみ》ですので、注意《ちゅうい》が必要《ひつよう》です。「日《ひ》の影《かげ》」「月《つき》の影《かげ》」「火《ひ》の影《かげ》」「星《ほし》の影《かげ》」など、それ自体《じたい》が光《ひかり》を発《はっ》しているものの「影《かげ》」であれば、ほぼ「光《ひかり》」という意味《いみ》で用《もち》いられていると思《おも》ってよいでしょう。

関連事項

六条家《ろくじょうけ》（六条藤家《ろくじょうとうけ》）
顕輔《あきすけ》の父《ちち》である藤原顕季《ふじわらのあきすえ》から始《はじ》まる、歌道《かどう》の家系《かけい》。六条家《ろくじょうけ》は、歌道《かどう》の世界《せかい》で活躍《かつやく》し、多《おお》くの功績《こうせき》を残《のこ》しました。

詞花和歌集《しかわかしゅう》
『詞花和歌集《しかわかしゅう》』は、崇徳院《すとくいん》の命《めい》により撰集《せんしゅう》された勅撰和歌集《ちょくせんわかしゅう》です。顕輔《あきすけ》は、この和歌集《わかしゅう》の撰者《せんじゃ》に選《えら》ばれました。保守派《ほしゅは》と革新派《かくしんは》の両方《りょうほう》の歌《うた》を取《と》り入《い》れ、多様《たよう》な歌風《かふう》であるのが特徴《とくちょう》です。

大夫《だいぶ》
作者《さくしゃ》の名前《なまえ》にある「大夫《だいぶ》」とは、役職《やくしょく》の名前《なまえ》です。顕輔《あきすけ》は「省《しょう》」という役所《やくしょ》の下《した》にあった「職《しき》」という役所《やくしょ》に仕《つか》えた職員《しょくいん》でした。

80

長《なが》からむ《ん》　心《こころ》も知《し》らず　黒髪《くろかみ》の　乱《みだ》れて今朝《けさ》は　ものをこそ思《おも》へ《え》

覚え方　ながか(った)けさ(の)はもの(長《なが》かった今朝《けさ》の刃物《はもの》)

出典　千載和歌集《せんざいわかしゅう》

歌の意味

末長《すえなが》く愛《あい》するというあなたの気持《きも》ちは頼《たよ》りになりませんので、お別《わか》れした今朝《けさ》は、乱《みだ》れた黒髪《くろかみ》のように、私《わたし》の心《こころ》も乱《みだ》れ、あれこれ思《おも》い悩《なや》んでしまいますよ。

待賢門院堀河《たいけんもんいんのほりかわ》（生没年未詳《せいぼつねんみしょう》）

崇徳天皇《すとくてんのう》の母《はは》である待《たい》賢門院璋子《けんもんいんしょうし》に仕《つか》えていたので、こう呼《よ》ばれました。優《すぐ》れた歌人《かじん》で、西行法師《さいぎょうほうし》とも親交《しんこう》がありました。

解説

この歌《うた》は、朝《あさ》に帰《かえ》っていった男性《だんせい》から送《おく》られてきた歌《うた》への返歌《へんか》を想定《そうてい》して詠《よ》んでいます。一夫多妻制《いっぷたさいせい》だったなか、「永遠《えいえん》に愛《あい》する」という男性《だんせい》からの言葉《ことば》を信《しん》じることができない、当時《とうじ》の女性《じょせい》のふびんで切《せつ》ない気持《きも》ちが表現《ひょうげん》されています。

語句

長《なが》からむ心《こころ》…末長《すえなが》く愛《あい》するというあなたの気持《きも》ち。

乱《みだ》れて…「黒髪《くろかみ》が乱《みだ》れる」と「心《こころ》が乱《みだ》れる」の二《ふた》つの意味《いみ》を含《ふく》んでいます。

鎌倉時代《かまくらじだい》　平安時代《へいあんじだい》　奈良時代《ならじだい》　飛鳥時代《あすかじだい》

1200　1100　1000　900　800　700　600

豆知識

小倉《おぐら》百人《ひゃくにん》一首《いっしゅ》に詠《よ》まれた植物《しょくぶつ》

白菊《しらぎく》 29

「白菊《しらぎく》」は、着物《きもの》の色《いろ》の組《く》み合《あ》わせの名前《なまえ》にもなっています。菊《きく》という名前《なまえ》の由来《ゆらい》は黄色《きいろ》の花《はな》だといわれますが、日本《にほん》では、古《ふる》くから白《しろ》い菊《きく》が愛《あい》されてきました。

紅葉《もみじ》 5 24 26 32 69

紅葉《もみじ》は、桜《さくら》・月《つき》・雪《ゆき》などとならんで、最《もっと》も重要《じゅうよう》な和歌《わか》の題材《だいざい》の一《ひと》つでした。

桜《さくら》 9 33 61 66 73 96

桜《さくら》は、はなやかに短《みじか》くさいて、はかなく散《ち》っていくすがたが、日本的《にほんてき》な美《び》の象徴《しょうちょう》として古《ふる》くから愛《あい》されてきました。「花《はな》」といえば、それは桜《さくら》を指《さ》すということからもわかるように、日本人《にほんじん》にとって、桜《さくら》は花《はな》の中《なか》の花《はな》だったのです。

むぐら 47

手入《てい》れの行《ゆ》き届《とど》かない庭《にわ》に生《は》えるむぐらは、人《ひと》が来《こ》なくなって荒《あ》れ果《は》ててしまった家《いえ》のようすを表現《ひょうげん》したり、その家《いえ》の貧《まず》しさを表現《ひょうげん》したりするのに用《もち》いられました。

さしも草《ぐさ》 51

よもぎの別名《べつめい》です。もぐさの原料《げんりょう》になる「さしも草《ぐさ》」は、名産地《めいさんち》の「伊吹《いぶき》」に続《つづ》けて使《つか》うことが多《おお》く、音《おと》の同《おな》じ「さしも」という言葉《ことば》を導《みちび》くことが多《おお》いです。

葦《あし》 19 88

葦《あし》は、すだれの材料《ざいりょう》になったり、屋根《やね》をふくのに使《つか》ったりと、人々《ひとびと》の生活《せいかつ》に役立《やくだ》ってきました。

覚えられた？

61〜80

次の上の句と合う下の句を下から探して、——で結びましょう。

61 いにしえの ならのみやこの やえざくら

63 いまはただ おもいたえなん とばかりを

73 たかさごの おのえのさくら さきにけり

65 うらみわび ほさぬそでだに あるものを

79 あきかぜに たなびくくもの たえまより

A ひとづてならで いうよしもがな

B とやまのかすみ たたずもあらなん

C きょうここのえに においぬるかな

D もれいずるつきの かげのさやけさ

E こいにくちなん なこそおしけれ

---

80 ながからん こころもしらず くろかみの

77 せをはやみ いわにせかるる たきがわの

76 わたのはら こぎいでてみれば ひさかたの

62 よをこめて とりのそらねは はかるとも

64 あさぼらけ うじのかわぎり たえだえに

A みだれてけさは ものをこそおもえ

B くもいにまごう おきつしらなみ

C よにおうさかの せきはゆるさじ

D あらわれわたる せぜのあじろぎ

E われてもすえに あわんとぞおもう

135ページの答え 66-B 69-E 68-A 67-D 70-C／71-E 78-C 75-D 74-A 72-B

66 もろともに あわれとおもえ やまざくら

69 あらしふく みむろのやまの もみじばは

68 こころにも あらでうきよに ながらえば

67 はるのよの ゆめばかりなる たまくらに

70 さびしさに やどをたちいでて ながむれば

A こいしかるべき よわのつきかな

B はなよりほかに しるひともなし

C いずこもおなじ あきのゆうぐれ

D かいなくたたん なこそおしけれ

E たつたのかわの にしきなりけり

71 ゆうされば かどたのいなば おとずれて

78 あわじしま かようちどりの なくこえに

75 ちぎりおきし させもがつゆを いのちにて

74 うかりける ひとをはつせの やまおろしよ

72 おとにきく たかしのはまの あだなみは

A はげしかれとは いのらぬものを

B かけじやそでの ぬれもこそすれ

C いくよねざめぬ すまのせきもり

D あわれことしの あきもいぬめり

E あしのまろやに あきかぜぞふく

134ページの答え 61-C 63-A 73-B 65-E 79-D／80-A 77-E 76-B 62-C 64-D

81

**ほととぎす　鳴《な》きつる方《かた》を　ながむれば
ただ有明《ありあ》けの　月《つき》ぞ残《のこ》れる**

覚え方　ほととぎす（は）ただあり（ホトトギスはただあり）

出典　千載和歌集《せんざいわかしゅう》

歌の意味

ほととぎすが鳴《な》いたと思《おも》ってそちらの方《ほう》を眺《なが》めると、（ほととぎすはもういず、）ただ夜《よ》明《あ》けの月《つき》だけがひっそりと残《のこ》っているよ。

後徳大寺左大臣《ごとくだいじのさだいじん》

（一一三九〜一一九一年《ねん》）

藤原実定《ふじわらのさねさだ》。『小倉百人一首《おぐらひゃくにんいっしゅ》』の撰者《せんじゃ》である藤原定家《ふじわらのていか》のいとこ。漢詩《かんし》・文学《ぶんがく》・音楽《おんがく》と多才《たさい》で、特《とく》に和歌《わか》に優《すぐ》れていました。晩年《ばんねん》は政治《せいじ》の場《ば》で活躍《かつやく》したようです。

解説

当時《とうじ》、明《あ》け方《がた》に鳴《な》くほととぎすの鳴《な》き声《ごえ》を聞《き》いて、歌《うた》を詠《よ》むのがはやっていました。ほととぎすの鳴《な》き声《ごえ》と有明《ありあ》けの月《つき》。これは、初夏《しょか》を聴覚《ちょうかく》と視覚《しかく》の両方《りょうほう》から表現《ひょうげん》した、風光明媚《ふうこうめいび》な（情景《じょうけい》の美《うつく》しい）一首《しゅ》です。

語句

ほととぎす…初夏《しょか》を代表《だいひょう》する鳥《とり》で、古来《こらい》、詩歌《しいか》にも多《おお》く詠《よ》まれている。

有明《ありあ》けの月《つき》…夜明《よあ》けの空《そら》に見《み》える月《つき》。

1139~1191

鎌倉時代《かまくらじだい》　平安時代《へいあんじだい》　奈良時代《ならじだい》　飛鳥時代《あすかじだい》

1200　1100　1000　900　800　700　600

82 思《おも》ひ《い》わび　さても命《いのち》は　あるものを　憂《う》きにたへ《え》ぬは　涙《なみだ》なりけり

覚え方 おもいはなみ（重《おも》い花見《はなみ》）

出典 千載和歌集《せんざいわかしゅう》

歌の意味

恋《こい》に思《おも》い嘆《なげ》いても、それでも命《いのち》はあるのに、つらさに耐《た》えきれないのは、涙《なみだ》なのだなあ。

・・・
はぁぁぁぁ…
どうして…
あの人《ひと》はふり向《む》いてくれないのだ…
くぅぅ
くぅぅ
くぅぅ
くぅぅぅ
辛《つら》い思《おも》いを抱《かか》えたままこの歳《とし》まで生《い》きてきた…
それでも涙《なみだ》だけは今《いま》でも流《なが》れるのだ…
ポロ
ポロ

道因法師《どういんほうし》（一〇九〇〜？年《ねん》）

出家前《しゅっけまえ》の名前《なまえ》は藤原敦頼《ふじわらのあつより》。詳《くわ》しい没年《ぼつねん》はわかっていません。和歌《わか》に対《たい》して向上心《こうじょうしん》が強《つよ》く、七、八十歳《さい》になっても秀歌《しゅうか》が詠《よ》めるよう毎月神社《まいつきじんじゃ》にお参《まい》りし、九十歳《さい》になっても歌合《うたあわせ》に参加《さんか》したという記録《きろく》が残《のこ》されています。

解説

この歌《うた》は、恋人《こいびと》が冷《つめ》たいことを嘆《なげ》き、詠《よ》んだ歌《うた》です。このつらさに「命《いのち》」はかろうじて耐《た》えているけれど、「涙《なみだ》」だけは耐《た》えきれず流《なが》れ落《お》ちてきます。「命《いのち》」と「涙《なみだ》」を対比《たいひ》させ、つれない恋人《こいびと》に必死《ひっし》で訴《うった》えかける様子《ようす》が伝《つた》わってきます。

語句

思《おも》ひわび…思《おも》い嘆《なげ》いても。
さても…それでも。
憂《う》きに…つらさに。

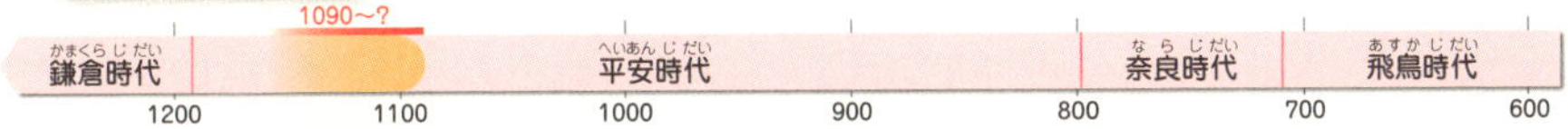
1090〜?
鎌倉時代《かまくらじだい》
平安時代《へいあんじだい》
奈良時代《ならじだい》
飛鳥時代《あすかじだい》
1200
1100
1000
900
800
700
600

83

世《よ》の中《なか》よ　道《みち》こそなけれ　思《おも》ひ入《い》る
山《やま》の奥《おく》にも　鹿《しか》ぞ鳴《な》くなる

覚え方　よのなかよなくなる（世《よ》の中《なか》よ無《な》くなる）

出典　千載和歌集《せんざいわかしゅう》

歌の意味

世間《せけん》とは、（つらさから逃《のが》れる）方法《ほうほう》はないのだなあ。つらさから逃《のが》れようと思《おも》いつめて、入《はい》った山《やま》の奥《おく》でさえも（悲《かな》しみに耐《た》えているのか）鹿《しか》が鳴《な》いているようだよ。

……
世《よ》の中《なか》は、つらいことばかりだ
出家《しゅっけ》して僧《そう》になろう…
キュウウーン
キュウウーン
鹿《しか》が鳴《な》いている…
どこに行《い》こうが…
つらいことや悲《かな》しいことはあるものだな…
キュウウウン…
くる
家族《かぞく》のもとへ帰《かえ》ろう…

皇太后宮大夫俊成《こうたいこうぐうのだいぶしゅんぜい》

（一一一四〜一二〇四年《ねん》）

藤原定家《ふじわらのていか》の父《ちち》。『千載和歌集《せんざいわかしゅう》』の撰者《せんじゃ》。若《わか》い頃《ころ》より和歌《わか》に優《すぐ》れ、自《みずか》ら確立《かくりつ》した「幽玄《ゆうげん》」の理念《りねん》のもとに多《おお》くの歌合《うたあわせ》の判者《はんじゃ》なども務《つと》めた、中世歌壇《ちゅうせいかだん》の代表的人物《だいひょうてきじんぶつ》です。

解説

王朝末期《おうちょうまっき》、藤原家《ふじわらけ》にとっていい時代《じだい》ではありませんでした。作者《さくしゃ》がまだ若《わか》いときに詠《よ》んだ歌《うた》ですが、生《い》きている限《かぎ》り、つらい運命《うんめい》から逃《のが》れることができないということを悟《さと》ったような印象《いんしょう》を受《う》ける一首《しゅ》です。

語句

思《おも》ひ入《い》る…「思《おも》いつめる」と「山《やま》の奥《おく》に入《はい》る」の二《ふた》つの意味《いみ》を含《ふく》む掛詞《かけことば》。

山《やま》の奥《おく》にも…（人里《ひとざと》だけでなく）山《やま》の奥《おく》でさえも。

1114〜1204
鎌倉時代《かまくらじだい》｜平安時代《へいあんじだい》｜奈良時代《ならじだい》｜飛鳥時代《あすかじだい》
1200　1100　1000　900　800　700　600

84

長《なが》らへ《え》ば またこのごろや しのばれむ《ん》 憂《う》しと見《み》し世《よ》ぞ 今《いま》は恋《こい》しき

覚え方 ながらうし(ながら牛《うし》)

出典 新古今和歌集《しんこきんわかしゅう》

歌の意味

生《い》きながらえていたら、またいつかこのごろのことが懐《なつ》かしく思《おも》い出《だ》されるのだろうか。つらいと思《おも》っていた昔《むかし》のことも、今《いま》となっては恋《こい》しく思《おも》われるのだから。

藤原清輔朝臣《ふじわらのきよすけあそん》（一一〇四～一一七七年《ねん》）

藤原顕輔《ふじわらのあきすけ》の子《こ》。六条家《ろくじょうけ》（七十九番参照《ばんさんしょう》）の歌学《かがく》を受《う》け継《つ》ぎ、政治《せいじ》・歌壇《かだん》の場《ば》で活躍《かつやく》しましたが、父親《ちちおや》との間《あいだ》に確執《かくしつ》があり、恵《めぐ》まれない時代《じだい》が長《なが》かったようです。

解説

この歌《うた》は、つらい現実《げんじつ》を慰《なぐさ》め、少《すこ》しでも前向《まえむ》きになろうとする作者《さくしゃ》の気持《きも》ちが詠《よ》まれています。父親《ちちおや》との確執《かくしつ》など、恵《めぐ》まれない時代《じだい》が長《なが》かった作者《さくしゃ》の境遇《きょうぐう》をふまえて味《あじ》わうと、この歌《うた》の意味《いみ》をより深《ふか》く理解《りかい》することができるでしょう。

語句

長《なが》らへば…生《い》きながらえていたら。
しのばれむ…懐《なつ》かしく思《おも》い出《だ》されるのだろうか。
憂《う》しと見《み》し世《よ》…つらいと思《おも》っていた昔《むかし》。

1104~1177
鎌倉時代《かまくらじだい》　平安時代《へいあんじだい》　奈良時代《ならじだい》　飛鳥時代《あすかじだい》
1200　1100　1000　900　800　700　600

85

夜《よ》もすがら　物思《ものおも》ふ《う》ころは　明《あ》けやらで
閨《ねや》のひまさへ《え》　つれなかりけり

覚え方　よもひまさ（夜《よ》も暇《ひま》さ）

出典　千載和歌集《せんざいわかしゅう》

歌の意味

一晩中《ひとばんじゅう》、恋《こい》の物思《ものおも》いに悩《なや》んでいるこの頃《ごろ》は夜《よる》もなかなか明《あ》けないので、寝室《しんしつ》の戸《と》のすき間《ま》までもが（光《ひかり》が差《さ》し込《こ》まず）冷《つめ》たく感《かん》じられることだ。

俊恵法師《しゅんえほうし》

（一一一三〜？年《ねん》）

源経信《みなもとつねのぶ》の孫《まご》で、源俊頼《みなもとしより》の子《こ》。優《すぐ》れた歌人《かじん》で、特《とく》に四十歳頃《さいごろ》から意欲的《いよくてき》に活動《かつどう》し、多《おお》くの歌《うた》を残《のこ》したといわれています。

解説

この歌《うた》は、男性《だんせい》である作者《さくしゃ》が女性《じょせい》の立場《たちば》になって詠《よ》んだ歌《うた》だといわれています。幾晩《いくばん》も訪《おとず》れてこない恋人《こいびと》を思《おも》い、ひとりで過《す》ごす夜《よる》の長《なが》さは計《はか》り知《し》れず、待《ま》つしかない当時《とうじ》の女性《じょせい》のつらい境遇《きょうぐう》が表現《ひょうげん》されています。

語句

夜《よ》もすがら…一晩中《ひとばんじゅう》。
閨《ねや》のひま…寝室《しんしつ》の戸《と》のすき間《ま》。
つれなかりけり…冷《つめ》たく感《かん》じられることだ。思《おも》いやりのないことだ。

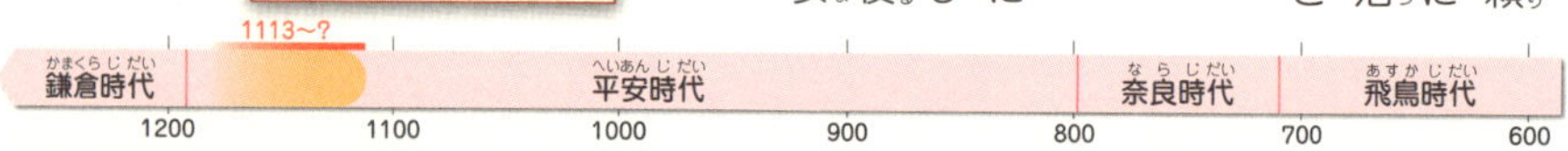

86

嘆《なげ》けとて　月《つき》やは物《もの》を　思《おも》はする
かこち顔《がお》なる　わが《わ》涙《なみだ》かな

覚え方　なげけかこ（を）（嘆《なげ》け過去《かこ》を）

出典　千載和歌集《せんざいわかしゅう》

歌の意味

嘆《なげ》けといって月《つき》は物思《ものおも》いをさせるのだろうか。いや、そうではない。恋《こい》のためなのだが、いかにも月《つき》がそうさせているかのようにこぼれ落《お》ちる、私《わたし》の涙《なみだ》であるよ。

ブツ
ブツ
ブツ
ブツ
ブツ
月《つき》が私《わたし》に泣《な》きなさいと言《い》っている
いいや自分《じぶん》で勝手《かって》に泣《な》いていただけだ
…

西行法師《さいぎょうほうし》

（一一一八～一一九〇年《ねん》）

出家《しゅっけ》前《まえ》の名前《なまえ》は佐藤義清《さとうのりきよ》。鳥羽上皇《とばじょうこう》に仕《つか》えて御所《ごしょ》の北側《きたがわ》を守《まも》る武士《ぶし》になりましたが、その後突然《ごとつぜん》出家《しゅっけ》し、西行《さいぎょう》と名乗《なの》りました。出家後各地《しゅっけごかくち》を旅《たび》した歌《うた》が多《おお》く残《のこ》されており、松尾芭蕉《まつおばしょう》などの後世《こうせい》の文人《ぶんじん》に大《おお》きな影響《えいきょう》を与《あた》えました。

解説

この歌《うた》は、月《つき》を擬人化《ぎじんか》し、自分《じぶん》に反問《はんもん》する形《かたち》で、恋《こい》のつらさを表現《ひょうげん》しています。家族《かぞく》の反対《はんたい》を押《お》しきり突然出家《とつぜんしゅっけ》した西行《さいぎょう》。許《ゆる》されざる恋《こい》が原因《げんいん》かともいわれています。僧《そう》の身《み》ながら恋《こい》の歌《うた》を多《おお》く残《のこ》した作者《さくしゃ》の心《こころ》の奥《おく》が伝《つた》わってくるような一首《しゅ》です。

語句

やは…「～だろうか、いやそうではない。」という反語《はんご》を表《あらわ》す言葉《ことば》。

かこち顔《がお》…他《ほか》のせいにするような。（月《つき》が）そうさせているかのように。

1118～1190

鎌倉時代《かまくらじだい》　平安時代《へいあんじだい》　奈良時代《ならじだい》　飛鳥時代《あすかじだい》

1200　1100　1000　900　800　700　600

87

村雨《むらさめ》の　露《つゆ》もまだ干《ひ》ぬ　槙《まき》の葉《は》に　霧立《きりた》ちのぼる　秋《あき》の夕暮《ゆうぐ》れ

覚え方　むら（の）きり（村《むら》の霧《きり》）

出典　新古今和歌集《しんこきんわかしゅう》

歌の意味

にわか雨《あめ》の露《つゆ》もまだ乾《かわ》ききっていない杉《すぎ》やひのきなどの葉《は》に、霧《きり》が立《た》ちのぼってきた秋《あき》の夕暮《ゆうぐ》れであるよ。

ホッ
止《や》んでよかった♪
霧《きり》が立《た》ちこめてきた
まだ木々《きぎ》の葉《は》が乾《かわ》かないうちに
秋《あき》の夕暮《ゆうぐ》れは悲《かな》しいものだなぁ…

寂蓮法師《じゃくれんほうし》（一一三九？〜一二〇二年《ねん》）

出家前《しゅっけまえ》の名前《なまえ》は藤原定長《ふじわらのさだなが》。幼《おさな》い頃《ころ》に藤原俊成《ふじわらのしゅんぜい》の養子《ようし》となりましたが、その後《ご》、俊成《しゅんぜい》に子供《こども》（藤原定家《ふじわらのていか》）が生《う》まれたのを機《き》に出家《しゅっけ》し、寂蓮《じゃくれん》と名乗《なの》りました。

解説

秋《あき》といえば紅葉《もみじ》を詠《よ》むことが多《おお》い中《なか》、作者《さくしゃ》は一年中青々《いちねんじゅうあおあお》とした常緑樹《じょうりょくじゅ》に注目《ちゅうもく》し、雨上《あめあ》がりの一瞬《いっしゅん》と合《あ》わせて詠みました。色彩鮮《しきさいあざ》やかな印象深《いんしょうぶか》い一首《しゅ》です。時間《じかん》とともに対象《たいしょう》を雨《あめ》、露《つゆ》、霧《きり》と変化《へんか》させ、美《うつく》しくもさびしげな雨上《あめあ》がりの風景《ふうけい》を、見事《みごと》に表現《ひょうげん》しています。

上《かみ》の句《く》では近景《きんけい》に焦点《しょうてん》を合《あ》わせ、下《しも》の句《く》では遠景《えんけい》に焦点《しょうてん》を合《あ》わせた構成《こうせい》になっており、すべてが最後《さいご》の「秋《あき》の夕暮《ゆうぐ》れ」にまとまっていきます。

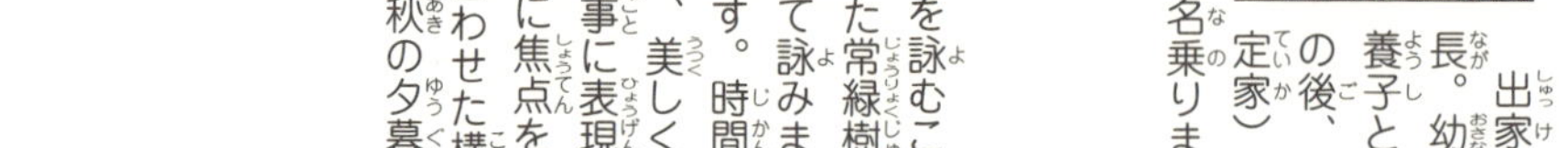
1139？〜1202
鎌倉時代《かまくらじだい》
平安時代《へいあんじだい》
奈良時代《ならじだい》
飛鳥時代《あすかじだい》
1200
1100
1000
900
800
700
600

語句

村雨《むらさめ》…にわか雨《あめ》。秋《あき》から冬《ふゆ》にかけて降《ふ》る、断続的《だんぞくてき》な激《はげ》しい雨《あめ》。

干《ひ》**ぬ**…乾《かわ》ききっていない。

槙《まき》…杉《すぎ》やひのきなどの常緑樹《じょうりょくじゅ》。

霧《きり》…細《こま》かい水滴《すいてき》が煙《けむり》のように集《あつ》まり、辺《あた》りが白《しろ》く見《み》える現象《げんしょう》。春《はる》は「霞《かすみ》」と表現《ひょうげん》します。

知っ得

この歌《うた》を詠《よ》んだ寂蓮法師《じゃくれんほうし》は、人物《じんぶつ》紹介《しょうかい》にもあるように、出家前《しゅっけまえ》の名前《なまえ》は藤原定長《ふじわらのさだなが》といい、後白河天皇《ごしらかわてんのう》の時代《じだい》には役《やく》人《にん》として仕《つか》えていました。出家《しゅっけ》したあとは、日本各地《にほんかくち》を転々《てんてん》としながら活躍《かつやく》したといわれています。歌人《かじん》としては後鳥羽院《ごとばいん》の頃《ころ》の中《ちゅう》心人物《しんじんぶつ》の一人《ひとり》であり、「関連事項《かんれんじこう》」にもあるとおり、『新古今和歌集《しんこきんわかしゅう》』の撰者《せんじゃ》の一人《ひとり》でした。

関連事項

新古今和歌集《しんこきんわかしゅう》

後鳥羽院《ごとばいん》の命《めい》をうけて作《つく》られた勅撰和歌集《ちょくせんわかしゅう》。寂蓮《じゃくれん》も撰者《せんじゃ》の一人《ひとり》でしたが、完成前《かんせいまえ》に亡《な》くなりました。

三夕《さんせき》**の歌**《うた》

『新古今和歌集《しんこきんわかしゅう》』での、寂蓮《じゃくれん》、西行法師《さいぎょうほうし》、藤原定家《ふじわらのていか》三人《にん》の、秋《あき》の夕暮《ゆうぐ》れを詠《よ》んだ三首《しゅ》は「三夕《さんせき》の歌《うた》」と呼《よ》ばれ、名歌《めいか》として知《し》られています。三首《しゅ》とも三句目《くめ》の末《まつ》が「けり」で、結句《けっく》が「秋《あき》の夕暮《ゆうぐ》れ」の体言止《たいげんど》めで終《お》わっているのが特徴《とくちょう》です。

・寂《さび》しさはその色《いろ》としもなかりけり槙立《まきた》つ山《やま》の秋《あき》の夕暮《ゆうぐ》れ…寂蓮法師《じゃくれんほうし》
・心《こころ》なき身《み》にもあはれは知《し》られけり鴫立《しぎた》つ沢《さわ》の秋《あき》の夕暮《ゆうぐ》れ…西行法師《さいぎょうほうし》
・見渡《みわた》せば花《はな》も紅葉《もみじ》もなかりけり浦《うら》の苫屋《とまや》の秋《あき》の夕暮《ゆうぐ》れ…藤原定家《ふじわらのていか》

88

難波江《なにわえ》の　葦《あし》のかりねの　ひとよゆゑ《え》　みをつくしてや　恋《こ》ひ《い》わたるべき

覚え方　なにわへのいわた（難波《なにわ》への岩田《いわた》）

出典　千載和歌集《せんざいわかしゅう》

歌の意味

難波《なにわ》の入《い》り江《え》の葦《あし》の刈《か》り根《ね》の一節《ひとふし》のように短《みじか》い旅《たび》の仮寝《かりね》の一夜《いちや》を過《す》ごしたがために、これから先《さき》わが身《み》をつくし、一生恋《いっしょうこい》し続《つづ》けることになるのでしょうか。

皇嘉門院別当《こうかもんいんのべっとう》（生没年未詳《せいぼつねんみしょう》）

第《だい》七十五代《だい》崇徳天皇《すとくてんのう》の皇后《こうごう》である皇嘉門院《こうかもんいん》に仕《つか》えていたため、こう呼《よ》ばれました。詳《くわ》しい生涯《しょうがい》はわかっていませんが、後《のち》に尼《あま》になったと伝《つた》えられています。

解説

貿易港《ぼうえきこう》があった難波《なにわ》という土地《とち》は、旅人《たびびと》を連想《れんそう》させます。その旅人《たびびと》との一夜限《いちやかぎ》りの短《みじか》い仮寝《かりね》が、一生《いっしょう》を費《つい》やすほどの恋《こい》となったことを悲《かな》しんでいるのです。縁語《えんご》や掛語《かけことば》など多《おお》くの技巧《ぎこう》をこらし、切《せつ》ない女心《おんなごころ》を表現《ひょうげん》しています。

語句

かりね…「刈《か》り根《ね》」と「仮寝《かりね》」の二《ふた》つの意味《いみ》を含《ふく》む掛詞《かけことば》。

ひとよ…「（刈《か》り根《ね》の）一節《ひとよ》」と「（仮寝《かりね》の）一夜《ひとよ》」の二《ふた》つの意味《いみ》を含《ふく》む掛詞《かけことば》。

みをつくし…二十番《にじゅうばん》参照《さんしょう》。

飛鳥時代《あすかじだい》　奈良時代《ならじだい》　平安時代《へいあんじだい》　鎌倉時代《かまくらじだい》

600　700　800　900　1000　1100　1200

89

玉《たま》の緒《お》よ　絶《た》えなば絶《た》えね　ながらへ《え》ば　忍《しの》ぶることの　弱《よわ》りもぞする

覚え方　たまのふる（玉《たま》の降《ふ》る）

出典　新古今和歌集《しんこきんわかしゅう》

歌の意味

私《わたし》の命《いのち》よ。絶《た》えるのなら絶《た》えてしまっておくれ。生《い》きながらえたなら、私《わたし》のこの恋《こい》を忍《しの》ぶことができなくなって（人《ひと》に知《し》られて）しまうかもしれないから。

式子内親王《しょくしないしんのう》（一一四九～一二〇一年《ねん》）

第七十七代後白河天皇《だいしちじゅうななだいごしらかわてんのう》の皇女《こうじょ》。和歌《わか》に熱心《ねっしん》に取《と》り組《く》み、藤原俊成《ふじわらのしゅんぜい》に歌《うた》の指導《しどう》を受《う》けていたといわれています。賀茂斎院《かものさいいん》（未《み》婚《こん》の皇女《こうじょ》から選《えら》ばれる）として生涯独身《しょうがいどくしん》で、晩年《ばんねん》に出家《しゅっけ》しました。

解説

忍《しの》ぶ恋《こい》のつらさを詠《よ》んだ歌《うた》です。生涯独身《しょうがいどくしん》であったという作者《さくしゃ》の背景《はいけい》をふまえると、伝《つた》えることのできない恋心《こいごころ》ゆえ絶命《ぜつめい》をも願《ねが》う、激《はげ》しくも切《せつ》ない作者《さくしゃ》の気持《きも》ちが、よりいっそう伝《つた》わってくるようです。

語句

玉《たま》の緒《お》…命《いのち》のこと。「緒《お》」は「絶《た》え」「ながらへ」「弱《よわ》り」を連想《れんそう》させる縁語《えんご》です。

ながらへば…生《い》きながらえたなら。

1149～1201
鎌倉時代《かまくらじだい》　平安時代《へいあんじだい》　奈良時代《ならじだい》　飛鳥時代《あすかじだい》
1200　1100　1000　900　800　700　600

90

見《み》せばやな　雄島《おじま》のあまの　袖《そで》だにも　ぬれにぞぬれし　色《いろ》は変《か》は《わ》らず

覚え方　みせかわらず（店《みせ》変《か》わらず）

出典　千載和歌集《せんざいわかしゅう》

歌の意味

（血《ち》の涙《なみだ》で色《いろ》変《が》わりしてしまった、私《わたし》の袖《そで》を）見《み》せたいものですよ。雄島《おじま》の漁師《りょうし》の袖《そで》でさえも波《なみ》にひどくぬれたけれども、色《いろ》は変《か》わらなかったのに。

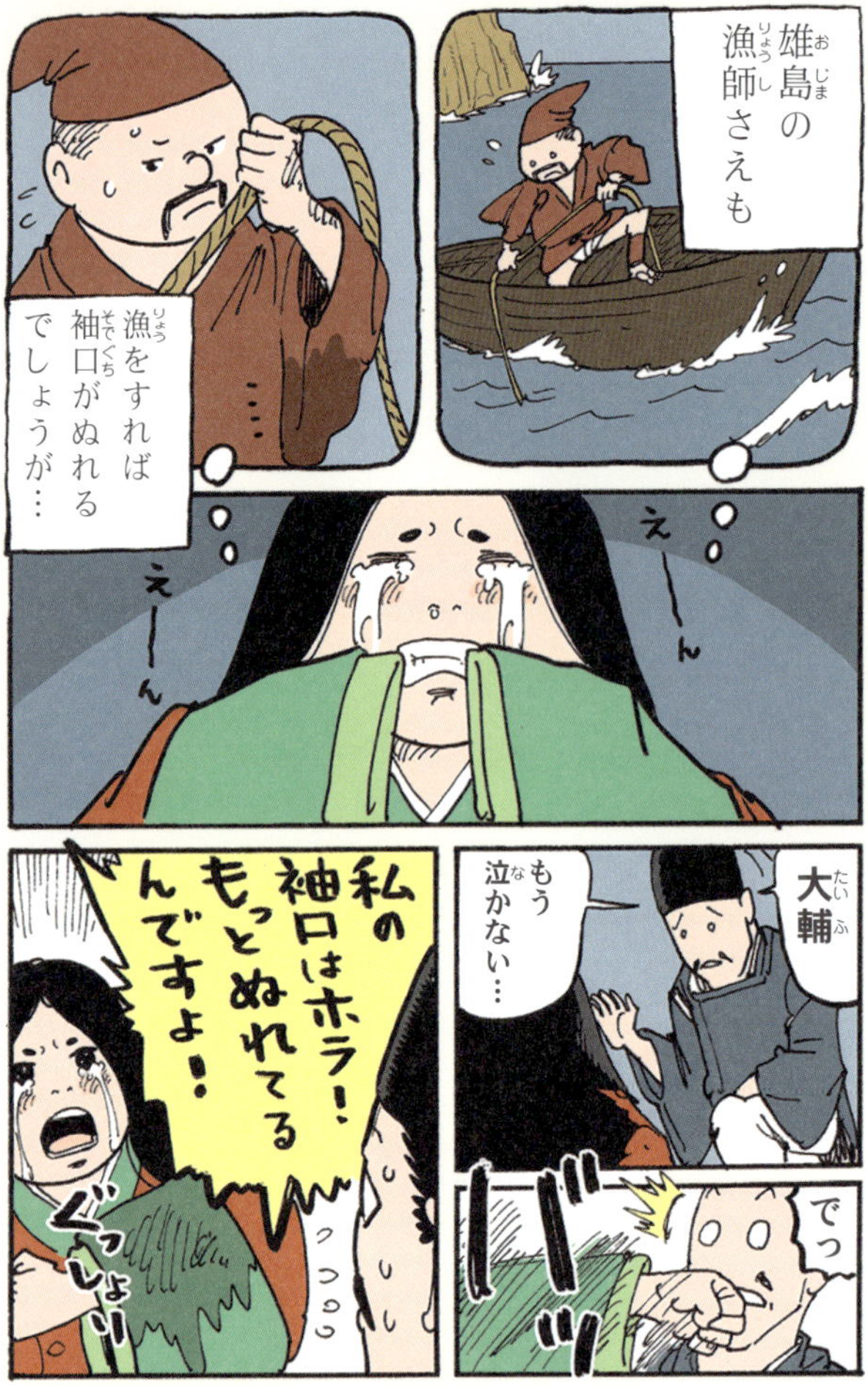

殷富門院大輔《いんぷもんいんのたいふ》（生没年未詳《せいぼつねんみしょう》）

第《だい》七十七代後白河天皇《ごしらかわてんのう》の皇女亮子内親王《こうじょりょうしないしんのう》（式子《しょくし》内親王《ないしんのう》の姉《あね》）に女房《にょうぼう》として仕《つか》えたので、こう呼《よ》ばれました。大輔《たいふ》は役職《やくしょく》の名前《なまえ》。優《すぐ》れた歌人《かじん》で多《おお》くの歌《うた》が和歌集《わかしゅう》に選《えら》ばれています。

解説

この歌《うた》は、源重之《みなもとのしげゆき》の和歌《わか》の、本歌取《ほんかど》りの歌《うた》です。つらい恋心《こいごころ》を相手《あいて》に訴《うった》える、返歌《へんか》の形《かたち》を想定《そうてい》して詠《よ》まれました。恋《こい》のつらさを表現《ひょうげん》する「血《ち》の涙《なみだ》」を使《つか》って、本歌《ほんか》の上《うえ》をいく、技巧《ぎこう》にたけた一首《しゅ》に仕上《しあ》がっています。

語句

見《み》せばやな…見《み》せたいものです。
雄島《おじま》…宮城県《みやぎけん》の島《しま》の一《ひと》つ。
あま…漁師《りょうし》。
だにも…〜でさえも。

鎌倉時代《かまくらじだい》　平安時代《へいあんじだい》　奈良時代《ならじだい》　飛鳥時代《あすかじだい》
1200　1100　1000　900　800　700　600

91 きりぎりす 鳴《な》くや霜《しも》夜《よ》の さむしろに 衣《ころも》かたしき ひとりかも寝《ね》む《ん》

覚え方 きりぎりす（の）ころもかたし（キリギリスの衣硬《ころもかた》し）

出典 新古今和歌集《しんこきんわかしゅう》

歌の意味
こおろぎが鳴《な》く、この霜《しも》が降《お》りる夜《よる》の寒々《さむざむ》としたむしろの上《うえ》に、自分《じぶん》の着物《きもの》の片袖《かたそで》を敷《し》いて、ひとりさびしく寝《ね》るのかなあ。

後京極摂政前太政大臣《ごきょうごくせっしょうさきのだいじょうだいじん》

（一一六九～一二〇六年《ねん》）

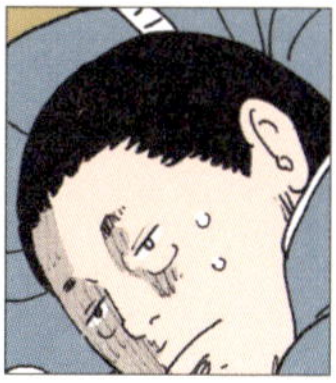

藤原良経《ふじわらのよしつね》。藤原忠通《ふじわらのただみち》の孫《まご》で、慈円《じえん》の甥《おい》。最高級《さいこうきゅう》の貴族《きぞく》として生《う》まれたことを生《い》かし、和歌《わか》の発展《はってん》に大《おお》きく貢献《こうけん》しました。また、和歌《わか》だけでなく、漢詩《かんし》、書道《しょどう》、さらには政治《せいじ》の場《ば》でも幅広《はばひろ》く活躍《かつやく》した人物《じんぶつ》です。

解説

ひとりで過《す》ごすさびしい晩秋《ばんしゅう》の夜《よる》を詠《よ》んだ歌《うた》です。名門貴族《めいもんきぞく》に生《う》まれた作者《さくしゃ》ですが、庶民《しょみん》の生活《せいかつ》も思《おも》い浮《う》かべることができる心《こころ》の持《も》ち主《ぬし》だったことに注目《ちゅうもく》しましょう。

語句

きりぎりす…今《いま》の「こおろぎ」のこと。
さむしろ…粗末《そまつ》な敷物《しきもの》。むしろ。「寒《さむ》し」という意味《いみ》を含《ふく》む掛詞《かけことば》。
衣《ころも》かたしき…自分《じぶん》の着物《きもの》の片袖《かたそで》を敷《し》いて、着物《きもの》を着《き》たまま寝《ね》ること。

1169～1206
鎌倉時代《かまくらじだい》 平安時代《へいあんじだい》 奈良時代《ならじだい》 飛鳥時代《あすかじだい》
1200 1100 1000 900 800 700 600

92

わが袖《そで》は 潮干《しおひ》に見《み》えぬ 沖《おき》の石《いし》の 人《ひと》こそ知《し》らね 乾《かわ》く間《ま》もなし

覚え方 わがそでかわく（わが袖乾《そでかわ》く）

出典 千載和歌集《せんざいわかしゅう》

歌の意味

私《わたし》の袖《そで》は、引《ひ》き潮《しお》のときでさえ見《み》えない海中《かいちゅう》の濡《ぬ》れた石《いし》のように、あの人《ひと》は気《き》づかないけれど、（あの人《ひと》を思《おも》う恋《こい》の）涙《なみだ》で乾《かわ》く間《ま》もないほどです。

ザザーン
この浜《はま》には石《いし》がありませんね
きっと―
人《ひと》には見《み》えない深《ふか》いところにぬれたままの石《いし》があるはず
まるで人《ひと》知《し》れずいつも涙《なみだ》でぬれている私《わたし》の袖《そで》のように

二条院讃岐《にじょういんのさぬき》

（一一四一？～一二一七？年《ねん》）

第《だい》七十八代《だい》二条天皇《にじょうてんのう》に仕《つか》えたことから、こう呼《よ》ばれました。二条天皇《にじょうてんのう》の崩御《ほうぎょ》後《ご》は、後鳥羽院《ごとばいん》の中宮《ちゅうぐう》に仕《つか》え、後《のち》に出家《しゅっけ》しました。この時代《じだい》の一流《いちりゅう》女流歌人《じょりゅうかじん》と称《しょう》された、優《すぐ》れた歌人《かじん》です。

解説

この歌《うた》は、「石《いし》に寄《よ》する恋《こい》」という題《だい》で詠《よ》まれた歌《うた》です。「海中《かいちゅう》にあり見《み》えない石《いし》」をテーマにした和歌《わか》は当時《とうじ》とても新《あたら》しく、注目《ちゅうもく》されました。海中《かいちゅう》に沈《しず》み、乾《かわ》くことのない石《いし》（沖《おき》の石《いし》）を自分《じぶん》の涙《なみだ》で濡《ぬ》れた袖《そで》にたとえ、「人《ひと》こそ知《し》らね」で秘《ひ》めた切《せつ》ない片思《かたおも》いを強《つよ》く表現《ひょうげん》しています。

1141？～1217
鎌倉時代《かまくらじだい》 平安時代《へいあんじだい》 奈良時代《ならじだい》 飛鳥時代《あすかじだい》
1200 1100 1000 900 800 700 600

語句

潮干《しおひ》…引《ひ》き潮《しお》。

人《ひと》…特定《とくてい》の相手《あいて》を指《さ》すことが多《おお》いです。ここでは片思《かたおも》いをしている男性《だんせい》を指《さ》します。

乾《かわ》く間《ま》もなし…涙《なみだ》で濡《ぬ》れて、乾《かわ》く間《ま》もありません。

修辞法

「潮干《しおひ》に見《み》えぬ　沖《おき》の石《いし》の」は「私《わたし》の袖《そで》は引《ひ》き潮《しお》のときでさえ見《み》えない海中《かいちゅう》の濡《ぬ》れた石《いし》のように」という意味《いみ》です。第《だい》四・五句目《くめ》の「人《ひと》こそ知《し》らね　乾《かわ》く間《ま》もなし」を導《みちび》き出《だ》す序詞《じょことば》になっています。また、この歌《うた》は「わが袖《そで》は　水《みず》の下《した》なる　石《いし》なれや　人《ひと》に知《し》られで　乾《かわ》く間《ま》もなし」という和泉式部《いずみしきぶ》の歌《うた》を踏《ふ》まえて詠《よ》まれており、本歌取《ほんかど》りが用《もち》いられています。

関連事項

沖《おき》の石《いし》の讃岐《さぬき》

二条院讃岐《にじょういんのさぬき》がこの歌《うた》を詠《よ》んだことでつけられたあだ名《な》です。あだ名《な》になるほど、世《よ》の中《なか》に衝撃《しょうげき》を与《あた》え、賞賛《しょうさん》された歌《うた》であったということがわかります。

歌林苑《かりんえん》

俊恵法師《しゅんえほうし》が、自分《じぶん》の僧坊《そうぼう》で開《ひら》いた歌会《うたかい》グループ。月《つき》ごと、あるいは臨時《りんじ》に歌会《うたかい》を開《ひら》き、広《ひろ》い層《そう》の歌人《かじん》が多数《たすう》集《あつ》まって、自由《じゆう》な和歌《わか》の活動《かつどう》を行《おこな》いました。二条院讃岐《にじょういんのさぬき》はそのメンバーの一人《ひとり》で、仲間《なかま》とともにたくさんの歌会《うたかい》や歌合《うたあわせ》を開《ひら》き、和歌《わか》の発展《はってん》に貢献《こうけん》しました。

93

世《よ》の中《なか》は　常《つね》にもがもな　渚《なぎさ》こぐ
あまの小舟《おぶね》の　綱手《つなで》かなしも

覚え方　よのなかはあまい（世《よ》の中《なか》は甘《あま》い）

出典　新勅撰和歌集《しんちょくせんわかしゅう》

歌の意味

世《よ》の中《なか》がずっと変《か》わらないものだったらなあ。海辺《うみべ》の近《ちか》くをこいでいく漁師《りょうし》が、小舟《こぶね》の綱手《つなで》を引《ひ》いていく様子《ようす》が、心《こころ》にしみることだ。

鎌倉右大臣《かまくらのうだいじん》（一一九二～一二一九年《ねん》）

源実朝《みなもとのさねとも》。鎌倉幕府《かまくらばくふ》を開《ひら》いた源頼朝《みなもとのよりとも》と北条政子《ほうじょうまさこ》の次男《じなん》で、第三代征夷大《だいさんだいせいいたい》将軍《しょうぐん》として活躍《かつやく》しました。武士《ぶし》の家《いえ》に生《う》まれましたが、宮廷生活《きゅうていせいかつ》にも大変興味《たいへんきょうみ》をもち、熱心《ねっしん》に和《わ》歌《か》を学《まな》んだといわれています。

解説

混乱《こんらん》の世《よ》を生《い》きる作者《さくしゃ》が、変《か》わらない世《よ》の中《なか》を願《ねが》い詠《よ》んだ歌《うた》です。「綱手《つなで》」は『万葉集《まんようしゅう》』の時代《じだい》から歌《うた》に詠《よ》まれていました。それを鎌《かま》倉《くら》の海《うみ》で見《み》た作者《さくしゃ》の心《こころ》には、「綱手《つなで》」が変《か》わらないものの象徴《しょうちょう》として響《ひび》いたのでしょう。

語句

常《つね》にもがもな…ずっと変《か》わらないものだったらなあ。
綱手《つなで》…舟《ふね》を陸《りく》の上《うえ》に上《あ》げるために舟《ふね》の先《さき》につけて引《ひ》っ張《ば》る綱《つな》。
かなしも…心《こころ》にしみることだ。

1192～1219
鎌倉時代《かまくらじだい》　平安時代《へいあんじだい》　奈良時代《ならじだい》　飛鳥時代《あすかじだい》
1200　1100　1000　900　800　700　600

94

み吉野《よしの》の 山《やま》の秋風《あきかぜ》 さ夜更《よふ》けて ふるさと寒《さむ》く 衣《ころも》打《う》つなり

覚え方 みよふるさと（見《み》よふるさと）

出典 新古今和歌集《しんこきんわかしゅう》

歌の意味

美《うつく》しい吉野《よしの》の山《やま》に秋風《あきかぜ》が吹《ふ》き込《こ》んで、夜《よる》になるとかつて都《みやこ》があったこの里《さと》は冷《ひ》え込《こ》み、衣《ころも》を打《う》つ砧《きぬた》の音《おと》が寒々《さむざむ》と聞《き》こえることです。

ここが
かつて栄《さか》えた吉野《よしの》の宮《みや》か…
トーーン
トーーン
!
どこからか衣《ころも》を打《う》つ音《おと》が…
トーーン
トーーン
寂《さび》しく聞《き》こえてくる…
昔《むかし》はにぎやかな都《みやこ》だったのに
ずいぶんと寂《さび》しくなったなぁ…
トーーン
トーーン

参議雅経《さんぎまさつね》

（一一七〇〜一二二一年《ねん》）

藤原雅経《ふじわらのまさつね》。三代《だい》の天皇《てんのう》に仕《つか》えました。藤原俊成《ふじわらのしゅんぜい》に歌《うた》を学《まな》び、和歌所《わかどころ》の寄人《よりうど》にも選《えら》ばれた、優《すぐ》れた歌人《かじん》でもあります。歌《うた》と蹴鞠《けまり》で有名《ゆうめい》な「飛鳥井家《あすかいけ》」を立《た》ち上《あ》げました。

解説

坂上是則《さかのうえのこれのり》の本歌取《ほんかど》りの歌《うた》です。吉野《よしの》はかつて都《みやこ》があった場所《ばしょ》で、和歌《わか》にも多《おお》く登場《とうじょう》しました。歌人《かじん》にとって「和歌《わか》のふるさと」ともいえる吉野《よしの》を、寂《さび》しげな砧《きぬた》の音《おと》とともに懐《なつ》かしんだ、味《あじ》わい深《ぶか》い一首《しゅ》です。

語句

み吉野《よしの》…「み」は美《うつく》しい、りっぱな、などの意味《いみ》をそえる接頭語《せっとうご》。「吉野《よしの》」は現在《げんざい》の奈良県吉野郡《ならけんよしのぐん》。桜《さくら》や雪《ゆき》で有名《ゆうめい》な歌枕《うたまくら》です。

寒《さむ》く…「ふるさとが寒《さむ》い」と「（衣打《ころもう》つ音《おと》が）寒々《さむざむ》と聞《き》こえる」の意味《いみ》を含《ふく》む掛詞《かけことば》。

1170〜1221
鎌倉時代《かまくらじだい》　平安時代《へいあんじだい》　奈良時代《ならじだい》　飛鳥時代《あすかじだい》
1200　1100　1000　900　800　700　600

95

お《お》ほけなく　うき世《よ》の民《たみ》に　お《お》ほふ《う》かな
わが立《た》つ杣《そま》に　すみぞめの袖《そで》

覚え方　おほけわがた(!)(OKわかった!)

出典　千載和歌集《せんざいわかしゅう》

歌の意味

身分不相応《みぶんふそうおう》にも、この世《よ》の人々《ひとびと》の上《うえ》に仏《ほとけ》のご加護《かご》を覆《おお》いかけることよ。この比叡山《ひえいざん》に住《す》み始《はじ》めてから身《み》につけている、私《わたし》の墨染《すみぞ》めの衣《ころも》の袖《そで》を。

前大僧正慈円《さきのだいそうじょうじえん》（一一五五〜一二二五年《ねん》）

藤原忠通《ふじわらのただみち》の子《こ》。藤原《ふじわらの》良経《よしつね》の叔父《おじ》。十三歳《さい》で出家《しゅっけ》しました。天台座主《てんだいざす》として深《ふか》い尊信《そんしん》を集《あつ》めるとともに、歌人《かじん》としても活躍《かつやく》しました。

解説

この歌《うた》は、小《ちい》さい頃《ころ》から信仰心《しんこうしん》が強《つよ》かった作者《さくしゃ》が、僧侶《そうりょ》として仏様《ほとけさま》のご加護《かご》を人々《ひとびと》に与《あた》えたいという率直《そっちょく》な気持《きも》ちを詠《よ》んだ歌《うた》です。戦争《せんそう》、貧困《ひんこん》、病気《びょうき》などで混乱《こんらん》していた時代《じだい》に僧侶《そうりょ》として生《い》きた作者《さくしゃ》の、強《つよ》い責任感《せきにんかん》と決意《けつい》が感《かん》じられます。

そして、初句《しょく》の「おほけなく」という表現《ひょうげん》からは、青年《せいねん》であった作者《さくしゃ》の謙虚《けんきょ》な気持《きも》ちもうかがえます。

1155〜1225
鎌倉時代《かまくらじだい》　平安時代《へいあんじだい》　奈良時代《ならじだい》　飛鳥時代《あすかじだい》
1200　1100　1000　900　800　700　600

語句

おほけなく…身分不相応《みぶんふそうおう》にも。身《み》のほどにふさわしくないことだが。
うき世の民《よのたみ》…「うき世《よ》」は、つらいことの多《おお》い世《よ》の中《なか》。「民《たみ》」は、人民《じんみん》。
わが立つ杣《たそま》…比叡山《ひえいざん》を指《さ》します。

修辞法

「すみぞめの」は「墨染《すみぞ》め」と「住《す》み初《ぞ》め」という意味《いみ》を含《ふく》んでおり、掛《かけ》詞《ことば》になっています。「墨染《すみぞ》め」とは、僧《そう》が着《き》る衣《ころも》のことです。また「～初《ぞ》め」は「～し始《はじ》める」という意味《いみ》ですので、「住《す》み初《ぞ》め」は「住《す》み始《はじ》める」という意味《いみ》になります。さらに「おほふ」と「袖《そで》」は縁語《えんご》です。

▲延暦寺《えんりゃくじ》の根本中堂《こんぽんちゅうどう》

関連事項

天台座主《てんだいざす》
天台宗《てんだいしゅう》の総本山《そうほんざん》である比叡山延暦寺《ひえいざんえんりゃくじ》のトップ。慈円《じえん》は天台座主《てんだいざす》を四度《どつと》めました。天台《てんだい》座主《ざす》まで上《のぼ》りつめた慈円《じえん》の責任感《せきにんかん》や奉仕《ほうし》の心《こころ》が、この歌《うた》からも感《かん》じられます。

六家集《ろっかしゅう》
平安時代《へいあんじだい》から鎌倉時代《かまくらじだい》に作《つく》られた、特《とく》に優《すぐ》れた六《むっ》つの私家集《しかしゅう》（個人《こじん》で出《だ》した歌集《かしゅう》。古《ふる》くは家集《いえのしゅう》とも。天皇《てんのう》の命《めい》で出《だ》したものは勅撰和《ちょくせんわ》歌集《かしゅう》。）を、「六家集《ろっかしゅう》」といいます。慈円《じえん》の著《あらわ》した『拾玉集《しゅうぎょくしゅう》』は六家集《ろっかしゅう》の一《ひと》つとして有名《ゆうめい》です。

愚管抄《ぐかんしょう》
宗教的《しゅうきょうてき》な観念《かんねん》から歴史《れきし》を分析《ぶんせき》・評価《ひょうか》した、慈《じ》円《えん》の史論《しろん》（歴史《れきし》についての批評文《ひひょうぶん》）。日本《にほん》で最《さい》初《しょ》の史論書《しろんしょ》といわれています。

96

花《はな》さそふ《う》 嵐《あらし》の庭《にわ》の 雪《ゆき》ならで
ふりゆくものは わが身《み》なりけり

覚え方 はなさふりゆく（花《はな》さ降《ふ》りゆく）

出典 新勅撰和歌集《しんちょくせんわかしゅう》

歌の意味

桜《さくら》の花《はな》を誘《さそ》う嵐《あらし》が吹《ふ》く庭《にわ》は雪《ゆき》のように花《はな》が降《ふ》っているが、本当《ほんとう》は雪《ゆき》ではなくて、古《ふ》りゆくのは老《お》いた私自身《わたしじしん》であることよ。

入道前太政大臣《にゅうどうさきのだいじょうだいじん》（一一七一～一二四四年《ねん》）

藤原公経《ふじわらのきんつね》。源頼朝《みなもとのよりとも》の親戚《しんせき》となり、鎌倉勢力《かまくらせいりょく》に加《くわ》わりました。承久《じょうきゅう》の乱後《らんご》は親戚関係《しんせきかんけい》に恵《めぐ》まれ、鎌倉幕府《かまくらばくふ》と天皇家《てんのうけ》の両方《りょうほう》と通《つう》じていたため、栄華《えいが》を極《きわ》めました。

解説

この歌《うた》は、作者《さくしゃ》が晩年《ばんねん》に詠《よ》んだ歌《うた》です。上《かみ》の句《く》の雪《ゆき》が降《ふ》るかのように桜《さくら》が舞《ま》い散《ち》る庭《にわ》の風景《ふうけい》は、作者《さくしゃ》の栄華《えいが》に富《と》んだ人生《じんせい》が現《あらわ》れているようです。一方《いっぽう》、下《しも》の句《く》には、年老《としお》いた自分《じぶん》の現実《げんじつ》を実感《じっかん》しており、たとえ権力《けんりょく》があってもどうすることもできない老《お》いへの嘆《なげ》きが表《あらわ》されています。

1171～1244
鎌倉時代《かまくらじだい》 平安時代《へいあんじだい》 奈良時代《ならじだい》 飛鳥時代《あすかじだい》
1200 1100 1000 900 800 700 600

語句

花《はな》…桜《さくら》の花《はな》。

嵐《あらし》の庭《にわ》…嵐《あらし》が吹《ふ》く庭《にわ》。

～ならで…～ではなくて。

わが身《み》なりけり…私自身《わたしじしん》であることよ。

修辞法

「ふりゆく」は「降《ふ》りゆく」と「古《ふ》りゆく」の意味《いみ》を含《ふく》んでおり、掛詞《かけことば》になっています。また「雪《ゆき》ならで」は、散《ち》っていく桜《さくら》の花《はな》を雪《ゆき》に見立《みた》てて、桜《さくら》の花《はな》の散《ち》っていく様子《ようす》を表現《ひょうげん》しています。このように、あるものを別《べつ》のものと見《み》なして表現《ひょうげん》する修辞《しゅうじ》法《ほう》のことを「見立《みた》て」といいます。

関連事項

承久《じょうきゅう》の乱《らん》

鎌倉時代《かまくらじだい》の承久《じょうきゅう》三年《ねん》に、後鳥羽上皇《ごとばじょうこう》が鎌倉《かまくら》幕府《ばくふ》に対《たい》して兵《へい》を挙《あ》げた戦《たたか》いのこと。このとき幕府側《ばくふがわ》にいた藤原公経《ふじわらのきんつね》は、後鳥羽上皇《ごとばじょうこう》に幽《ゆう》閉《へい》（一《ひと》つの場所《ばしょ》に閉《と》じ込《こ》められること）されてしまいます。幕府《ばくふ》が勝利《しょうり》したあと、都《みやこ》に戻《もど》されて太政大臣《だいじょうだいじん》となりました。

鎌倉幕府《かまくらばくふ》と朝廷《ちょうてい》

政権《せいけん》の関係上《かんけいじょう》、難《むずか》しい関係《かんけい》にあった鎌倉幕《かまくらばく》府《ふ》と朝廷《ちょうてい》の橋渡《はしわた》し役《やく》を担《にな》ったのも公経《きんつね》です。公経《きんつね》は、源頼朝《みなもとのよりとも》の姪《めい》と結婚《けっこん》し、孫娘《まごむすめ》を後堀《ごほり》河天皇《かわてんのう》の中宮《ちゅうぐう》（妻《つま》）にしました。両方《りょうほう》に親戚《しんせき》がいた公経《きんつね》だからこそ、幕府《ばくふ》と朝廷《ちょうてい》の間《あいだ》に立《た》つことができたのです。

西園寺《さいおんじ》

かつて公経《きんつね》の別荘《べっそう》であった西園寺《さいおんじ》は、その後足利義満《ごあしかがよしみつ》に譲《ゆず》り渡《わた》されます。それが現在《げんざい》の金閣《きんかく》です。

97

来《こ》ぬ人《ひと》を まつほの浦《うら》の 夕《ゆう》なぎに 焼《や》くや藻塩《もしお》の 身《み》も焦《こ》がれつつ

覚え方 こぬひととやく（そく）（来《こ》ぬ人《ひと》と約束《やくそく》）

出典 新勅撰和歌集《しんちょくせんわかしゅう》

歌の意味

来《こ》ないあなたを待《ま》つ私《わたし》は、松帆《まつほ》の浦《うら》で夕《ゆう》なぎの頃《ころ》に焼《や》く藻塩《もしお》のように、身《み》も焦《こ》がれるくらいあなたに恋焦《こいこ》がれているのです。

ザザーン
…
ザパッ
藻塩《もしお》を焼《や》いている…
あなたを待《ま》つ私《わたし》の心《こころ》もじりじりと焼《や》けています…
恋焦《こいこ》がれています
もく もく もく
ゴホッ
ゴホッ
あすまねぇ煙《けむ》たかったか？

権《ごん》中《ちゅう》納《な》言《ごん》定《てい》家《か》（一一六二～一二四一年《ねん》）

藤原定家《ふじわらのていか》。藤原俊成《ふじわらのしゅんぜい》の子《こ》。『小倉百人一首《おぐらひゃくにんいっしゅ》』の撰者《せんじゃ》。和歌《わか》の才能《さいのう》を若《わか》くして認《みと》められ、その功績《こうせき》は、後世《こうせい》に大《おお》きな影響《えいきょう》を与《あた》えました。また官職《かんしょく》にも恵《めぐ》まれ、政治《せいじ》と和歌《わか》の両面《りょうめん》で活躍《かつやく》しました。

解説

この歌《うた》は、作者《さくしゃ》が女性《じょせい》の立場《たちば》で詠《よ》んだ歌《うた》です。女性《じょせい》の熱《あつ》い恋心《こいごころ》を、夕方《ゆうがた》に焼《や》く藻塩《もしお》にたとえて表現《ひょうげん》しています。なかなか逢《あ》いに来《こ》ない恋人《こいびと》を待《ま》つ間《あいだ》、どんどん気持《きも》ちが燃《も》え上《あ》がる女性《じょせい》の様子《ようす》が伝《つた》わってきます。

語句

まつほの浦《うら》…松帆《まつほ》（兵庫県淡路島《ひょうごけんあわじしま》）にある海岸《かいがん》。「待《ま》つ」という意味《いみ》も含《ふく》む掛詞《かけことば》。

焦《こ》がれつつ…「恋焦《こいこ》がれる」のほかに「藻《も》塩《しお》が焼《や》け焦《こ》げる」の意味《いみ》を含《ふく》みます。

1162～1241

鎌倉時代《かまくらじだい》 平安時代《へいあんじだい》 奈良時代《ならじだい》 飛鳥時代《あすかじだい》

1200 1100 1000 900 800 700 600

98

風《かぜ》そよぐ　ならの小川《おがわ》の　夕暮《ゆうぐ》れは
禊《みそぎ》ぞ夏《なつ》の　しるしなりける

覚え方　かぜそよぐみそ（風《かぜ》そよぐ味噌《みそ》）

出典　新勅撰和歌集《しんちょくせんわかしゅう》

歌の意味

風《かぜ》が（楢《なら》の木《き》に）吹《ふ》いているならの小川《おがわ》の夕《ゆう》ぐれは、（もう秋《あき》が来《き》たかのように思《おも》えるが）禊《みそぎ》の行事《ぎょうじ》だけがまだ夏《なつ》だということの印《しるし》なのだなあ。

ヒュウ…
そよそよ
そよそよ
秋《あき》のように涼《すず》しいな…
！
…
禊《みそぎ》やってる…
やっぱりまだ夏《なつ》なのだ
フフ

従二位家隆《じゅにいいえたか》（一一五八～一二三七年《ねん》）

藤原家隆《ふじわらのいえたか》。寂蓮法師《じゃくれんほうし》の養子《ようし》となり、藤原俊成《ふじわらのしゅんぜい》を歌《うた》の師《し》としました。優《すぐ》れた歌人《かじん》で、和歌所《わかどころ》の寄人《よりうど》に選《えら》ばれ、『新古今和歌集《しんこきんわかしゅう》』の撰者《せんじゃ》をつとめました。自由《じゆう》で明瞭《めいりょう》な歌《うた》を好《この》んだようです。

解説

さわやかな風《かぜ》が吹《ふ》きはじめ、もう秋《あき》かと感《かん》じられる頃《ころ》に、夏越《なごし》の祓《はらえ》の行事《ぎょうじ》があるのを知《し》り、作者《さくしゃ》はまだ夏《なつ》なのだということを実感《じっかん》しました。夏《なつ》から秋《あき》へと季節《きせつ》の移《うつ》り変《か》わる様子《ようす》が巧《たく》みに表現《ひょうげん》されている一首《しゅ》です。

語句

なら…「楢《なら》の木《き》」と「ならの小川《おがわ》（京都《きょうと》に流《なが》れる御手洗川《みたらしがわ》）」の二《ふた》つの意味《いみ》を含《ふく》む掛詞《かけことば》。

禊《みそぎ》…夏越《なごし》の祓《はらえ》の行事《ぎょうじ》のこと。

1158～1237
鎌倉時代《かまくらじだい》　平安時代《へいあんじだい》　奈良時代《ならじだい》　飛鳥時代《あすかじだい》
1200　1100　1000　900　800　700　600

99

人《ひと》もをし《お》　人《ひと》も恨《うら》めし　あぢ《じ》きなく
世《よ》を思《おも》ふ《う》ゆゑ《え》に　物思《ものおも》ふ《う》身《み》は

覚え方　ひともよをおもう（人《ひと》も世《よ》を思《おも》う）

出典　続後撰和歌集《しょくごせんわかしゅう》

歌の意味

時《とき》には人《ひと》を愛《いと》おしく思《おも》い、ときには恨《うら》めしく思《おも》うこともあることだ。意《い》にそぐわず、つまらない世《よ》の中《なか》だと思《おも》うゆえに、私《わたし》はあれこれ思《おも》い悩《なや》んでしまうのだ。

後鳥羽院《ごとばいん》が流《なが》された隠岐《おき》の島《しま》――
ザザーン
ザザーーン
……
はあ
味気《あじけ》ない世《よ》の中《なか》だと思《おも》ってみたり…
私《わたし》はまた思《おも》い悩《なや》んでしまうのだ…

後鳥羽院《ごとばいん》

（一一八〇～一二三九年《ねん》）

第八十二代天皇《だいてんのう》。四歳《さい》で即位《そくい》し、退位後院政《たいいごいんせい》をとりました。承久《じょうきゅう》の乱《らん》で幕府《ばくふ》に敗《やぶ》れ、隠岐《おき》に流罪《るざい》となりました。

解説

鎌倉幕府《かまくらばくふ》との抗争《こうそう》が激《はげ》しくなった頃《ころ》に詠《よ》まれた歌《うた》だといわれています。幕府《ばくふ》の政治《せいじ》にいろいろ思《おも》うことがあるのに、実践《じっせん》できない葛藤《かっとう》が伝《つた》わってきます。国《くに》の中心《ちゅうしん》に立《た》つ天皇《てんのう》という立場《たちば》にあった人《ひと》であるからこその心中《しんちゅう》が感《かん》じられる一首《しゅ》です。

語句

をし…愛《いと》おしく思《おも》う。「愛《お》し」と書《か》きます。

物思《ものおも》ふ…ここでは、あれこれ思《おも》い悩《なや》むということです。恋《こい》に思《おも》い悩《なや》んでいるわけではありません。

1180～1239

鎌倉時代《かまくらじだい》　平安時代《へいあんじだい》　奈良時代《ならじだい》　飛鳥時代《あすかじだい》

1200　1100　1000　900　800　700　600

100

ももしきや　古《ふる》き軒端《のきば》の　しのぶにも
なほ《お》あまりある　昔《むかし》なりけり

覚え方　ももあまりある（桃余《ももあま》りある）

出典　続後撰和歌集《しょくごせんわかしゅう》

歌の意味

宮中《きゅうちゅう》の古《ふる》びた軒先《のきさき》に生《は》えているしのぶ草《ぐさ》を見《み》つけても、やはりいくら思《おも》いしのんでものびきれない、昔《むかし》の栄《さか》えていたころの御代《みよ》であるよ。

順徳院《じゅんとくいん》（一一九七〜一二四二年《ねん》）

第《だい》八十四代天皇《だいてんのう》。後鳥羽院《ごとばいん》の皇子《おうじ》。承久《じょうきゅう》の乱後《らんご》に譲位《じょうい》し、佐渡《さど》に流《なが》されました。歌学《かがく》に熱心《ねっしん》で、藤原定家《ふじわらのていか》らについて歌《うた》を学《まな》びました。

解説

作者《さくしゃ》が天皇《てんのう》になったときは既《すで》に、鎌倉幕府《かまくらばくふ》が勢力《せいりょく》をつけており、昔《むかし》のように華《はな》やかな朝廷《ちょうてい》ではありませんでした。そのことを嘆《なげ》きつつ、当時《とうじ》へのあこがれを詠《よ》んでいます。

語句

ももしき…天皇《てんのう》がいる場所《ばしょ》、宮中《きゅうちゅう》のこと。
しのぶ…「思《おも》いしのぶ」と「しのぶ草《ぐさ》（家《いえ》の軒先《のきさき》などに生《は》えるシダ植物《しょくぶつ》）」の二《ふた》つの意味《いみ》を含《ふく》む掛詞《かけことば》。
あまりある…しのびきれない。

1197〜1242
鎌倉時代《かまくらじだい》　平安時代《へいあんじだい》　奈良時代《ならじだい》　飛鳥時代《あすかじだい》
1200　1100　1000　900　800　700　600

覚えられた？

81〜100

次の上の句と合う下の句を下から探して、——で結びましょう。

99 ひともおし ひともうらめし あじきなく

83 よのなかよ みちこそなけれ おもいいる

94 みよしのの やまのあきかぜ さよふけて

86 なげけとて つきやわものを おもわする

92 わがそでは しおひにみえぬ おきのいしの

A ふるさとさむく ころもうつなり

B よをおもうゆえに ものおもうみは

C かこちがおなる わがなみだかな

D ひとこそしらね かわくまもなし

E やまのおくにも しかぞなくなる

---

96 はなさそう あらしのにわの ゆきならで

89 たまのおよ たえなばたえね ながらえば

81 ほととぎす なきつるかたを ながむれば

93 よのなかは つねにもがもな なぎさこぐ

85 よもすがら ものおもうころは あけやらで

A ただありあけの つきぞのこれる

B あまのおぶねの つなでかなしも

C しのぶることの よわりもぞする

D ねやのひまさえ つれなかりけり

E ふりゆくものは わがみなりけり

161ページの答え 87-C 97-A 82-D 90-E 100-B／91-C 95-A 84-B 98-E 88-D

87 むらさめの　つゆもまだひぬ　まきのはに

97 こぬひとを　まつほのうらの　ゆうなぎに

82 おもいわび　さてもいのちは　あるものを

90 みせばやな　おじまのあまの　そでだにも

100 ももしきや　ふるきのきばの　しのぶにも

A やくやもしおの　みもこがれつつ

B なおあまりある　むかしなりけり

C きりたちのぼる　あきのゆうぐれ

D うきにたえぬは　なみだなりけり

E ぬれにぞぬれし　いろはかわらず

---

91 きりぎりす　なくやしもよの　さむしろに

95 おおけなく　うきよのたみに　おおうかな

84 ながらえば　またこのごろや　しのばれん

98 かぜそよぐ　ならのおがわの　ゆうぐれは

88 なにわえの　あしのかりねの　ひとよゆえ

A わがたつそまに　すみぞめのそで

B うしとみしよぞ　いまはこいしき

C ころもかたしき　ひとりかもねん

D みをつくしてや　こいわたるべき

E みそぎぞなつの　しるしなりける

160ページの答え　99-B　83-E　94-A　86-C　92-D／96-E　89-C　81-A　93-B　85-D

かるた遊《あそ》び

百人一首《ひゃくにんいっしゅ》は歌集《かしゅう》ですが、現在《げんざい》は、歌集《かしゅう》としてよりも、かるたとしてのほうが有名《ゆうめい》です。特《とく》にお正月《しょうがつ》にたくさんの人《ひと》が集《あつ》まったときには、百人一首《ひゃくにんいっしゅ》を使《つか》ったかるた遊《あそ》びをすることもありますね。ここでは、百人一首《ひゃくにんいっしゅ》を使《つか》ったいろいろなかるた遊《あそ》びを見《み》てみましょう。

ちらし取《ど》り

読《よ》み札《ふだ》を読《よ》む人《ひと》を一人《ひとり》決《き》めます。それ以外《いがい》の人《ひと》は、取《と》り札《ふだ》を取《と》る人《ひと》になります。

すべての読《よ》み札《ふだ》を読《よ》む人《ひと》に渡《わた》し、取《と》り札《ふだ》はすべて床《ゆか》などにちらして並《なら》べます。取《と》る人《ひと》は、この取《と》り札《ふだ》を取《と》ります。

読《よ》む人《ひと》は、読《よ》み札《ふだ》をよく混《ま》ぜてから、札《ふだ》を読《よ》んでいきます。取《と》る人《ひと》は、上《かみ》の句《く》が読《よ》まれ始《はじ》めたら、それに続《つづ》く下《しも》の句《く》の札《ふだ》を取《と》ることができます。

このようにして百枚《ひゃくまい》の取《と》り札《ふだ》がすべて取《と》られたら終了《しゅうりょう》です。いちばん多《おお》くの取《と》り札《ふだ》を取《と》った人《ひと》が勝《か》ちです。

源《げん》平《ぺい》合《がっ》戦《せん》

読《よ》み札《ふだ》を読《よ》む人《ひと》を一人《ひとり》決《き》めます。それ以外《いがい》の人《ひと》は、取《と》り札《ふだ》を取《と》る人《ひと》になります。取《と》る人《ひと》は二チームに分《わ》かれ、向《む》かい合《あ》って座《すわ》ります。

取《と》り札《ふだ》は、よく混《ま》ぜて、それぞれのチームに五十枚《まい》ずつ配《くば》ります。各《かく》チームは、それを自分《じぶん》たちの前《まえ》に三段《だん》に並《なら》べます。

取《と》る人《ひと》は、上《かみ》の句《く》が読《よ》まれ始《はじ》めたら、それに続《つづ》く下《しも》の句《く》の札《ふだ》を取《と》ることができます。このとき、相《あい》手側《てがわ》の札《ふだ》を取《と》ると、自分《じぶん》のチームの札《ふだ》を一枚《いちまい》相手《あいて》に渡《わた》すことができます。

先《さき》に自分《じぶん》のチームの前《まえ》に並《なら》べられている札《ふだ》がなくなったほうが勝《か》ちです。

競技《きょうぎ》かるた

個人戦《こじんせん》の場合《ばあい》は、一対《たい》一で行《おこな》います。百枚《ひゃくまい》の取《と》り札《ふだ》を裏返《うらがえ》してよくかき混《ま》ぜます。それぞれ、そこから二十五枚《まい》ずつ取《と》り、自分《じぶん》の前《まえ》に並《なら》べます。

並《なら》べ終《お》わったら、十五分間《ふんかん》、それぞれの札《ふだ》の位置《いち》を暗記《あんき》する時間《じかん》がとられます。

暗記時間《あんきじかん》が終《お》わったら、競技《きょうぎ》開始《かいし》です。取《と》る人《ひと》は、上《かみ》の句《く》が読《よ》まれ始《はじ》めたら、それに続《つづ》く下《しも》の句《く》の札《ふだ》を取《と》ることができます。このとき、相手側《あいてがわ》の札《ふだ》を取《と》ると、自分《じぶん》の側《がわ》の札《ふだ》を一枚相手《まいあいて》に渡《わた》すことができます。

このようにして札《ふだ》を取《と》っていき、先《さき》に自分《じぶん》の前《まえ》に並《なら》べられている札《ふだ》がなくなったほうが勝《か》ちです。

①札《ふだ》をならべて暗記《あんき》する

②上《かみ》の句《く》が読《よ》まれたら、下《しも》の句《く》の札《ふだ》を取《と》る

③自分《じぶん》の前《まえ》の札《ふだ》がなくなれば勝《か》ち

坊主《ぼうず》めくり

ちらし取《ど》りや源平合戦《げんぺいがっせん》、競技《きょうぎ》かるたなどと違《ちが》うのは、まず、読《よ》み札《ふだ》を読《よ》みません。そして使《つか》うのは読《よ》み札《ふだ》だけで、取《と》り札《ふだ》は使《つか》いません。読《よ》み札《ふだ》を裏返《うらがえ》して床《ゆか》に並《なら》べ、順番《じゅんばん》に、一枚《まい》ずつ取《と》って表《おもて》に向《む》けていきます。

その際《さい》、

- **男《おとこ》の人《ひと》が描《えが》かれた札《ふだ》を引《ひ》いた人《ひと》は、そのまま自分《じぶん》の札《ふだ》にできます。**
- **お坊《ぼう》さんの描《えが》かれた札《ふだ》を引《ひ》いた人《ひと》は、自分《じぶん》の札《ふだ》を全《すべ》てその場《ば》に出《だ》します。この札《ふだ》は、女《おんな》の人《ひと》が描《えが》かれた札《ふだ》を引《ひ》いた人《ひと》がすべてもらうことができます。**

すべての札《ふだ》が誰《だれ》かの札《ふだ》になったら終了《しゅうりょう》です。持《も》ち札《ふだ》のいちばん多《おお》い人《ひと》の勝《か》ちです。

ただし、坊主《ぼうず》めくりは、地域《ちいき》によっていろいろなルールがあります。遊《あそ》ぶ前《まえ》に、どのようなルールなのかを確認《かくにん》してから遊《あそ》ぶようにしましょう。

上《かみ》の句《く》さくいん

あ

あきかぜに　たなびくくもの　たえまより……130
あきのたの　かりほ《お》のいほ《お》の　とまをあらみ……16
あけぬれば　くるるものとは　しりながら……90
あさぢ《じ》ふ《う》の　を《お》ののしのはら　しのぶれど……70
あさぼらけ　ありあけのつきと　みるまでに……60
あさぼらけ　うぢ《じ》のかは《わ》ぎり　たえだえに……111
あしびきの　やまどりのを《お》の　しだりを《お》の……18
あは《わ》ぢ《じ》しま　かよふ《う》ちどりの　なくこゑ《え》に……128
あは《わ》れとも　いふ《う》べきひとは　おもほ《お》えで……81
あひ《い》みての　のちのこころに　くらぶれば……78
あ《お》ふ《う》ことの　たえてしなくは　なかなかに……80
あまつかぜ　くものかよひ《い》ぢ《じ》　ふきとぢ《じ》よ……29
あまのはら　ふりさけみれば　かすがなる……22
あらざらむ《ん》　このよのほかの　おもひ《い》でに……96
あらしふく　みむろのやまの　もみぢ《じ》ばは……116
ありあけの　つれなくみえし　わかれより……58
ありまやま　ゐ《い》なのささはら　かぜふけば……100

い

いにしへ《え》の　ならのみやこの　やへ《え》ざくら……106
いまこむ《ん》と　いひ《い》しばかりに　ながつきの……44
いまはただ　おもひ《い》たえなむ《ん》　とばかりを……110

う

うかりける　ひとをはつせの　やまおろしよ……124
うらみわび　ほさぬそでだに　あるものを……112

お

おくやまに　もみぢ《じ》ふみわけ　なくしかの……20
おとにきく　たかしのはまの　あだなみは……121
おほ《お》えやま　いくののみちの　とほ《お》ければ……102
おほ《お》けなく　うきよのたみに　おほ《お》ふ《う》かな……152
おもひ《い》わび　さてもいのちは　あるものを……137

か

かくとだに　えやは《わ》いぶきの　さしもぐさ……89
かささぎの　わたせるはしに　おくしもの……21
かぜそよぐ　ならのを《お》がは《わ》の　ゆふ《う》ぐれは……157
かぜをいたみ　いは《わ》うつなみの　おのれのみ……85

き

きみがため　はるののにいでて　わかなつむ……32

きみがため を《お》しからざりし いのちさへ《え》 ……88
きりぎりす なくやしもよの さむしろに ……147

こ

こころあてに を《お》らばやを《お》らむ はつしもの ……56
こころにも あらでうきよに ながらへ《え》ば ……115
こぬひとを まつほのうらの ゆふ《う》なぎに ……156
このたびは ぬさもとりあへ《え》ず たむけやま ……49
こひ《い》すてふ《ちょう》 わがなはまだき たちにけり ……76
これやこの ゆくもかへ《え》るも わかれては ……26

さ

さびしさに やどをたちいでて ながむれば ……118

し

しのぶれど いろにいでにけり わがこひ《い》は ……72
しらつゆに かぜのふきしく あきののは ……68

す

すみのえの きしによるなみ よるさへ《え》や ……38

せ

せをはやみ いは《わ》にせかるる たきがは《わ》の ……127

た

たかさごの を《お》のへ《え》のさくら さきにけり ……122
たきのおとは たえてひさしく なりぬれど ……94
たごのうらに うちいでてみれば しろたへ《え》の ……19
たちわかれ いなばのやまの みねにおふ《う》る ……34
たまのを《お》よ たえなばたえね ながらへ《え》ば ……145
たれをかも しるひとにせむ《ん》 たかさごの ……64

ち

ちぎりおきし させもがつゆを いのちにて ……125
ちぎりきな かたみにそでを しぼりつつ ……77
ちはやぶる かみよもきかず たつたがは《わ》 ……36

つ

つきみれば ちぢにものこそ かなしけれ ……48
つくばねの みねよりおつる みなのがは《わ》 ……30

な

ながからむ《ん》 こころもしらず くろかみの ……132
ながらへ《え》ば またこのごろや しのばれむ《ん》 ……139
なげきつつ ひとりぬるよの あくるまは ……92
なげけとて つきやは《わ》ものを おもは《わ》する ……141
なつのよは まだよひ《い》ながら あけぬるを ……66
なにしおは《わ》ば あふ《おう》さかやまの さねかづ《ず》ら ……50
なには《わ》えの あしのかりねの ひとよゆゑ《え》 ……144
なには《わ》がた みじかきあしの ふしのまも ……40

は

はなさそふ《う》 あらしのには《わ》の ゆきならで ……154
はなのいろは うつりにけりな いたづ《ず》らに ……25

はるすぎて　なつきにけらし　しろたへ《え》の …… 17
はるのよの　ゆめばかりなる　たまくらに …… 114

ひ

ひさかたの　ひかりのどけき　はるのひに …… 62
ひとはいさ　こころもしらず　ふるさとは …… 65
ひともを《お》し　ひともうらめし　あぢ《じ》きなく …… 158

ふ

ふくからに　あきのくさきの　しを《お》るれば …… 46

ほ

ほととぎす　なきつるかたを　ながむれば …… 136

み

みかきもり　ゑ《え》じのたくひの　よるはもえ …… 86
みかのはら　わきてながるる　いづ《ず》みがは《わ》 …… 52
みせばやな　を《お》じまのあまの　そでだにも …… 146
みちのくの　しのぶもぢ《じ》ずり　たれゆゑ《え》に …… 31
みよしのの　やまのあきかぜ　さよふけて …… 151

む

むらさめの　つゆもまだひぬ　まきのはに …… 142

め

めぐりあひ《い》て　みしやそれとも　わかぬまに …… 98

も

ももしきや　ふるきのきばの　しのぶにも …… 159
もろともに　あは《わ》れとおもへ《え》　やまざくら …… 113

や

やすらは《わ》で　ねなましものを　さよふけて …… 101
やへ《え》むぐら　しげれるやどの　さびしきに …… 84
やまがは《わ》に　かぜのかけたる　しがらみは …… 61
やまざとは　ふゆぞさびしさ　まさりける …… 54

ゆ

ゆふ《う》されば　かどたのいなば　おとづ《ず》れて …… 120
ゆらのとを　わたるふなびと　かぢ《じ》をたえ …… 82

よ

よのなかは　つねにもがもな　なぎさこぐ …… 150
よのなかよ　みちこそなけれ　おもひ《い》いる …… 138
よもすがら　ものおもふ《う》ころは　あけやらで …… 140
よをこめて　とりのそらねは　はかるとも …… 108

わ

わがいほ《お》は　みやこのたつみ　しかぞすむ …… 24
わがそでは　しほ《お》ひにみえぬ　おきのいしの …… 148
わすらるる　みをばおもは《わ》ず　ちかひ《い》てし …… 69
わすれじの　ゆくすゑ《え》までは　かたければ …… 93
わたのはら　こぎいでてみれば　ひさかたの …… 126
わたのはら　やそしまかけて　こぎいでぬと …… 28
わびぬれば　いまはたおなじ　なにはは《わ》なる …… 41

を

を《お》ぐらやま　みねのもみぢ《じ》ば　こころあらば …… 51

下《しも》の句《く》さくいん

あ

あかつきばかり　うきものはなし …… 58
あしのまろやに　あきかぜぞふく …… 120
あは《わ》でこのよを　すぐしてよとや …… 40
あは《わ》れことしの　あきもいぬめり …… 125
あまのを《お》ぶねの　つなでかなしも …… 150
あまりてなどか　ひとのこひ《い》しき …… 70
あらは《わ》れわたる　せぜのあじろぎ …… 111
ありあけのつきを　まちいでつるかな …… 44

い

いかにひさしき　ものとかは《わ》しる …… 92
いくよねざめぬ　すまのせきもり …… 128
いづ《ず》こもおなじ　あきのゆふ《う》ぐれ …… 118
いつみきとてか　こひ《い》しかるらむ《ん》 …… 52
いでそよひとを　わすれやは《わ》する …… 100
いまひとたびの　あ《お》ふ《う》こともがな …… 96
いまひとたびの　みゆきまたなむ《ん》 …… 51

う

うきにたへ《え》ぬは　なみだなりけり …… 137
うしとみしよぞ　いまはこひ《い》しき …… 139

お

おきまどは《わ》せる　しらぎくのはな …… 56

か

かけじやそでの　ぬれもこそすれ …… 121
かこちがほ《お》なる　わがなみだかな …… 141
かたぶくまでの　つきをみしかな …… 101
かひ《い》なくたたむ《ん》　なこそを《お》しけれ …… 114
からくれなゐ《い》に　みづ《ず》くくるとは …… 36

き

きりたちのぼる　あきのゆふ《う》ぐれ …… 142

く

くだけてものを　おもふ《う》ころかな …… 85
くもがくれにし　よは《わ》のつきかな …… 98
くものいづ《ず》こに　つきやどるらむ《ん》 …… 66
くもゐ《い》にまが《ご》ふ《う》　おきつしらなみ …… 126

け

けふ《きょう》ここのへ《え》に　にほ《お》ひ《い》ぬるかな …… 106
けふ《きょう》をかぎりの　いのちともがな …… 93

こ

こひ《い》しかるべき　よは《わ》のつきかな …… 115
こひ《い》ぞつもりて　ふちとなりぬる …… 30

こひ《い》にくちなむ《ん》　なこそを《お》しけれ……112
ころもかたしき　ひとりかもねむ《ん》……147
ころもほすてふ《ちょう》　あまのかぐやま……17
こゑ《え》きくときぞ　あきはかなしき……20

さ
さしもしらじな　もゆるおもひ《い》を……89

し
しづ《ず》こころなく　はなのちるらむ《ん》……62
しのぶることの　よは《わ》りもぞする……145
しるもしらぬも　あふ《おう》さかのせき……26
しろきをみれば　よぞふけにける……21

す
すゑ《え》のまつやま　なみこさじとは……77

た
ただありあけの　つきぞのこれる……136
たつたのかは《わ》の　にしきなりけり……116

つ
つらぬきとめぬ　たまぞちりける……68

と
とやまのかすみ　たたずもあらなむ《ん》……122

な
ながくもがなと　おもひ《い》けるかな……88
ながながしよを　ひとりかもねむ《ん》……18
ながれもあへ《え》ぬ　もみぢ《じ》なりけり……61
なこそながれて　なほ《お》きこえけれ……94
なほ《お》あまりある　むかしなりけり……159
なほ《お》うらめしき　あさぼらけかな……90

ぬ
ぬれにぞぬれし　いろはかは《わ》らず……146

ね
ねやのひまさへ《え》　つれなかりけり……140

は
はげしかれとは　いのらぬものを……124
はなぞむかしの　かにほひ《おい》ける……65
はなよりほかに　しるひともなし……113

ひ
ひとこそしらね　かわくまもなし……148
ひとこそみえね　あきはきにけり……84
ひとしれずこそ　おもひ《い》そめしか……76
ひとづてならで　いふ《う》よしもがな……110
ひとにしられで　くるよしもがな……50
ひとにはつげよ　あまのつりぶね……28
ひとのいのちの　を《お》しくもあるかな……69
ひとめもくさも　かれぬとおもへ《え》ば……54
ひとをもみをも　うらみざらまし……80

ふ

ひるはきえつつ　ものをこそおもへ《え》 …… 86
ふじのたかねに　ゆきはふりつつ …… 19
ふりゆくものは　わがみなりけり …… 154
ふるさとさむく　ころもうつなり …… 151

ま

まだふみもみず　あまのはしだて …… 102
まつとしきかば　いまかへ《え》りこむ《ん》 …… 34
まつもむかしの　ともならなくに …… 64

み

みかさのやまに　いでしつきかも …… 22
みそぎぞなつの　しるしなりける …… 157
みだれそめにし　われならなくに …… 31
みだれてけさは　ものをこそおもへ《え》 …… 132
みのいたづ《ず》らに　なりぬべきかな …… 81
みをつくしても　あはむ《ん》とぞおもふ …… 41
みをつくしてや　こひ《い》わたるべき …… 144

む

むかしはものを　おもは《わ》ざりけり …… 78
むべやまかぜを　あらしといふ《う》らむ《ん》 …… 46

も

ものやおもふ《う》と　ひとのとふ《う》まで …… 72
もみぢ《じ》のにしき　かみのまにまに …… 49
もれいづ《ず》るつきの　かげのさやけさ …… 130

や

やくやもしほ《お》の　みもこがれつつ …… 156
やまのおくにも　しかぞなくなる …… 138

ゆ

ゆくへ《え》もしらぬ　こひ《い》のみちかな …… 82
ゆめのかよひ《い》ぢ《じ》　ひとめよくらむ《ん》 …… 38

よ

よしののさとに　ふれるしらゆき …… 60
よにあ《お》ふ《う》さかの　せきはゆるさじ …… 108
よをうぢ《じ》やまと　ひとはいふ《う》なり …… 24
よをおもふ《う》ゆゑ《え》に　ものおもふ《う》みは …… 158

わ

わがころもでに　ゆきはふりつつ …… 32
わがころもでは　つゆにぬれつつ …… 16
わがたつそまに　すみぞめのそで …… 152
わがみひとつの　あきにはあらねど …… 48
わがみよにふる　ながめせしまに …… 25
われてもすゑ《え》に　あは《わ》む《ん》とぞおもふ《う》 …… 127

を

を《お》とめのすがた　しばしとどめむ《ん》 …… 29

決《き》まり字《じ》 さくいん

一字決まりの歌《うた》

む　むらさめの　つゆもまだひぬ　まきのはに　きりたちのぼる　あきのゆふ《う》ぐれ……142

す　すみのえの　きしによるなみ　よるさへ《え》や　ゆめのかよひ《い》ぢ《じ》　ひとめよくらむ《ん》……38

め　めぐりあひ《い》て　みしやそれとも　わかぬまに　くもがくれにし　よは《わ》のつきかな……98

ふ　ふくからに　あきのくさきの　しを《お》るれば　むべやまかぜを　あらしといふ《う》らむ《ん》……46

さ　さびしさに　やどをたちいでて　ながむれば　いづ《ず》こもおなじ　あきのゆふ《う》ぐれ……118

ほ　ほととぎす　なきつるかたを　ながむれば　ただありあけの　つきぞのこれる……136

せ　せをはやみ　いは《わ》にせかるる　たきがは《わ》の　われてもすゑ《え》に　あは《わ》む《ん》とぞおもふ《う》……127

二字決まりの歌《うた》

あ　あけぬれば　くるるものとは　しりながら　なほ《お》うらめしき　あさぼらけかな……90

あしびきの　やまどりのを《お》の　しだりを《お》の　ながながしよを　ひとりかもねむ《ん》……18

あひ《い》みての　のちのこころに　くらぶれば　むかしはものを　おもは《わ》ざりけり……78

い　いにしへ《え》の　ならのみやこの　やへ《え》ざくら　けふ《きょう》ここのへ《え》に　にほ《お》ひ《い》ぬるかな……106

う　うかりける　ひとをはつせの　やまおろしよ　はげしかれとは　いのらぬものを……124

うらみわび　ほさぬそでだに　あるものを　こひ《い》にくちなむ《ん》　なこそを《お》しけれ……112

お　おくやまに　もみぢ《じ》ふみわけ　なくしかの　こゑ《え》きくときぞ　あきはかなしき……20

か

おとにきく　たかしのはまの　あだなみは　かけじやそでの　ぬれもこそすれ……121
おもひ《い》わび　さてもいのちは　あるものを　うきにたへ《え》ぬは　なみだなりけり……137
かくとだに　えやは《わ》いぶきの　さしもぐさ　さしもしらじな　もゆるおもひ《い》を……89
かささぎの　わたせるはしに　おくしもの　しろきをみれば　よぞふけにける……21

き

きりぎりす　なくやしもよの　さむしろに　ころもかたしき　ひとりかもねむ《ん》……147

こ

こぬひとを　まつほのうらの　ゆふ《う》なぎに　やくやもしほ《お》の　みもこがれつつ……156
このたびは　ぬさもとりあへ《え》ず　たむけやま　もみぢ《じ》のにしき　かみのまにまに……49
こひ《い》すてふ《ちょう》　わがなはまだき　たちにけり　ひとしれずこそ　おもひ《い》そめしか……76
これやこの　ゆくもかへ《え》るも　わかれては　しるもしらぬも　あふ《おう》さかのせき……26

し

しのぶれど　いろにいでにけり　わがこひ《い》は　ものやおもふ《う》と　ひとのとふ《う》まで……72
しらつゆに　かぜのふきしく　あきののは　つらぬきとめぬ　たまぞちりける……68

た

たかさごの　を《お》のへ《え》のさくら　さきにけり　とやまのかすみ　たたずもあらなむ《ん》……122
たきのおとは　たえてひさしく　なりぬれど　なこそながれて　なほ《お》きこえけれ……94
たごのうらに　うちいでてみれば　しろたへ《え》の　ふじのたかねに　ゆきはふりつつ……19
たちわかれ　いなばのやまの　みねにおふ《う》る　まつとしきかば　いまかへ《え》りこむ《ん》……34
たまのを《お》よ　たえなばたえね　ながらへ《え》ば　しのぶることの　よは《わ》りもぞする……145
たれをかも　しるひとにせむ《ん》　たかさごの　まつもむかしの　ともならなくに……64

ち

ちはやぶる　かみよもきかず　たつたがは《わ》　からくれなゐ《い》に　みづ《ず》くくるとは……36

つ

つきみれば　ちぢにものこそ　かなしけれ　わがみひとつの　あきにはあらねど……48

つくばねの　みねよりおつる　みなのがは《わ》　こひ《い》ぞつもりて　ふちとなりぬる……30

な

なつのよは　まだよひ《い》ながら　あけぬるを　くものいづ《ず》こに　つきやどるらむ《ん》……66

ひ

ひさかたの　ひかりのどけき　はるのひに　しづ《ず》こころなく　はなのちるらむ《ん》……62

み

みせばやな　をじ《お》まのあまの　そでだにも　ぬれにぞぬれし　いろはかは《わ》らず……146

みちのくの　しのぶもぢ《じ》ずり　たれゆゑ《え》に　みだれそめにし　われならなくに……31

みよしのの　やまのあきかぜ　さよふけて　ふるさとさむく　ころもうつなり……151

も

ももしきや　ふるきのきばの　しのぶにも　なほ《お》あまりある　むかしなりけり……159

もろともに　あは《わ》れとおもへ《え》　やまざくら　はなよりほかに　しるひともなし……113

や

やすらは《わ》で　ねなましものを　さよふけて　かたぶくまでの　つきをみしかな……101

やへ《え》むぐら　しげれるやどの　さびしきに　ひとこそみえね　あきはきにけり……84

ゆ

ゆふ《う》されば　かどたのいなば　おとづ《ず》れて　あしのまろやに　あきかぜぞふく……120

ゆらのとを　わたるふなびと　かぢ《じ》をたえ　ゆくへ《え》もしらぬ　こひ《い》のみちかな……82

よ

よもすがら　ものおもふ《う》ころは　あけやらで　ねやのひまさへ《え》　つれなかりけり……140

よをこめて　とりのそらねは　はかるとも　よにあ《お》ふ《う》さかの　せきはゆるさじ……108

わ

わびぬれば　いまはたおなじ　なには《わ》なる　みをつくしても　あはむ《ん》とぞおもふ《う》……41

を

を《お》ぐらやま　みねのもみぢ《じ》ば　こころあらば　いまひとたびの　みゆきまたなむ《ん》……51

三字決まりの歌《うた》

あ

あきかぜに　たなびくくもの　たえまより　もれいづ《ず》るつきの　かげのさやけさ……130

あきのたの　かりほ《お》のいほ《お》の　とまをあらみ　わがころもでは　つゆにぬれつつ……16
あさぢ《じ》ふ《う》の　を《お》ののしのはら　しのぶれど　あまりてなどか　ひとのこひ《い》しき……70
あは《わ》ぢ《じ》しま　かよふ《う》ちどりの　なくこゑ《え》に　いくよねざめぬ　すまのせきもり……128
あは《わ》れとも　いふ《う》べきひとは　おもほ《お》えで　みのいたづ《ず》らに　なりぬべきかな……81
あ《お》ふ《う》ことの　たえてしなくは　なかなかに　ひとをもみをも　うらみざらまし……80
あまつかぜ　くものかよひ《い》ぢ《じ》　ふきとぢ《じ》よ　を《お》とめのすがた　しばしとどめむ《ん》……29
あまのはら　ふりさけみれば　かすがなる　みかさのやまに　いでしつきかも……22
あらざらむ《ん》　このよのほかの　おもひ《い》でに　いまひとたびの　あ《お》ふ《う》こともがな……96
あらしふく　みむろのやまの　もみぢ《じ》ばは　たつたのかは《わ》の　にしきなりけり……116
ありあけの　つれなくみえし　わかれより　あかつきばかり　うきものはなし……58
ありまやま　ゐ《い》なのささはら　いでそよひとを　わすれやは《わ》する……100

い

いまこむ《ん》と　いひ《い》しばかりに　ながつきの　ありあけのつきを　まちいでつるかな……44
いまはただ　おもひ《い》たえなむ《ん》　とばかりを　ひとづてならで　いふ《う》よしもがな……110

お

おほ《お》えやま　いくののみちの　とほ《お》ければ　まだふみもみず　あまのはしだて……102
おほ《お》けなく　うきよのたみに　おほ《お》ふ《う》かな　わがたつそまに　すみぞめのそで……152

か

かぜそよぐ　ならのを《お》がは《わ》の　ゆふ《う》ぐれは　みそぎぞなつの　しるしなりける……157
かぜをいたみ　いは《わ》うつなみの　おのれのみ　くだけてものを　おもふ《う》ころかな……85

な

ながからむ《ん》　こころもしらず　くろかみの　みだれてけさは　ものをこそおもへ《え》……132
ながらへ《え》ば　またこのごろや　しのばれむ《ん》　うしとみしよぞ　いまはこひ《い》しき……139

なげきつつ　ひとりぬるよの　あくるまは　いかにひさしき　ものとかは《わ》しる……92
なげけとて　つきやは《わ》ものを　おもは《わ》する　かこちがほ《お》なる　わがなみだかな……141
なにしおは《わ》ば　あ《お》ふ《う》さかやまの　さねかづ《ず》ら　ひとにしられで　くるよしもがな……50

は

はなさそふ《う》　あらしのには《わ》の　ゆきならで　ふりゆくものは　わがみなりけり……154
はなのいろは　うつりにけりな　いたづ《ず》らに　わがみよにふる　ながめせしまに……25
はるすぎて　なつきにけらし　しろたへ《え》の　ころもほすてふ《ちょう》　あまのかぐやま……17
はるのよの　ゆめばかりなる　たまくらに　かひ《い》なくたたむ《ん》　なこそを《お》しけれ……114

ひ

ひとはいさ　こころもしらず　ふるさとは　はなぞむかしの　かににほ《お》ひ《い》ける……65
ひともを《お》し　ひともうらめし　あぢ《じ》きなく　よをおもふ《つ》ゆゑ《え》に　ものおもふ《う》みは……158

み

みかきもり　ゑ《え》じのたくひの　よるはもえ　ひるはきえつつ　ものをこそおもへ《え》……86
みかのはら　わきてながるる　いづ《ず》みがは《わ》　いつみきとてか　こひ《い》しかるらむ《ん》……52

や

やまがは《わ》に　かぜのかけたる　しがらみは　ながれもあへ《え》ぬ　もみぢ《じ》なりけり……61
やまざとは　ふゆぞさびしさ　まさりける　ひとめもくさも　かれぬとおもへ《え》ば……54

わ

わがいほ《お》は　みやこのたつみ　しかぞすむ　よをうぢ《じ》やまと　ひとはいふ《う》なり……24
わがそでは　しほ《お》ひにみえぬ　おきのいしの　ひとこそしらね　かわくまもなし……148
わすらるる　みをばおもは《わ》ず　ちかひ《い》てし　ひとのいのちの　を《お》しくもあるかな……69
わすれじの　ゆくすゑ《え》までは　かたければ　けふ《きょう》をかぎりの　いのちともがな……93

四字決まりの歌《うた》

こ

こころあてに　を《お》らばやを《お》らむ　はつしもの　おきまどは《わ》せる　しらぎくのはな …… 56

こころにも　あらでうきよに　ながらへ《え》ば　こひ《い》しかるべき　よは《わ》のつきかな …… 115

ち

ちぎりおきし　させもがつゆを　いのちにて　あは《わ》れことしの　あきもいぬめり …… 125

ちぎりきな　かたみにそでを　しぼりつつ　すゑ《え》のまつやま　なみこさじとは …… 77

な

なには《わ》えの　あしのかりねの　ひとよゆゑ《え》　みをつくしてや　こひ《い》わたるべき …… 144

なには《わ》がた　みじかきあしの　ふしのまも　あは《わ》でこのよを　すぐしてよとや …… 40

五字決まりの歌《うた》

よ

よのなかは　つねにもがもな　なぎさこぐ　あまのを《お》ぶねの　つなでかなしも …… 150

よのなかよ　みちこそなけれ　おもひ《い》いる　やまのおくにも　しかぞなくなる …… 138

六字決まりの歌《うた》

あ

あさぼらけ　ありあけのつきと　みるまでに　よしののさとに　ふれるしらゆき …… 60

あさぼらけ　うぢ《じ》のかは《わ》ぎり　たえだえに　あらは《わ》れわたる　せぜのあじろぎ …… 111

き

きみがため　はるののにいでて　わかなつむ　わがころもでに　ゆきはふりつつ …… 32

きみがため　を《お》しからざりし　いのちさへ《え》　ながくもがなと　おもひ《い》けるかな …… 88

わ

わたのはら　こぎいでてみれば　ひさかたの　くもゐ《い》にまが《ご》ふ《う》　おきつしらなみ …… 126

わたのはら　やそしまかけて　こぎいでぬと　ひとにはつげよ　あまのつりぶね …… 28

●マンガ／タテノカズヒロ
●写真／森下和彦
●編集協力／マイプラン

本書に関する最新情報は，当社ホームページにある本書の「サポート情報」をご覧ください。(開設していない場合もございます。)

百人一首新事典

監修者　深《ふか》谷《や》圭《けい》助《すけ》
編著者　百人一首研究会
発行者　岡本泰治

発行所　受験研究社

〒550-0013 大阪市西区新町2－19－15　／　電話(06)6532-1581(代)　／　Fax.(06)6532-1588

Printed in Japan　寿印刷・高廣製本
落丁・乱丁本はお取り替えします。